달의 호수

달의 호수

1판 1쇄 · 2016년 2월 28일
1판 2쇄 · 2016년 12월 7일

지은이 · 유시연
펴낸이 · 한봉숙
펴낸곳 · 푸른사상사

편집 · 지순이, 김선도 | 교정 · 김수란
등록 · 1999년 7월 8일 제2-2876호
주소 · 서울시 중구 충무로 29(초동) 아시아미디어타워 502호
대표전화 · 02) 2268-8706(7) | 팩시밀리 · 02) 2268-8708
이메일 · prun21c@hanmail.net / prunsasang@naver.com
홈페이지 · http://www.prun21c.com

ⓒ 유시연, 2016

ISBN 979-11-308-0603-7 03810

값 15,700원

　이 도서의 국립중앙도서관 출판예정도서목록(CIP)은 서지정보유통지원시스템 홈페
　이지(http://seoji.nl.go.kr)와 국가자료공동목록시스템(http://www.nl.go.kr/kolisnet)에서
　이용하실 수 있습니다.(CIP제어번호: CIP2016002067)

12 푸른사상 소설선

유시연 소설집

달의 호수

푸른사상
PRUNSASANG

작가의 말

　일 년 전 삼월, 장편소설을 쓰러 전라도 땅 〈글을 낳는 집〉으로 갔다. 원고지 삼백여 장을 써내려간 끝에 무슨 일인지 도통 글을 쓸 수가 없었다. 뒷산을 오르거나 마을 저수지 주변을 어정거렸다. 그래도 글이 이어지지 않았다. 어설픈 얼개와 준비 부족이 여실히 드러났다. 마음을 비우고 단편에 매달렸다. 「달의 호수」 모티프는 마을 저수지와 수면을 헤엄쳐 다니는 오리와 원앙으로부터 시작되었다.

　진달래가 피었다 지고 산수유가 피었다 지는 동안 단편 두 편을 더 썼다. 가로수 길에 벚꽃이 피었다 지는 계절을 보내고 나서 나에게는 장편 대신 단편 세 편이 남았다. 「달의 호수」 「존재의 그늘」 「붉은 벽돌집」을 안고 전라도 땅을 떠나 경상도 땅, 얼마 전에 이사한 시골집으로 돌아왔다.

　「영원의 도시」는 포르투갈과 스페인을 여행하며 스친 영상을 버무려 쓴 작품이다. 이슬람 문명과 가톨릭이 차례로 영욕의 세월을 보낸 흔적이 남아 있는 유적을 둘러보며 유대인과 무어인, 이슬람과 가톨릭의 영혼이 깃든 그 땅을 오래 기억했다.

　「벚꽃 공원」은 요양원에서 돌아가신 아버지를 추억하며 쓴 글이다. 낯선 도시의 외곽 지대에서 강원도 시골집을 그리워하다가 가신 아버지에 대한 미안함과 죄스러움이 한 편의 소설로 탄생되었지만 여전히 무거운 마음이다. 살아가면서 해소되지 않는 슬픔의 덩어리들, 상처, 이웃의 고통에 무심할 수가 없을 때 그들에 대한 연민의 마음이 소설이라는 장르를 통해 표출되는 것은 아닌지, 내 작은 글이 그들에게 위로가 되었으면 한다.

세 번째 소설집을 준비하면서 소설을 어떻게 써야 할지 아주 조금 알게 된 것 같다. 더 조심스럽다.

너른 들과 호수가 있는 마을.

높고 웅장한 산과 산등성이를 이어주는 산맥의 넉넉한 가슴에 기댈 수 있는 환경이 소중하고 고마울 뿐이다. 날이 추워지면 새들은 호수로 간다. 물결에 흔들리며 유유히 헤엄치는 오리, 기러기, 물떼새, 백로, 왜가리 들은 살아 있음이 얼마나 고맙고 아름다운 정경인지 가슴 뭉클한 파문을 나에게 던진다.

호수와 새들과 고라니와 갈대와 사람과 무덤과 바람과 대숲이 어우러져 살아가는 풍경이 흐트러지지 않고 오래 보존되었으면 한다.

2016년 2월 지리산 자락에서
유시연

내 아득한 기억 저 너머에 호수 마을이 있었다.
달빛이 수면을 비추면 물결이 은빛으로 빛나던 호수였다.
그 기억은 오래되어 어쩌면 전생에 일어난 일이었는지 모른다.
호수와 달은 밤마다 연인의 이야기를 들었고 그런 날 밤이면 유난히 안개가 짙게 끼었다.
안개는 연인을 수많은 눈과 귀로부터 지켜주었고 그들의 이야기는 전설이 되었다. 호숫가
을 사람들은 그물을 쳐서 고기를 잡아 시장에 내다 팔거나 끼니를 이어갔다.
호수는 그들의 어머니이자 생명이었다. 호수 마을 사람들은 육지 마을 사람들처럼
이웃에 마실 갈 때나 나들이를 갈 때 나무로 만든 배를 타고 노를 저어서 갔다. 두 다리로 떠
딛듯이 노를 수면에 드리우고 날갯짓하듯 가볍게 다녔다. 불편한 것은 없었다.
육지 마을 사람들의 눈에 그들이 불편해 보였을 뿐이다.
호수 위에 집을 짓고 사는 그들은 돼지를 키우고 닭을 키우고
아기를 키우고 사랑을 키우며 살았다.

차례

달의 호수

찔레 덩굴을 헤치

강아지를 번쩍 들어 안는

녀석이 빤히 쳐다본다. 내 가슴에 머리를 기대

가만히 있는 녀석의 몸속에서 가래 끓는 소리가 나

숨을 급하게 쉰

녀석의 배가 들쑥날쑥하며 호흡

가파르다. 의외로 녀석의 몸은 따뜻하

강아지를 안고 불어나는 청회색 물결을 바라본

청둥오리 떼가 날개를 퍼덕이며 물을 차고 날아오른

강아지가 잠깐 머리를 쳐들더니 다시 가슴에 고개를 묻는

따뜻한 온기가 내 몸을 타고 전신에 퍼지며 가슴속 깊

동굴의 얼어붙은 뿌리에 가닿는

따뜻한 온기는 바닥에 말라붙었던 뿌리

적시고 언 땅을 적시며 거친 표면을 부드럽게 어루만진

꽁꽁 얼어붙었

바윗덩이에 미세한 틈이 벌어지며 기우

흔들리는 찰나 폭포수 쏟아지는 소리가 들려왔

나도 모르게 울음이 터져나왔

배수구가 열리

순간 천

벼락 같은 물줄기

흰 포말

이루며 쏟아졌

달의 호수

　여인의 울음은 서러웠다. 나란히 누워 잠자다가 실종된 남편이 시신으로 돌아와 여인 옆에 누워 있는 정경은 그들과 관련 없는 사람도 먹먹한 감정에 휩싸이게 했다. 텐트 옆에는 고기를 구워 먹은 흔적이 보였고, 바비큐 도구와 양은그릇이 놓여 있는 자리는 검게 그을려 있었다. 서럽게 우는 여인 주위로 경찰과 구급대원 복장을 한 남자 서넛이 보트를 저어가는 동료들을 향해 뭐라고 큰 소리를 치고 있다. 화면에는 요동치는 물결과 그 물결에 휩쓸릴 듯이 휘감기는 버드나무와 갈대가 비스듬히 눕는 장면이 출렁였다. 검푸른 수면 위로는 백로가 한가롭게 날고 있었다. 묘한 대조다. 카메라 기자는 주민에게 마이크를 들이대고 천재가 아닌 인재로 인해 생겨난 일인 양 질문을 몰고 갔다. 기자는 이 일에 누가 책임질 것인가를 묻고 있었다. 행정 당국의 늑장 대응과 관리 소홀, 비상벨 고장 등을 원인으로 들며 사건과 사고 이후 사후 약방문식으로 대책 회의를 하는 관계 기관에 대해 따끔한 일침을 쏘고 있다.

수건으로 젖은 머리를 털다가 텔레비전을 꺼버렸다. 일순간 조용해졌다. 새벽에 일어난 참사였다. 아침 일찍 배낭을 메고 집을 나섰다가 저녁 무렵 집으로 돌아와 텔레비전을 켰더니 사건 사고 소식으로 뉴스는 긴장감을 보여준다. 고속도로 연쇄 추돌 소식과 치솟는 전셋값 소식에 이어 부동산 전망의 대책 없음에 대해 몇 분간 이어지다가 강에 떠내려간 사람들의 이야기를 내보냈다. 하루 종일 걸어서 몸은 지쳤으나 정신은 또렷했다. 열린 창문 너머로 둥근 달이 솟아올랐다. 중복이 지난 하늘에는 붉은 기운이 떠돌았고 달빛은 붉고 푸른 빛깔로 다가왔다. 참외 한 알을 껍질째 베어 먹다가 고개를 빼고 창밖을 내다보았다. 빽빽하게 주차된 차량의 지붕 위로 달빛이 부서졌고 미처 걷어내지 못한 붉은 고추가 어둠 속에 누워 있었다.

팔월의 태양은 뜨겁게 대지를 달구었다. 여름비는 타들어가는 태양을 식혀주려는 듯 연일 쏟아졌다. 장마가 끝났나 싶은데 다시 폭우가 내리는 날들이 이어졌다. 오늘의 북극을 추억으로 보게 될 날이 멀지 않았다는 연구 사례가 계속 나오고 있는 실정에서 기후 변동은 남의 일이 아니었다. 한반도에 겨울이 사라지고 아열대기후가 들어선다는 예측도 빈말이 아닌 듯했다. 동해안에서 잡히던 오징어 떼가 남쪽 바다에서 잡혀 어부들이 어리둥절했다는 소식도 들려왔다. 강물의 수위가 어쩌고 하는 아나운서 말을 들으며 강이 없는 마을에 들어온 지 두 계절이 지났다는 것을 알았다.

골짜기로 들어가면 저수지가 있었다. 저녁을 먹고 산책을 하다가 우연히 발견했다. 둑이 낮았고 마을 안쪽에 깊이 들어앉아 있어서 외부인의 눈에 잘 띄지 않았다. 원앙 두 마리가 물을 차고 날아오르는 바람에 놀라 발걸음을 멈췄고 청록빛 물결이 잔잔한 파문을 일으키며 커다란 원을 그리는 정경은 강이 없는 마을에서 작은 둑을 쌓아 이렇게라도 살아가는 방편을 마련하나 싶었다. 건너편 산기슭에 삐뚜룸하게 서 있는 나무들의 그림자가 비칠 정도로 저수지는 작았다. 고만고만한 저수지가 마을에 세 개나 있었다. 점심 무렵이나 해가 질 무렵 계곡으로 뻗어 있는 길을 따라 걷다 보면 언제나 저수지에 가닿았다. 청둥오리 떼가 새끼를 거느리고 헤엄을 칠 때도 있었지만 매우 드문 경우였고 언제나 원앙 한 쌍이 나란히 헤엄쳐 다녔다. 부부 금실의 상징인 원앙은 사실 배우자 몰래 바람을 피우는 새다. 그 바람기를 무시하고 아름다운 연인을 축복할 때 원앙을 들먹이는 연유는 그래도, 늘, 한결같이 함께하는 새이기 때문일 것이다. 이제야 고백하지만 난 수애가 떠난 뒤에 그녀를 이해하지 못해 정말 힘들었다. 사무실 여직원과의 일을 수애에게 들켰을 때 나는 두 번 다시 그녀와 가까이하지 않겠다고 다짐을 하고 또 다짐했다. 일 년이 지나 수애에게 남자가 생겨 그녀가 떠났을 때에야 나는 그녀가 나를 용서하지 않았음을, 가슴속에 견고한 바윗덩이 하나를 들여놓고 살았다는 것을 알았다. 은미와의 일을 들킨 후 그리고 깔끔하게 정리하겠노라 말하고 실제로 관계를 정리한 후 나는 밤의 침대에서 수애에게 충실했고 그런 나를 그녀는 거부하지 않았고 소원하던 관계가 다시 두 몸이 합쳐지면서 모든 게 다 풀린 줄 알았다. 부부가 한 생을 같이한다는 건 끈질긴 인내의 소산이며 불완전한 것들과의 싸움이며 동시에 그것들과의 수용이며 지루한 나날들을 견디는 일이었다. 한 번쯤은 눈감아 줄 줄 알았고 또 그래야 한다고 믿었다. 어떻게 그 긴 세월을 한 사람을 바라보고 그 사람의 취향, 입맛, 버릇, 매번 같은 체위를 감당해야 하는지, 그러기 위해서는 치열한 자기 수련의 경지에 이르러야만 할 것이었다. 몇십 년을 함께한 노부부를 길에서 만나면 생기는 의문이었다. 가끔 산책을 나가다가 오래 같이 산 노부부를 보면 꼭 인사를 건넨다. 그럴 때면 그들은 아들을 바라보듯이 흐뭇한 미소를 지으며 안부를 묻는다. 흰 눈썹과 백발이 된 머리카락과 자글거리는 주름살의 노부부에게서는 다정한 오누이나 친구 같은 느낌이 물씬 났다. 그들도 폭풍우 같은 청춘을 지나왔을 터였다.

"안녕하세요? 뵐 때마다 두 분이 보기 좋습니다."

"어딜 가시우."

"요 윗동네에 버섯 따러 갑니다."

할아버지 혼자 들깨 모종을 심고 있었다. 가지런하게 펼쳐진 황토색 흙이 부드럽게 볕을 받고 있었다. 문득 궁금해졌다.

"금실이 좋아 보이십니다."

"허허, 그래 보이시우."

"예에, 어르신. 부럽기도 하고요."

"혼자 사는 자네가 좋아 보이는구먼."

"할머니는 안 보이시네요."

"몸살기가 있어서 보건소엘 갔어."

"아, 조오기 보건진료소요?"

"막걸리 한잔할텨?"

"네에, 좋죠."

그날 나는 노인이 건네주는 막걸리를 한 주전자쯤 마셨다. 더덕과 옻과 당귀 뿌리와 대추를 넣어 담근 술이라 했던가. 부드럽고 깊은 맛이 있었다. 안주로 나온 곰취, 두릅, 오가피, 다래순, 삼채 장아찌에는 손도 대지 않고 막걸리를 마셨다. 반년 만에 맛보는 술이 목을 타고 내려가는 순간 전율이 일었다. 의식은 거부했으나 몸이 먼저 술을 받아들였다. 금주를 하다가 맛본 막걸리에 몸이 부르르 떨었고 음, 음, 신음을 내뱉으며 황홀한 절정의 경지를 경험했다. 첫 막걸릿잔이 문제였다. 서너 잔 마시다 보니 금세 취기가 돌았다. 은미의 얼굴이 떠올랐다 사라졌다. 여고를 갓 졸업하고 사무실 경리로 들어온 그 애 은미는 할머니와 남동생을 부양하는 가장이었다. 어린것이 대견하고 안쓰러워 이것저것 도와준다는 게 선을 넘었다. 은미 남동생이 대학 일 학년을 마치고 군에 입대하던 날 그녀는 밥을 사겠다고 쪽지를 남겼다. 그날 밥을 먹고 포장마차에서 소주를 마시며 은미가 혼잣소리로 중얼거리는 말을 들었다. 남동생이 군에 가서 당분간은 학비 걱정 안 해도 된다고, 야간대학을 들어갈까 한다고…… 팽팽하게 조이던 줄이 탁 끊어지는 순간을 그날 은미에게서 발견했다고나 할까. 은미는 취했다. 그녀를 업고 모텔에 들어설 때만 해도 아무런 생각이 들지 않았다. 이불을 덮어주고 잠드는 것을 보고 일어서려는데 은미 손이 내 옷자락을 잡았다.

수애가 알아차린 뒤에 은미 생각을 안 한 건 아니었다. 처음 은미를 안을 때 그녀는 좁은 어깨를 움찔하며 몸을 떨었다. 작은 새처럼 내 품에서 떠는 그녀에 대해 잠시 멈칫하다가 이내 빨려들고 말았다. 막 세상 무서움을 아는 중년의 남자와 아직 세상 무서움을 모르는 스물두 살이 된 여자의 몸이 서로 엉기며 밤새 뒤치락엎치락했다. 새벽녘 은미는 내 팔을 베고 누워 작은 몸을 웅크린 채 잠이 들었다. 숨소리가 고르게 났다. 일주일에 한 번 주중에 만나자는 약속을 나는 지키지 못했다. 수애에게는 퇴근 후 회식이 있다고 둘러대고 은미를 매일 만나다시피 했다. 은미의 작은 몸은 언제나 내 품안에서 떨다가 팔딱거렸고 몸의 열기가 일어나면 매끈한 인어가 되어 유영했다. 갈수록 나날이 대담해졌다. 언제나 내가 먼저 콜을 하고 약속을 잡다가 어느 날 은미가 먼저 콜을 하는 순간 더럭 겁이 났다. 수줍음이 많고 조심스럽던 은미가 변해가기 시작할 즈음이었다.

수애의 코는 야생 개의 후각보다 예민했고 그녀의 직관은 뛰어났다. 수애에게 들킨 후 잠깐 은미를 생각하지 않은 건 아니었다. 은미에게 미쳐서 주변을 세심하게 갈무리하지 못한 불찰이 내게 있었다. 은미를 포기해야겠다는 결론에 이르러 가슴 밑바닥에 싸한 통증이 일었다. 고심 끝에 내린 결론이지만 그때 나는 수애가 더 이상 문제 삼지 않아서 감격해했는지도 모른다. 수애와의 부부 관계는 다시 예전으로 돌아갔다. 신혼 시절과는 다른 편안한 관계는 가정의 안정을 가져왔고 사회생활을 하는 나에게 평범한 일상의 충족을 채워주었다.

"한잔 더 받게."

노인의 말에 퍼뜩 과거의 기억에서 깨어나 두 손을 공손히 내밀어 잔을 받았다. 취기 때문에 나는 이미 많은 말을 지껄였고 발설해서는 안 되는 말까지 한 것 같았다. 늘 다정한 노부부의 일상을 보며 부러움인지 안타까움인지 아니면 가정을 건사하지 못한 죄책감인지 모를 감정이 복잡하게 깔려 있었다.

"인생이 길다지만 짧아. 아침에 떴다가 넘어가는 저 해와 같아. 순간이야."

"죄송한데요, 어르신은 한 여자만 보고 입때껏 살아오셨습니까."

"……."

술의 힘이 아니라면 그런 질문은 하지 않았을 것이다. 노인이 물끄러미 쳐다보다가 막걸리를 한 모금 마시고 나서 지나가는 소리로 한마디 한다.

"의리 때문이지. 한때 소 팔아 읍내 술집에 갖다 바친 적도 있고 가을에 추수한 곡식을 수매하고 몽땅 그 돈을 젊은 여자 치마폭에 안긴 적도 있지. 양가 부모와 친척과 천지신명 앞에 한 약속 같은 거 난 몰라. 자식을 같이 만드는 것은 누구나 다 해. 그런데…… 자식을 잃은 고통을 함께한 사람은 집사람이야. 군에 간 외아들이 사고로 죽고 나서…… 미치지 않은 게 이상하지. 그때 나도 아들과 같이 죽었어. 돌아보니 그래. 한동안 실성해서 산을 헤매고 다녔지. 어느 날 산에서 돌아와 망태를 내려놓는데 집사람이 울고 있는 거야. 한번도 내 앞에서 우는 모습을 보이지 않았거든. 난 집사람이 아들의 죽음을 빨리 잊은 줄 알았어. 그게 원망스러웠고 아들이 죽었는데도 밥을 먹고 있는 집사람이 미웠는데…… 죽은 아들을 찾아 산속을 헤매던 내 눈에 집사람의 고통이 보이더군. 집사람은 슬픔을 안으로 고요히 삭이고 있었고 나는 산으로 나다니며 고통을 잊으려 몸부림쳤지. 우리는 각자의 고통을 그렇게 안고 있었어. 집사람을 가만히 안아줬어. 집사람이 목놓아 울더군. 통곡 소리에 이웃 사람들이 나와 보고는 슬그머니 뒷걸음치며 가버리더라구. 그날 이후 나는 할멈 옆에서 그림자처럼 살아."

노인이 말을 끝내고는 막걸리를 한 모금 마셨다. 의리라고 운을 뗀 노인의 첫마디가 그와 헤어진 후에도 의식 안에 남아 흔들렸다. 모든 부부가 사랑 때문에 살지는 않는다. 이십 대와 삼십 대에는 그 말이 야만적이라고 생각했다. 부부가 한 생을 해로한다는 건 의리뿐만 아니라 의무와 책임과 연민 때문에 서로를 떠나지 못하는 것인지도 모른다. 미움과 원망과 애증의 시간이 지나 더 이상 미워하고 원망할 에너지가 소진했을 때 그때 담담한 평화가 찾아온다는 것을 노부부를 보며 느낄 수 있었다. 감각과 감정이 풍부한 젊은 시절에는 눈에 보이는 색깔이 전부였다. 사월의 꽃들과 오월의 연둣빛 향연, 여름 초록의 숲과 가을 단풍의 현란함만 보고 살았다. 긴 겨울 추위가 지나 대지는 잠시 침묵에 빠져들며 그때 비로소 휴식에 들어간다. 얼어붙은 땅속으로 기지개를 켤 준비를 하는 나무들, 마른 바람이 부는 황폐함의 계절 이월이면 대지는 모든 억압에서 벗어나 본연의 모습, 아무것도 걸치지 않은 자신을 드러내 보여줄 수 있어서 편안해 보인다. 봄부터 가을, 심지어 눈 내리는 겨울의 설원까지도 휴식이 아니었다. 현란한 색채를 드러내야 하는 자연은 쉼 없는 생장과 종족 번식을 통해 억압의 계절을 보내야 할 수밖에 없었고 스스로의 폭력과 억압을 벗어나 쉴 수 있을 때, 자연의 맨 얼굴, 화장하지 않은 얼굴이 이월이었다.

내 몸이 건강할 때는 불편함을 몰랐다. 내가 원하는 것, 하고 싶은 것과 하기 싫은 것을 선택할 수 있었다. 손이 닿으면 언제든지 무슨 일이든지 가능했고 그러므로 나는 오만했고 교만이 점점 자라났다. 단골 식당에 새로 온 아줌마가 불친절하면 발을 끊었고, 마트에서 사온 양상추가 시들었으면 바꾸어 왔고 유통기한을 하루 남겨둔 식품은 사지 않으면 그만이었다. 나는 자유인이었다.

그런데 지금 내 마음대로 되는 구석이라곤 하나도 없다. 선택권이 없는 환경에서 내가 할 수 있는 일이라고는 시간에 나 자신을 내어 맡기는 일밖에 없다는 사실이 서글프다 못해 쓸쓸하다. 한밤중에 치킨과 맥주가 당겨서 사고 싶어도 못 사고 아파도 약을 사 먹을 수 없는 이곳은 분명 현대문명을 비껴난 야생의 환경이다. 해가 넘어가면 가게는 문을 닫는다. 오후 일곱 시에서 여덟 시쯤이면 면소재지 상가 불빛은 저 홀로 깜박인다. 손을 뻗으면 언제나 손쉽게 술을 마실 수 있고 치킨을 먹을 수 있는 환경이 아니란 걸 알았을 때 나는 막막했고 감옥이구나 싶었다.

다리가 후들거려 저수지 둑방에 주저앉아 술이 깨기를 기다렸다. 의사는 환경이 좋은 곳에서의 요양을 거론하며 B형 감염 보균자에 간경화가 진행되고 있다고 덤덤하게 말했다. 너무 덤덤한 의사의 태도에 나는 다른 사람의 일을 얘기하나 싶어 멍하니 그를 쳐다보았다. 몇 달간의 병원 치료는 고역이었다. 직장에 사표를 내고 집을 정리하여 시골 마을에 들어온 건 지난 초봄이었다. 입추가 시작되고 나서 저수지 마을에 둥지를 틀었다. 나무 보일러가 밤새 돌아가고 매캐한 연기 냄새, 나무 타는 냄새는 아득한 기억을 일깨우며 묘한 향수를 불러일으켰다. 내 유전인자 속에 숨어 있는 먼 조상이 사냥을 하고 불씨를 소중하게 간직하던 때로 돌아간 듯한 느낌이었다. 방바닥이 자글자글 끓었으나 공기가 차가웠다. 코끝에 내쉬는 숨에 김이 뿜어져 나오고 벽과 창틈에 허옇게 성에가 꼈다. 뜨거운 바닥을 피해 자느라 이불을 감고 방 안을 굴러다녔고 웃풍이 심해 아침에 일어나면 목이 아팠다.

골짜기 바람이 매서웠다. 황토로 지어진, 펜션으로 쓰던 집의 주인은 서울 사람이었고 먼 친척이라는 이장이 구두 계약을 대신했다. 계약서를 작성하자고 해도 당장 팔 의향이 없으니 머물고 싶을 때까지 있으라고 말해서 보증금 얼마를 건네고 들어왔다. 대숲이 울타리로 둘러싼 집과 낮은 담장, 손바닥만 한 텃밭이 있었다. 밤에 누워 있으면 벽지 사이로 흙 부스러기가 쏟아지는 소리에 잠을 설치곤 했다. 야생초와 버섯 관련 서적을 읽다가 방 한쪽에 있는 낡은 서안에 던져버리고는 낮에 본 산야초에 대해 떠올려보곤 했다. 나물이나 약초에 대해서 아는 게 없는 나는 열심히 책을 들여다보며 공부를 했다. 책을 아무리 들여다보아도 익숙하지 않은 것들이 있다. 산에서 만난 버섯을 보고 따도 좋은지 독버섯인지 몰라서 주저앉아 들여다보다 그냥 내려왔다. 책에 실린 사진과 실제 버섯과는 같은 버섯이라 하더라도 환경과 지역에 따라 색상이 달랐다. 산야초와 버섯을 지척에 두고도 제대로 아는 게 없는 나로서는 여전히 학습 중이었다. 노부부가 나눠준 상추나 쑥갓, 산나물 장아찌 반찬으로 끼니를 이어갔고 아무것도 아쉬울 게 없는 일상이 되레 신기했다.

황토벽 사이로 눅눅한 습기가 스며들어 벽지가 젖어 있다. 어제부터 푹푹 찌는 날씨에 몸이 찌뿌드드 가라앉았는데 비가 올 조짐이었던 거다. 방바닥에 드러누워 가만히 빗소리에 귀를 기울인다. 지붕과 처마에서 떨어지는 빗소리가 일정한 리듬을 이루며 떨어진다. 여름비에는 버섯이 쑥쑥 자란다. 나무뿌리도 깊이 더 깊이 땅속을 파고들어 견고한 자신의 집을 짓는다. 창문을 열고 내다본다. 멀리 골짜기에 안개가 끼어 자욱하다. 우산을 쓰고 계곡을 따라 걷다 보니 바짓가랑이가 축축하게 감겨온다. 산자락에 계단식으로 만든 논에서는 벼 포기가 실하게 자라고 개구리 울음소리 요란하다. 풀이 무성한 산길에도 개구리들이 천지사방 뛰어다녀서 바닥을 보고 조심스럽게 걷는다. 저물녘 면소재지에 다녀오다가 시골길에 기어다니던 개구리를 지나칠 때가 있다. 워낙 작은 생물체라서 핸들이 움직이거나 승용차가 요동치는 일은 없지만 한 생명체가 분해되는 그 미세한 느낌이 고스란히 내 온몸을 뚫고 들어와 오싹한 전율을 느낀 적이 있다. 그 이후 어두워지면 되도록 운전을 안 하는 버릇이 생겼다.

안개에 덮인 저수지 건너편에서 새들이 우짖는 소리가 들려온다. 수면 위에서 피어오르는 안개는 주변 산과 나무들을 덮으며 가만가만 그 부드럽고 얇은 손으로 다독이는 것 같다. 나무 작대기로 수풀을 헤치며 둑방 끝으로 들어가려니 덤불을 이룬 찔레가 앞길을 막아선다. 찔레순이 제각각 자라 나무가 되려 한다. 폭포수 쏟아지는 소리가 가깝게 들린다. 안개를 헤치며 나가자 배수문을 통과하는 물결이 거칠게 포효하며 버드나무 사이로 쏟아져내린다. 불어난 저수지의 물이 한꺼번에 배수문을 빠져나가려고 아우성치며 물보라를 일으켰다. 비가 이대로 내리다가는 저수지 둑이 무너질지도 모른다는 불안이 엄습해온다.

그건 나의 상처, 트라우마였다. 호수, 강, 물의 바다…… 가끔 꿈에서 가위 눌리는 장면에서 어김없이 나타나는 호수 마을.

상하이에서 항저우 사이에 위치한 작은 마을.

그때 나는 해외에 사업체를 확장하는 기업의 신입사원이었다. 중국어를 한 줄도 모르는 나에게 첫 해외 파견 근무 지시가 떨어졌을 때 그야말로 마른하늘에 날벼락이었다. 팀장은 어학연수를 먼저 받은 후 현지인과 친해져보라고 넌지시 귀띔을 했다. 현지 대학 기숙사에 짐을 풀고 막막한 심경을 줄담배로 풀고 있었다. 룸메이트는 한국에서 온 유학생 강규욱이었다. 강규욱의 도움으로 학교나 관공서에 필요한 서류 준비를 어렵지 않게 할 수 있었다. 반면에 나는 그에게 좀 비싸다 싶은 중국 음식을 양껏 사주었다. 포만감을 느낄 정도로 음식과 술을 먹은 그는 혀 꼬부라진 소리로 혀엉, 혀엉, 하며 친근감을 드러냈고 툭하면 밥 사달라고 졸라댔다. 규욱이 혀가 약간 풀어진 목소리로 혀엉, 혀엉, 부르면 피를 나눈 동기간이 된 듯 잠시 착각에 빠져들었다. 덩치는 컸는데 얼굴에 보조개가 피는 귀여운 녀석이었다. 덩치에 어울리지 않게 녀석 방에는 귀엽고 작고 앙증맞은 소품들이 널려 있었다. 여자 친구에게 주겠다며 선물을 사서 괜찮냐고 보여주면 내 마음에는 들지 않았지만 녀석의 기분을 생각해서 그냥 고개를 끄덕여주었다. 강규욱과의 관계는 내가 기숙사를 나와 아파트를 얻어 살 때에도 이어졌다. 나보다 다섯 살 아래인 녀석은 어학연수 보내주는 기업에 취업한 형이 부럽다며 너스레를 떨었다.

내가 살고 있는 아파트 오층 창문으로 끝없이 이어진 들이 보였고,

그 들판 너머로는 아득한 평원이 하늘과 맞닿아 있었다. 지평선 끝에서 해가 뜨고 해가 졌다. 사방 수백 수천 리 길이 평지인 그곳에서 산이라고는 눈 씻고 찾아봐도 없었다. 그것은 막막함 이전에 공포였다. 중국이라는 넓은 땅덩어리를 가진 나라에 대한 부러움의 한편에는 그들의 선조가 자행한 영토 전쟁과 소수민족에 대한 무분별한 복속, 탐욕과 야심의 궤적을 떠올리지 않을 수 없었다. 자주 가는 채소가게 주인 아저씨나 쌀가게 주인에게 물어보면 수십 리 길도 아주 가까운 이웃인 것처럼 말해서 거리 감각이 우리와는 다르다는 것을 심각하게 느끼고 있었다. 가끔 주말에 할 일이 없거나 막연히 누군가와 이야기라도 나누고 싶어지면 나는 승용차를 몰고 들판을 달려가곤 했다. 곳곳에 수로가 바둑판처럼 놓인 대지는 땅의 주인과 물의 주인이 누구인지 분간이 안 되는 듯했다. 낯선 길을 달리다 보면 수로를 따라 물의 길을 지나가는 나룻배를 만나고는 했다. 때때로 소년이 나룻배를 저어가기도 하고 어느 때는 백발 노인이, 어느 날은 노래를 부르는 아녀자가 아기를 태우고 노를 저어 지나가기도 했다. 그들을 지나치면서 땅의 길이 우선인지 물의 길이 먼저인지 알 수가 없었다. 농기구가 걸린 일층 건물에는 사람의 흔적이 없었다. 사람들은 모두 이 층에 살림을 차렸는데 가끔 기둥에 매달린 나무배가 기우뚱거리며 흔들리는 게 보였다. 어떤 집은 지붕에 배가 앉아 있었다.

그날은 승용차를 몰고 제법 멀리까지 출장을 나간 날이었다. 한낮이 가까워오자 먹구름이 몰려오더니 무서울 정도로 비가 쏟아졌다.

초록의 들판은 차츰 붉은 진흙물로 덮이기 시작했고 사람들은 무심하게 그것을 바라보았다. 노인들은 긴 곰방대에 잎담배를 넣어 연신 연기를 날려댔고 아이들은 여인들 옆에 꼭 붙어서 칭얼거리다가 돼지 꼬리를 잡고 놀거나 강아지를 안고 뒹굴었다. 일주일을 비가 내리퍼붓자 사람들은 외출을 삼가고 집 안에 틀어박혀 지냈다. 비가 그치길 기다리면서 뜨개질을 하거나 대나무로 과일 바구니를 만들거나 갈댓잎을 엮거나 노래를 불렀다.

비는 줄기차게 쏟아졌다. 세상이 떠내려갈 듯한 풍경에 불안감이 몰려왔지만 그들은 태평했다. 비가 내리는 것도 일상인 듯 보이는 그들이 이상한지 내가 이상한지 알 수 없는 나날이었다. 기다란 가지를 늘어뜨렸던 버드나무가 물에 잠기기 시작하면서 내 불안은 절망감으로 바뀌었다. 본사에서는 내 행방에 대해 수소문하다가 실종신고를 했을지도 모르고 대사관 접수 문서에 내 이름이 이미 올랐을지도 모를 일이었다. 물의 세상에서 육지로 나가야 되는데 나갈 수가 없었다. 길과 밭의 경계가 사라지고 평야는 거대한 호수로 변했다. 풀을 뜯던 염소와 양과 소 떼도 사라지고 수면 위에는 옥수수 줄기가 반쯤 물에 잠긴 채 마디를 드러내거나 길게 자란 야생 잡초 줄기와 붉은 수숫대, 그리고 몸통을 호수에 담근 채 가지를 늘어뜨린 나무들이 이곳이 물의 도시라는 사실을 새삼스럽게 일깨워주는 듯했다. 하루가 지나고 이틀이 지나고 사흘이 지나자 이제 붉은 수숫대도, 야생 잡초들도 옥수수수염도 사라지고 나뭇가지 끝에 달린 이파리들만이 겨우 물 위에 둥둥 떠다녔다. 일주일이 지나자 나무들도 사라지고 거대한 호수가 창밖으로 출렁거렸다.

이층에 모여 있던 사람들은 지붕으로 올라갔다. 지붕 위에까지 물이 차자 배를 띄웠다. 비상식량을 자루에 담거나 바구니에 담아 배 한쪽에 모아놓고 조용히 물이 빠지길 기다렸다. 나는 현지 직원이 소개해준 집에서 아득한 평원이 물로 가득 차서 집과 길과 밭작물이 서서히 깊은 바닥으로 가라앉는 것을 지켜보았다. 사람들의 표정은 담담했다. 집집마다 기둥에 매어놓은 나무배를 끌러 처마에 매달았다. 지붕에 얹혀 있던 나무배가 물 위에 둥둥 떠서 흔들리는 풍경도 익숙해졌다. 지붕만이 겨우 드러난 건물 위로 배가 띄워지고 돼지 닭 토끼 염소 거위가 올라타고 아이들이 올라타고 노인들과 젊은 사람들이 차례로 올라탔다. 내 방이 물에 잠기는 것을 바라보다가 지붕으로 올라갔고, 여기저기 널따란 나무 판때기나 나룻배가 물의 길을 따라 이리저리 돌아다니는 정경을 지켜보았다. 물에 떠 있는 형상이 된 지붕이 보였다. 염소와 양과 닭과 거위 등이 뒤섞인 지붕과 나룻배는 인간도 하나의 동물이며 자연의 부분이구나 하는 생각이 들게 했고 만물의 영장이니 존엄이니 하는 말들이 아득하게 다가왔다 사라졌다. 사람들이 의외로 담담해서 놀랐고 놀라는 내 표정에 주인 부부가 재미있다는 듯 웃었고 곧 무심한 표정으로 강물을 바라보았다. 별로 놀란 기색이 아니었다. 해마다 비만

오면 되풀이되는 현상이라는 말을 향토사학자로부터 전해들은 터라 나는 드넓은 평야를 가진 사람들을 부러워하던 마음에 다소 위안을 얻었다. 처음 이곳에 도착했을 때 모든 집들이 이층이어서 놀랐고 가축을 가족 대우하며 한데 어울려 사는 것에 놀랐고 호수를 마치 육지처럼 자유롭게 이용하는 것에 놀랐다. 더러 삼층집이 있었는데 내가 숙박하는 집이 삼층 다락방이었다. 물결이 찰랑였으나 파도는 없었다. 물을 가둬두기 위해 땅을 넓게 파고 호수를 만든 이들의 소박한 행위도 거대한 자연 앞에는 무기력할 수밖에 없었다.

지붕이 거의 물에 잠길 무렵 이웃에 살던 젊은 부부가 나룻배에 올라타더니 나를 딱하다는 듯 쳐다보았다. 삼각 지붕의 작은 유리문 턱에 다리를 걸치고 나는 더 높은 지붕 꼭대기로 올라가려던 참이었다. 여자가 자기네 배에 올라타라고 말했다. 나는 고맙다고 괜찮다고 지붕에 있겠다고 대답하고는 호의에 가득 찬 시선을 보냈다. 물 위의 이웃이 된 그들은 신혼부부였다. 몇 가지 비상으로 준비한, 쪄서 말린 옥수수와 볶은 콩, 육포나 마실 물을 저장한 항아리 외에 별다른 살림이 없었다.

"소가 떠내려간다아!"

어떤 아이가 소리쳤다. 아이 엄마인 듯한 여자가 아이 입을 주먹으로 틀어막으며 조용히 하라는 시늉을 했다. 물 위에는 흰 소가 둥실둥실 떠내려가고 있었다. 돼지와 염소도 떠내려갔다. 아니, 떠내려가는 게 아니라 그냥 물 위에 가만히 떠 있었다. 느린 유속은 가재도구와 동물들을 싣고 고요히 떠 있었는데 그 풍경은 마치 한 폭의 정물화 같았다.

님이여, 어둠 속에서도 내 목소리를 기억하세요.

안개 속에서도, 폭풍우 속에서도 우리 사랑은 스러지지 않아요.

저 강물처럼, 호수에 비친 은빛 달처럼, 오 님이여, 내 목소리를 잊지 말아요.

노래 가사는 애달프고 슬펐다. 그 노래는 호수 마을 사람들 사이에 전해오는 민요였다. 호수 마을의 여인들은 할머니 때부터 전해져오는 그 노래를 들으며 자랐다. 소녀들도 처녀들도 유부녀들도 자연스럽게 노래를 불렀고, 안개가 끼거나 폭풍우가 휘몰아치는 밤이면 여인들은 더욱 길고 애절한 목소리로 노래를 불렀다.

그 지방의 향토사학자 말은 달랐다. 호수 마을 여인들이 안개가 자욱한 밤, 노래를 부르는 것은 사실이지만 그것은 달빛 속에서 사랑을 나누는 연인들의 유희라는 것이다. 빗물에 가재도구가 떠내려가고 봄에 뿌릴 씨앗이 불어터져도 밤의 달빛은 연인들의 마음에 사랑의 안개를 모락모락 피워 올렸다.

어둠 속에서 들려오는 애절한 노랫소리. 나는 어디선가 그 노랫소리를 들은 적이 있었다. 내 두뇌는 분명 그 노래를 기억하고 있었다. 하지만 장소가 어디인지 구체적으로 떠오르지 않았다. 다만 호수 마을이라는 것만은 확실했다. 끊임없이 귓가에 찰랑이는 물결 소리가 그것을 말해주고 있었다. 아주 오래전 기억임에는 틀림없었다. 그곳이 라오스였는지 캄보디아였는지 혹은 베트남이나 중국의 남쪽 지방이었는지는 확실하지 않았다.

내 아득한 기억 저 너머에 호수 마을이 있었다. 달빛이 수면을 비추면 물결이 은빛으로 빛나던 호수였다. 그 기억은 오래되어 어쩌면 전생에 일어난 일이었는지 모른다. 호수와 달은 밤마다 연인의 이야기를 들었고 그런 날 밤이면 유난히 안개가 짙게 끼었다. 안개는 연인을 수많은 눈과 귀로부터 지켜주었고 그들의 이야기는 전설이 되었다.

호숫가 마을 사람들은 그물을 쳐서 고기를 잡아 시장에 내다 팔거나 끼니를 이어갔다. 호수는 그들의 어머니이자 생명이었다. 호수 마을 사람들은 육지 마을 사람들처럼 이웃에 마실 갈 때나 나들이를 갈 때 나무로 만든 배를 타고 노를 저어서 갔다. 두 다리로 땅을 딛듯이 노를 수면에 드리우고 날갯짓하듯 가볍게 다녔다. 불편한 것은 없었다. 육지 마을 사람들의 눈에 그들이 불편해 보였을 뿐이다.

호수 위에 집을 짓고 사는 그들은 돼지를 키우고 닭을 키우고 아기를 키우고 사랑을 키우며 살았다. 연인이 사랑하기에는 어설픈 집이었다. 밤이면 연인들은 호수에 배를 띄우고 사랑을 나누었다. 연인이 속삭이는 소리가, 사랑의 날갯짓이 물결 파동을 일으켰다. 물결무늬는 잔잔한 호수를 가로질러 뭍에 닿았고 뭍은 밤새 연인의 밀어를 퍼 날랐다.

서로를 애타게 기다리거나 찾는 연인의 노랫소리가 밤의 허공 속으로 떠돌았다. 그믐밤이면 나룻배가 물 위에서 서로 부딪히지 않으려 노래를 불렀다. 밤의 호수는 연인들이 나누는 애절한 몸짓으로 조용히 흔들렸다. 서로 안타깝게 뒤척일 때마다 물결이 찰랑였고, 물결이 뱃전에 부서졌고 어둠이 그들의 부끄러움을 가려주었다.

신혼부부는 내 존재를 아랑곳하지 않았다. 밤마다 그들은 얇은 홑이불을 뒤집어쓰고는 사랑을 나누었다. 연인은 적극적이었다. 연인의 밀어가 밤의 호수 물결을 불러왔다. 물결이 출렁이자 젊은 부부의 배가 심하게 요동쳤다. 혹시 뒤집힐까 봐 마음을 졸이면서 한창 신혼의 단꿈에 취한 젊은 부부를 쳐다보고는 했다. 아침이면 그들 부부는 지난밤 일은 까맣게 잊은 표정으로 환하게 웃으며 인사를 했다. 내가 오히려 쑥스러워 그들 얼굴을 똑바로 쳐다보지 못했다.

안개가 짙은 밤이었다. 무슨 일이 있었는지 신혼부부의 다투는 소리가 났다. 잠이 들려던 내 귀에 그들 부부의 목소리가 심상치 않아서 일어나 앉았다. 희미한 어둠 속에서 젊은 부부가 엎치락뒤치락 하다가 물건을 집어던졌다. 여자가 집어던지는지 남자가 집어던지는지 알 수 없었다. 그들 부부의 상황이 짙은 안개 속에서 무대 위 판토마임처럼 드러났다. 개입을 해야 하나 말아야 하나 괜찮냐고 물어보아야 하나 말아야 하나 심각한 고민에 빠졌는데 다행히 조용했다. 더 이상 아무런 고함 소리가 나지 않았다. 소동이 가라앉고 나서 다시 지붕 위에 드러누웠다. 축축한 습기가 등에 스며들었다. 목이며 팔,

배와 다리가 가려웠다. 마시는 식수는 조금밖에 남지 않았다. 비는 그쳤고 수위는 서서히 낮아지고 있었다.

다음 날 아침 햇볕이 환하게 내리쬐었다. 지친 상태였고 피부의 가려움 때문에 정신이 반쯤 나가 있던 터라 젊은 부부의 일을 잊고 있었다. 어느 순간 빈 나룻배가 지붕 끄트머리에 기대어 흔들리고 있었다. 어, 뭐지? 순간 불안한 예감이 빠르게 뇌리를 스쳐갔다. 젊은 부부가 보이지 않았다. 빈 배가 저 홀로 흔들렸다. 배 안에는 아무것도 없었다. 주위를 두리번거렸다. 황톳물은 사라졌으나 청회색 희부옇게 흐린 물결이 찰랑거리며 흘러갈 뿐 사위는 고요했다. 강아지와 돼지 꼬리를 잡고 노는 아이들의 목소리가 간간이 들려왔고 새들이 날아다니는 수면에는 햇빛을 받은 물결이 은빛으로 빛났다.

나흘이 지나자 서서히 지붕이 드러나기 시작했다. 물은 조금씩 빠졌다. 아주 천천히 느리게 흘러가는 물을 쳐다보는 것만으로도 멀미가 났다. 어지러웠다. 고여 있던 호수에서는 악취가 났다. 물고기 떼가 배를 까뒤집은 채 허옇게 죽어 나자빠진 풍경이 곳곳에 예사롭게 펼쳐졌다. 버드나무가 가지를 물에 반쯤 잠긴 채 깨어나고 산비둘기와 백로가 이 나뭇가지에서 저 나뭇가지로 옮겨 다녔다. 떠다니던 가재도구가 여기저기 진흙 뻘에 묻힌 채 거꾸로 처박혀 있었다.

물이 빠진 후 신혼부부의 시신이 발견되었다. 서로 꼭 껴안은 채 나뭇가지에 걸려 있었다. 배가 뒤집혔는지 그들이 물속으로 뛰어들었는지는 알 수 없었다.

본사에서는 비상이 걸린 상태였고 팀장은 사실대로 설명을 해도 기가 막힌지 대꾸를 못하고 침묵으로써 그의 놀람을 표현했다. 그 도시를 떠난 후 한동안 물멀미를 심하게 앓았다. 꿈속에서도 홍수가 나는 꿈을 꾸었고 휴가철이면 강이나 바다를 피해 계곡이나 유적지를 다녀왔다. 이십여 년이 흐른 지금에 이르러 나는 여전히 물에 대한 공포가 있다. 그 기억은 평생 나를 쫓아다닐 터였다. 저수지를 두려워하지 않은 것은 호수와는 그 크기가 비교되지 않을 만큼 작았고 건너편 산그림자가 물속에 고스란히 안겨들었고 내 가슴 안에도 잔잔하고 고요한 풍경을 담아주었기 때문이다.

강아지 울음소리가 들려 돌아보니 백구 한 마리가 찔레 덩굴에 갇혀 끙끙대고 있다. 산책길에서 따라왔다가 어느 사이엔가 사라져버리곤 하는 어린 강아지였다. 첫날 저수지 근처에서 어정거리다가 나를 보더니 계속 쫓아왔다. 원앙이 노니는 모습을 보느라 녀석을 잠깐 잊었는데 발치에 매달려 바짓가랑이를 물거나 무릎에 기어오르려 해서 턱밑을 쓰다듬어줬더니 자꾸 따라왔다. 한 시간쯤 산길을 걷는데 녀석이 따라와서 은근 신경이 쓰여 쫓아보내려 했으나 도망가지 않았다.

찔레 덩굴을 헤치고 강아지를 번쩍 들어 안는데 녀석이 빤히 쳐다본다. 내 가슴에 머리를 기대고 가만히 있는 녀석의 몸속에서 가래 끓는 소리가 나며 숨을 급하게 쉰다. 녀석의 배가 들쑥날쑥하며 호흡이 가쁘다. 의외로 녀석의 몸은 따뜻하다. 강아지를 안고 불어나는 청회색 물결을 바라본다. 청둥오리 떼가 날개를 퍼득이며 물을 차고 날아오른다. 강아지가 잠깐 머리를 쳐들더니 다시 가슴에 고개를 묻는다. 따뜻한 온기가 내 몸을 타고 전신에 퍼지며 가슴속 깊은 동굴의 얼어붙은 뿌리에 가닿는다. 따뜻한 온기는 바닥에 말라붙었던 뿌리를 적시고 언 땅을 적시며 거친 표면을 부드럽게 어루만진다. 꽁꽁 얼어붙었던 바윗덩이에 미세한 틈이 벌어지며 기우뚱 흔들리는 찰나 폭포수 쏟아지는 소리가 들려왔다. 나도 모르게 울음이 터져나왔다. 배수구가 열리는 순간 천둥 벼락 같은 물줄기가 흰 포말을 이루며 쏟아졌다. 강아지 백구의 몸은 따스했고, 그 따뜻함이 예전의 아내와 살던 한때를 떠올리게 하였고 은미와의 마약 같은 밤이 되살아나며 살아 있음의 강렬한 생명력을 지닌 순간순간의 짧은 절정을 추억하게 했다. 나는 그 자리에 주저앉아 소리내어 울었다. 얼마만에 느껴보는 따뜻함인지 얼마만에 가져보는 위안인지 꾹꾹 눌러 참았던 격한 감정의 소용돌이에 주변 눈치고 뭐고 눈물이 자꾸 쏟아졌다.

건너편 배수문 근처에 주황색 옷을 입고 머리에 흰 철모를 쓴 사람들이 어른거리는 게 보였다. 강아지가 내 품에서 빠져나가 옆에서 꼬리를 흔들고 있다. 울음을 그치고 주위를 둘러본다. 어디선가 오리 떼가 날아와 수면 위에 내려앉는다. 무리를 지어 헤엄쳐다니거나 끼리끼리 어울려 노는 오리 떼의 등장이 적막을 흐트러뜨린다. 바람이 물결을 밀어내자 오리 몇 마리가 둔중한 몸을 흔들며 날아오른다. 수면이 고요히 흔들렸다. 나는 천천히 일어나 주위를 둘러본다. 배수문 근처에 어른거리던 사람들도 어디론가 가버리고 보이지 않았다. 안개가 서서히 걷히고 있었다. 멀미가 나고 어지러웠다. 안개가 서서히 걷히고 있었다.

존재의 그늘

그녀는 그를 만나

대청호를 걷던 과거를 유추하는

자신을 발견했다

한때 어린 자식들과 더불어 온 가족이

꼬물꼬물 정겹게 살던 마을이

한순간 호수로 변하여 사라진 공간에는 봉분들이

대청호 푸른 물결을 내려다보며 안주한 장면이 선명하게 뇌리에 박혀 있었다

우리 땅 우리 산하를 걸으며 전국 오지 둘레길을 걸으며

그녀와 그가 만난 것은 어디에나 지천인, 민들레같이 엎드린

봉분들이었다. 저수지 수위가 높아지자 사람들은

도시로 떠나가고 대청호 산 정상이나 능선이 부근에

커다란 무덤 집을 짓고 영혼들이 둥지를 튼 일은

두고두고 그녀의 머릿속에 남아 있었다

사람들의 삶은 양지에서 점점 밀려나 음지로

자꾸 이동하는 듯했다

죽은 영혼들이 그들만의 엄숙과

경건한 재례와 영원한 안식의 자유를 향유하는

언덕 아래에 사람들이

마을이 있었다. 그녀는 단 한 그루

외래종인 하얀 몸체의

플라타너스를

떠올렸다

존재의 그늘

"유물 창고 같아."

그녀가 중얼거리자 그가 돌아본다. 초봄의 바람이 매화 가지를 흔들며 지나가자 대나무 숲이 따라서 흔들렸다. 웃통을 벗은 그의 가슴팍으로 땀이 번들거린다. 그녀는 목을 움츠리며 목도리를 다시 여몄다.

"할머니와 어머니…… 그 윗대조가 쓰던 광인데."

그의 말에 그녀는 어슴푸레한 광을 둘러본다. 그의 모친이 남긴 십년 된 간장을 품어준 어둡고 습한 동굴과도 같은 광이다. 커다란 독한 가득이었을 머루 빛깔 간장은 마트에서 파는 달콤한 주스 맛과 비슷했다. 기다란 플라스틱 바가지로 간장을 풀 때 바닥에 서걱이는 소금 알갱이가 따라오지 않았다면 간장이 원래 짠맛의 원조라기보다는 달콤하고 새콤한 과일 주스의 원료라고 착각했을 터였다. 항아리에 유폐되어 서서히 졸아든 간장은 밑바닥에 서너 사발 남았을까. 깊지도 짜지도 시지도 않은, 혀끝에 부드러운 음료를 맛본 것 같은 간장을 두고 그녀는 씨앗 간장으로 대물림할 거라고 그에게 말했다. 언젠가 신문에서 종부가 지킨 오백 년 된 간장을 비싼 값에 샀다는 기사를 본 기억이 났다. 오래된 것에 대한 향수는 서양이나 동양이나 같은 건지 영국에서는 쥐가 돌아다니는 낡고 삐걱거리는 나무로 된 호텔의 하루 숙박비가 칠성급 호텔 뺨친다던가.

"다듬잇돌이야. 할머니가 쓰시던."

땅을 파헤치던 삽날에 다듬잇돌이 걸리자 그는 한 시간 남짓 흙덩이를 파내어 땅속 깊숙이 숨어 있던 다듬잇돌을 땅 밖 지상으로 꺼내놓고는 성취감이 가득한 표정을 지었다. 그 표정에는 충만한 미소가 어렸고 잃어버린 물건을 되찾은 만족감이 있었다. 뜰에는 자줏빛깔 잎사귀를 밀어 올리던 작약이, 붉고 노란 가시를 세우고 꽃대궁을 끌어올리던 장미 줄기가 삽날에 찍혀 여기저기 나뒹굴었다. 누렇게 뒤집어진 채 하늘을 향해 거꾸로 드러난 뿌리의 체액을 흡입하려 개미 떼가 몰려들었다.

개집을 헌 자리에 나무를 심을 요량이었다. 지난밤 그와 그녀는 인터넷을 뒤져가며 나무에 관해 의견을 주고받았다.

"자귀나무를 심을까."

"자귀?"

"자귀는 연인이 서로 화합하는 나무래. 집 나간 남편이 자귀향을 잊지 못해 돌아온다네."

"그것도 괜찮겠군."

"후박나무는 어때?"

"그것도 좋아."

"무슨 대답이 그래."

"당신이 좋다면 나는 다 좋아."

그녀는 인터넷에서 이런저런 나무를 검색해본다. 석류, 비파, 불두화, 산목련, 산작약, 남천, 화살, 노각, 마가목, 천리향, 매죽, 쥐똥, 배롱나무…… 그녀는 메모를 하며 일 년에 서너 그루씩 해마다 나무를 심으리라 작정했다. 그를 따라 그의 고향에 온 기념으로 첫 번째 나무를 어떤 수종으로 심을지 쉽게 정하지 못하고 고민하는 일도 즐거웠다. 세상에는 인종보다 나무종이 훨씬 더 많았다. 인간이 중심이 되어 세상을 변화시키는 게 아니라 자연의 변화에 인간이 끌려간다는 것을 그녀는 시골에 온 후 어렴풋이 느끼는 터였다. 그의 윗대조와 할머니, 어머니가 살았다는 집터도 그랬다. 광을 헐고 개집을 헐고 담장을 헐고 화장실을 고치고 보일러를 새로 놓는 일을 시작하려다 보니 걸림돌이 자꾸 생겨났다. 개집 아래 파묻혀 있던 다듬잇돌이나 광속에 틀어박힌 채 긴 세월 이 집을 지탱해준 생활용구들은 끊임없이 나왔다. 버리자니 아깝고 그냥 두자니 갖고 온 살림살이가 만만치 않았다. 그녀는 뒤뜰 감나무를 베어내고 임시로 컨테이너에 부려놓은 이삿짐을 건너다본다. 한숨이 절로 나왔다. 포장이사 업체에서 종이 박스에 물건을 담아 상자째로 컨테이너에 차곡차곡 쌓아두고

가는 바람에 무슨 물건이 어디 있는지 알지 못한 채 봄옷만 달랑 몇 가지 꺼내놓은 그녀는 몇 날 며칠을 추위에 떨어야 했다.

고개를 숙인 채 바가지로 소금을 퍼내던 그녀는 잠시 허리를 펴고 스트레칭을 했다. 항아리는 깊었다. 쌀 서너 가마니는 족히 들어갈 독은 뒤주 뒤에 다소곳이 웅크려 있어서 비어 있는 항아리들 중의 하나이겠거니 대수롭지 않게 생각했다. 뚜껑을 열어본 그녀는 잠시 호흡을 멈추고 가만히 있었다. 들고 있는 뚜껑의 무게도 잊고 먼지 쌓인 뚜껑을 든 채 그대로 서 있기만 했다. 검은 독 안에는 굵은 소금이 가득 들어차 있었다. 희고 빛나는 소금 결정체를 그녀는 오래오래 바라다보았다. 십 년인지 이십 년인지 혹은 그보다 더 오래되었을 소금 덩어리들은 검은 독 안에 갇힌 채 마치 결기를 품은 듯 희고 빛나는 결정체로 그녀를 빤히 쳐다보는 듯했다. 독은 오래 묵어 검은 먼지가 더께로 쌓여 있었다. 아궁이에 불을 때면서 재와 연기가 광을 휘돌아 쌓인 먼지는 투박하고 거친 항아리의 일부가 되어버려서 수세미로 문질러도 닦여지지 않았다. 그녀는 다시 허리를 반으로 꺾어 머리통을 독에 집어넣고 팔을 뻗어 소금을 퍼올렸다. 소금사막에서 소금을 캐는 거나 허리를 꺾은 채 머리통을 디밀어 소금을 퍼올리는 행위나 비슷한 노동이지 싶을 정도로 그녀에게 그 일은 노역이었다. 네 자루째 포대를 채우자 젖은 소금이 나왔다. 푹 젖은 소금 알갱이가 바가지에 들러붙어 떨어지지 않아 그녀는 손으로 하나씩 떼어냈다. 할머니가 쓰던 소금인지 어머니가 남긴 소금인지 알 수가 없었다. 소금 알갱이는 크고 싱싱했다. 우박이 한꺼번에 마당에 떨어져 뒹굴 때 유리구슬 같은 빛을 내쏘던 풍경이 연상되었다. 항아리 바닥에는 딱딱해진 소금 층이 지난 시간을 함부로 드러내지 않겠다는 듯 다부지게 응결되어 수저로 긁어내거나 주걱으로 긁어내려는 그녀의 손을 무위로 돌렸다. 그녀는 몇 번 끙끙대며 용을 쓰다가 허리를 펴고 일어섰다. 어지럽고 다리가 휘청 흔들렸다. 광은 깊고 넓었다. 뒤주 뒤쪽은 아직 손도 대지 못한 채 그녀는 광에서 나와 하늘을 쳐다보았다. 구름이 잔뜩 낀 날씨인데도 눈이 부셨다. 그녀는 삽질을 하는 그를 바라보았다. 상체를 벗은 그의 팔뚝에 힘줄이 불끈 돋았다.

"커피 한잔할까."

"조오치."

그녀가 묻자 그가 망설임 없이 대답한다. 그는 쳐다보지도 않고 일에 몰두하고 있다. 물을 끓여 믹스 커피 두 잔을 타서 나눠 마시며 그는 오랜만에 할 일이 생겼다는 듯 표정에 생기가 넘쳐났다. 두 사람의 퇴직금 일부로 집을 고치고 나머지는 야산에 유실수를 심을 작정이라고 그가 말했고 그녀는 고개를 끄덕여주었다.

"마을 사람들에 비하면 돈에서는 달리지만 어떻게 사는 건지 보여주고 싶어."

"마을 사람들이 부자야?"

"응, 부자야. 이십여 년 전부터."

"이십여 년 전? 그럼 그 이전에는 아니란 말이네."

"그전에는 머슴이 많이 사는 마을이라 할 만큼 가난한 동네였지. 저 윗동네가 부자 동네고."

"저 윗동네는 집이 별로 없던데."

"부자 마을은 자식들을 교육시켜 그 자식들이 도시로 나가 공부해서 좋은 직장, 원하는 배우자를 얻어 정착한 반면, 가난한 머슴 마을은 공부를 못 시킨 자식들이 마을을 지키며 딸기 농사로 부자 마을을 이뤘지."

"딸기가 돈이 되는구나."

"일본이나 홍콩 등지로 수출해서 수확하는 족족 통장에 그날그날 돈이 따박따박 찍히니까."

"어쩐지, 지나가다가 딸기를 팔라고 해도 안 팔더라니까. 이 땅에서 나는 작물을 우리가 못 사 먹고 남의 나라 국민에게 팔아버리는 행태가 서운하긴 했어."

"미카엘라?"

"응."

"당신은 천사니까, 천사처럼 살자."

"천사도 선한 천사, 악한 천사가 있잖아."

"그냥, 천사처럼 살자."

"미카엘?"

"응."

"우리는 어쩌면 선과 악의 축을 떠받드는, 양날개를 가진 천사일지 몰라."

"그래도 난 착한 천사로 살고 싶다."

"세상이 선과 악, 이쪽과 저쪽으로 나뉘어졌는데 착한 천사만으로 살 수 있을까."

"복잡한 셈법은 모르겠고 난 당신만 내 옆에 있으면 돼."

"……."

그와는 그녀가 삼 년 전 혼자 도보 여행을 할 때 불어난 계곡물을 함께 건너며 가까워졌다. 폭풍우 속을 뚫고 걷기를 강행했고 뉴스에서는 농작물 피해와 어선 대피와 낙뢰를 조심하라는 예고를 하던 때였다. 주왕산 계곡에서 시작하여 청송 영양 구간을 걸었는데 휴가철임에도 여행자는 없었다. 강물과 계곡물이 불어나 있었고 비에 길이 파묻혀서 방향감각이 마비될 정도로 위기의 순간이었다. 절박했던 터라 그녀가 먼저 말을 걸었고 그가 길 안내를 했으며 운동화를 벗어 들고 맨발로 개울을 건널 때는 서로 상대방 스마트폰으로 사진을 찍어주기도 했다. 함께 비상식량을 나눠 먹었고 미카엘과 미카엘라라는 세례명을 갖고 있음에 동질감을 느꼈고 그 길에서 그들은 평생 함께 걸어가도 될 것 같은 예감이 들었노라고 훗날 서로 고백했다.

그는 불안정한 직장 생활에 그녀는 불확실한 미래에 막연한 불안감을 갖고 있던 터였고 조상이 남긴 농가가 있다고 그가 말하자 그녀가 호기심을 보였고 그가 강이 있고 산이 있고 넓은 하늘이 있다고 말하자 그녀가 웃었고 감나무와 대숲이 있다고 그가 다시 말하자 그녀의 마음이 살짝 움직였다. 오래 묵혀둔 시골집은 나무 기둥과 서까래가 쓸 만했고 조금만 고치면 될 것 같았다. 집 주위를 둘러싼 감나무 두어 그루를 베어내자 그녀가 아깝다고 말했고 그는 흔한 감나무를 아까워하는 그녀가 이상했고 그럼에도 그가 감나무 가지를 자꾸 쳐내자 그녀는 나무가 우리보다 더 오래 살았다고, 터를 지킨 건 당신이 아니라고 말하자 그가 물끄러미 그녀를 쳐다보며 이 마을은 사방 천지가 감나무야, 라고 말하자 그녀가 입을 다물었다.

오랜 시간 집을 떠나 있던 그는 시골집에 도착하면서 톱과 전지가위를 들고 다니며 나뭇가지를 쳐냈다. 그의 말에 따르면 상품성이 적다는 이유였다. 그가 지나간 자리마다 나뭇가지가 수북하게 쌓였다. 그녀는 나뭇가지를 집어들고 베어진 자리를 만져본다. 나이테가 형성되기 전의 어린 나무도 있고 막 나이테가 한두 줄 그어진 나무도 있다. 베어진 살점에서는 진물이 흘러나왔다. 베어진 가지마다에서 끈적끈적한 진액이 스며 나와 짙은 향을 풍겼다. 향을 들이마시며 그녀는 자신의 살점이 베이는 듯한 아련한 아픔이 가슴속 깊은 곳에서 스며나옴을 알았다.

"나, 감 안 먹어도 돼. 그냥 자연 그대로 살게 내버려두자, 응?"

"가지치기를 해줘야 건강하게 오래 살아. 당신은 시골 출신이 아니라서 잘 몰라."

"그래도 나무들이 자연스럽게 도태되거나 살아남게 내버려두면 되잖아."

"내가 다아 알아서 할게. 당신은 산책이나 갔다 와."

그는 돌아보지도 않고 톱질을 하며 심드렁하게 말했다. 그녀는 자신의 말을 흘려 듣는 그의 뒷모습을 바라보다가 집을 나왔다.

건너편 산자락이 파헤쳐지고 붉은 흙이 온통 드러나 주변의 푸른 숲지대와 도드라진 정경에 그녀는 발을 멈췄다. 마을 골목에는 외지에서 온 승용차들이 빼곡하게 들어차 있고 사람들이 끼리끼리 모여 담배를 나누어 피우거나 잡담을 하고 있는 정경이 낯설게 들어왔다. 산의 속살은 깊었다. 붉은 황토로 뒤덮인 산은 운동장 넓이만큼이나 파헤쳐져서 내장을 훤히 드러낸 채 비석이 가지런히 세워지고 있었다. 한눈에도 유골을 옮기는 중이라는 것을 알 수 있는 장면이 벌어지고 있었다. 삼베 두건을 쓴 사람들과 포클레인이 움직였다. 대단위 묘지 단지가 조성되는 듯했다. 영혼의 집단 이주였다. 그러고 보니 며칠 전부터 건너편 산자락이 수선스러웠다. 멀리 마을 초입에서부터 산을 따라 길게 길을 만들고 있었는데 예전부터 있던 길이 아니라 새로 만든 길이라는 게 단박 드러났다. 풀뿌리와 나무뿌리가 뒤집어졌고 붉은 흙덩이가 주변의 검은빛 땅덩어리와는 확연하게 구별이 되었다. 이쪽과 저쪽의 경계 구역처럼.

그녀가 이사 오던 날 몇몇 영혼들도 이주를 했다. 사방 산등성이와 숲에는 못 보던 봉분이 새로 생겨났다. 잔디가 입혀진 봉분에는 흙이 마르지 않아 원래 검은색이었던 땅에 날것인 붉은색이 주변 경관과 화합하지 못하고 생경하게 널브러져 있었다. 그녀는 시골에 내려온 다음 날인가 그와 마을 뒷산으로 난 길을 한 바퀴 둘러보았다. 앞으로 그녀가 친근하게 대해야 할 곳이라 그가 안내를 해주느라 같이 걸었다. 야트막한 산등성이나 계곡 숲으로 난 길이 유난히 눈에 띄었다. 경운기나 차량 한 대가 너끈히 들어갈 수 있는, 산에서는 비교적 넓은 길이 곳곳에 나 있어서 그녀는 유심히 길의 꼬리를 찾아 그 흔적을 더듬었다. 모든 길은 산으로 향해 나 있고 모든 길은 산속의 묘지에서 멈춰 섰다. 사람이 상여를 메고 들어가던 묘지 길이 승용차가 들어가는 길로 바뀌면서 산은 이제 산 본연의 역할이 뭔지 아리송해졌다. 평지보다 높다는 이유로 엄숙하고 경건한 산의 심장 가장 깊숙이에 자리 잡은 묘지들을 위해 거기, 산이 존재하는 것 같았다. 영혼들은 마을에서도 가장 전망이 좋고 바람과 볕이 잘 드는 양지녘에 머물러 안식을 취했다. 살아 있는 사람들이 음습하고 때로는 춥고 배고픈 땅에서 힘겹게 버둥대며 살아가는 동안에도 영혼들은 따뜻한 햇볕과 부드러운 바람과 숲의 향기과 새들의 지저귀는 소리를 들으며 안식에 들었다. 가장 좋은 땅은 영혼들의 몫이었고 사람들은 그 한 자락 자투리땅에 기대어 발붙이고 살았다. 풍수 예언가들이 가장 좋다고 가리키는 땅을 마을 사람들은 누구도 가져보지 못했다. 그건 영혼에 대한 모독이었다.

산 너머에서 바위를 깨뜨리는 소리가 들려왔다. 그 소리는 며칠 전 걸을 때도 들려왔고 집 밖을 한 발자국만 나와도 들려왔다. 저수지를 만드는 중이라고 그가 말했고 시골이 생각보다 소란스럽다고 그녀가 말했다. 언제 공사가 끝나느냐고 그녀가 물었고 언제 끝날지 모르겠다고, 아주 오래전 할머니에 할머니 그 윗대조 할머니가 살던 시절에도 공사가 진행 중이었다고 그가 대답했다. 산모퉁이 하나를 돌아서는데 개 짖는 소리가 들려왔다. 개 짖는 소리는 한두 마리가 아닌 수십, 수백 마리 개가 떼로 짖어대는 소리였다. 산이 울리고 땅이 울렸다. 개들이 모여 산다고 그가 말해준 기억이 났다. 주인이 있는지 즈들끼리 모여 사는지 모르겠다고 그가 말했고 두려움이 가득한 눈동자를 불안하게 굴리며 그녀가 보이지 않는 산모퉁이 저쪽의 개들이 사는 마을을 주시했다. 그녀는 혹여 개들의 마을이 보일까 종종걸음으로 언덕길을 걸어 올라갔다.

날씨는 우중충했고 먹구름이 낀 하늘에는 금방이라도 폭우가 쏟아질 듯했다. 그때 그녀는 분명히 누군가가 움직이는 것을 보았다. 검은 생머리에 검은 바바리를 입은 젊은 여자였고 창백한 피부에 가냘파 보이는 체구였다. 그녀는 눈을 깜박였다. 혹시 잘못 보았나 싶어 발걸음을 멈추고 자세히 그쪽을 살폈다. 수풀이 우거져 있고 소나무가 몇 그루 서 있으며 그녀가 있는 곳에서 이십여 미터 떨어진 길섶이었고 토목공사를 하여 담을 쌓은 흔적이 보이는 장소였다. 그녀는 검은 바바리 여자가 지나간 그곳을 살펴보러 발뒤꿈치를 들었고 뒤꿈치를 들었음에도 돌담은 높았다. 검은 바바리 여자가 서 있던 곳에는 납골당이 있었는데 그녀는 납골당 앞에 세워진 비석의 글귀를 읽어내려 했으나 마른 잡초와 관목에 가려 읽을 수가 없었다. 그녀는 어쩌면 검은 바바리 여자가 자신을 지켜보고 있는지도 모른다고 생각했다. 그렇다면 검은 바바리 여자는 외로워서일까. 혼자 길을 걷는 그녀에게 호기심이 생긴 걸까. 대숲이 일렁이는 팔부 능선에는 머슴마을 대대로 살아온 사람들의 집성촌 사당이 있었다. 길 입구 바위 표지석에 영모재(永慕齋)라고 화살 표시가 되어 있었다.

영모재라.

그녀는 혼잣소리로 중얼거리며 멀리 미음 자 모양의 검은 기와집 영모재를 무연히 쳐다보았다. 조상들을 오래도록 기억하고 잊지 말라는 의미인 듯했다. 산 자와 죽은 자가 서로 이웃하여 화평하게 살아가는 마을의 풍경과 닮은 편액이었다. 본채 처마에는 이름깨나 알려진 서예가가 써준 편액이 달려 있었다. 어느 날 누군가 문화재로서의 가치가 있는 그 편액을 떼어가 버린 후 복사본을 내걸었다고 그가 말해주었다. 용마루에는 원숭이와 사자와 기괴한 동물 형상 모형이 세워져 있다. 무성한 대숲을 배경으로 앉아 있는 영모재에 구름을 벗어난 햇살이 비쳤다. 영모재의 나무 대문은 굳게 잠겨 있고 괴괴한 정적이 흘렀다.

개 짖는 소리는 더 이상 들리지 않았다. 언덕을 올라서자 소나무와 잣나무, 잡목이 주종을 이루는 그 산에 홀로 오래 살아온 외래종 한 그루가 덩치를 부풀리며 서 있다. 흰 몸체를 드러낸 플라타너스였다. 플라타너스 뒤로 너와집 한 채가 쇠락해가고 있다. 그녀는 주변 경관과 어울리지 않는 플라타너스로 다가가 고개를 쳐들고 나무를 쳐다본다. 나뭇가지가 사방 길게 뻗은 플라타너스는 세 아름이나 되는 듯했다. 나무 주위에는 오방색 헝겊 띠가 둘러쳐져 있고 몸체는 흰 페인트칠을 한 듯 매끈했으며 결이 고왔다. 그녀는 나무 둥치를 쓰다듬어주고는 잠시 기대어 서 있다가 내리막길을 향했다. 몇백 년은 끄떡없이 살아왔을 나무의 수령이 그보다 적게 살아온 그녀의 시간을 침묵으로 말하는 듯했다. 그녀는 문득 플라타너스가 자신을 말없이 바라보고 있다는 느낌이 들어 뒤돌아보았다. 바람 한 줄기가 그녀의 머리카락을 헤집으며 지나갔다.

한 시간 남짓 걸려 산을 돌아 내려오다가 그녀는 지팡이를 짚고 천천히 걸어오는 노파와 딱 맞닥뜨렸다. 그녀가 고개를 숙여 인사하자 노파는 한참이나 그녀를 빤히 바라보다가 성이 뭐냐고 묻는다. 그녀가 박가라고 대답하자 아무 말 않고 아래 위를 훑어보더니 엄마랑 담배 친구라고 말해서 그녀는 잠시 어리둥절한 표정으로 멀뚱히 서 있다. 노파의 쉰 목소리는 발음이 불분명했고 뜬금없이 느 어메 담배 친구여, 라고 하는 통에 그녀는 뭐라고 대꾸해야 할지 몰라서 네에, 하고는 얼버무렸다.

노파가 지팡이를 짚으며 느린 걸음으로 걸어갔다. 그녀는 집으로 돌아와 그에게 노파 이야기를 했더니 자기 엄마 담배 친구라고 부연 설명을 해준다. 그녀는 그제서야 노파가 말했던 의미, 고인이 된 시어머니의 담배 친구라는 뜻을 확실히 알고 혼자 슬그머니 웃었다.

"어? 그 노인네 아무 한테나 말 안 하는데, 당신이 예뻤나 보다."

"아무나?"

"노파가 제정신이 아니라고 아무도 상대를 안 하려고도 하지만 귀신을 본다고 소문이 나서 접근을 안 한다고 이장이 그러더라고."

그녀는 납골당 옆에서 본 검은 바바리 여자가 언뜻 떠올랐다. 그는 광에 있던 물건을 죄다 끄집어내어 펼쳐놓고 감상하는 중이었다. 곰방대, 참빗, 얼룩이 진 대바구니, 삼베 적삼, 나무 함지박, 청동 대야, 놋화로, 인두, 물레, 미색 보자기 몇 개…….

"박물관 같아."

"살아 있는 박물관이지."

"……."

그녀는 할머니와 어머니의 물건이 혼재된 생활용품을 보며 복잡한 심경에 젖었다. 그에게는 귀하고 귀한 물건일 터였다. 그녀에게는 그저 옛사람이 쓰고 만지고 아끼던, 영혼의 손길이 닿은, 박물관 유리문 너머로 잠깐 일별하듯 스치고 지나치면서 잊어버리면 그뿐일 물건이었다. 고인의 흔적이 덕지덕지 묻은 옛 물건을 집안에 비치해두고 일상으로 바라보거나 애용한다는 건 께름칙했다. 그녀는 가까이 있는 미색 보자기를 끌러보았다. 접힌 삼베 뭉치가 여러 필 들어 있어서 한눈에 보기에도 귀한 물품이라 장롱 깊숙이 보관해놓고 쓰지 못한 듯했다. 펼쳐보니 가는 베로 섬세하게 짠 노랗고 고운 안동포였다. 누군가의 수의를 만들려고 두었거나 아들이나 딸이 결혼할 때 저고리나 도포를 만들어주려고 둔 것인지도 모를 삼베였다. 그녀는 삼

베를 미색 보자기에 다시 싸매며 한숨을 쉬었다.

"아, 어머니가 쓰시던 다듬잇돌도 나왔어."

그가 화단으로 내려서며 할머니 것보다 더 매끈하고 길쭉하며 잘 다듬어진 다듬잇돌을 자랑스럽게 보여준다. 그녀는 끝 모를 불안감에 사로잡히며 이 집안 구석구석 묻혀 있는 영혼들의 흔적을 도대체 어떻게 해야 할지 몰라 머리가 아파왔다. 시골에 내려오려고 결심했을 때 그녀는 나름 소박한 꿈을 꾸었고 그 꿈의 설계도를 다시 그렸다 지우기를 반복했다. 다시 그리고 또 그려도 지겹지 않은 이상한 꿈이었다.

"미카엘."

"응."

"난 다른 건 몰라. 전망 하나만 있으면 돼. 전면이 유리창인 그런 전망. 방에 앉아 차를 마시며 마당의 꽃밭을 내다볼 수만 있다면 아아, 다른 것은 얼마든지 포기할 수 있어."

"미카엘라."

"응."

"당신의 소원인데 그깟것쯤이야. 좋아, 전망 좋은 방."

아주 기분 좋고 설레고 흥분되는 그와 그녀와의 문답이 오가면 그녀는 괜스레 그가 듬직해 보여 커피를 타주거나 볼에 입을 맞추거나 엉덩이를 툭툭 쳐주거나 약간은 유치한 행동을 하며 소박한 꿈에 젖었다. 그는 그녀와의 약속을 기억이나 할까. 마음에나 담아두었을까.

그녀와의 약속을 아는지 모르는지 그는 집 안을 뒤지고 구석구석 숨어 있는 옛 물건을 찾아내고 혹시 그냥 지나쳤을세라 두 번 세 번 뒤지거나 파헤쳤다. 집 안은 난장판이 되어갔다. 그녀는 마당에 서서 흙 속에 파묻혔다가 굴러다니는 찌그러진 양은 개밥그릇이나 개뼈다귀, 버려진 고무장화 한 짝 같은 물건을 보며 낯을 찌푸렸다. 그녀의 만류로 용케 목숨을 부지한 흙담 옆의 대봉 감나무 한 그루를 대견한 듯 바라보다가 담 너머 산자락을 타고 시선이 한 곳에 머물렀다. 산중턱 경사면을 깎아 돌담을 쌓고 조성한 평지에 갓을 쓴 비석 한 기가 우뚝 서서 마당을 내려다보고 서 있었다. 집성촌의 선산답게 어디나 무덤이 자리를 잡고 있었다지만 그녀가 서 있는 마당 바로 위 산자락 가파른 경사면에 우뚝 서 있는 육중한 검은 비석은 말없이 침묵의 세월을 지켜보고 서 있었다. 그녀는 서늘한 한기가 머릿속으로 스치고 지나감을 느끼며 오싹한 기운에 몸을 떨었다. 그녀는 아무렇게나 널브러진 물건들 사이를 걸어 나와 골목 담장에 기대어 섰다. 그녀는 골목에 주저앉아 담배를 피워 물었다.

"나도 좀 줘."

어디서 목쉰 음성이 들려와 그녀가 돌아보자 산길에서 만났던 노파였다. 그녀가 고개를 까닥 숙여 인사를 건네자 노파가 다시 나도 좀 줘, 그랬다. 그녀가 부스럭거리며 담배곽을 꺼내들자 노파가 얼른 낚아채더니 한 개비를 뽑아 입에 문다. 그녀가 라이터를 켜준다.

"어메와 담배 친구야."

"네에."

노파가 연기를 후우 불어 올리며 말했고 그녀가 연기를 후우 내뱉으며 대답했다.

"성이 뭐야."

"박가예요."

"무슨 박, 탈바가지 박."

노파가 돌연 낄낄대며 웃었다. 그녀가 빤히 쳐다보다가 아무런 대꾸가 없자 노파가 그녀의 눈을 뚫어져라 들여다보더니 너, 연화야, 이년! 어디 갔다 이제 왔어, 그러고는 갑자기 목을 끌어안고 마른 울음을 운다. 그녀가 놀라 노파의 팔을 잡아떼려 하지만 꿈쩍도 안 한다.

"할머니, 이것 놓으세요!"

그녀가 아무리 소리치고 고함을 질러도 노파는 그녀의 목을 끌어안고 놓아주지 않는다. 얼마큼 시간이 지났을까. 지친 그녀가 몸의 힘을 빼고 노파가 하는 대로 가만히 있자 억센 갈퀴 같은 노파 손목에 힘이 빠지며 스르르 풀어진다. 그녀는 숨을 크게 들이쉬고 내쉰다. 노파의 검고 까만 눈이 그녀를 멀거니 바라본다.

"색시는 어디서 왔노."

"……"

"서쪽에서 왔나. 히히."

"먼 데서 왔어요."

"내 그럴 줄 알았지."

"할머니는 어디서 왔나요."

"나? 서쪽에서 왔지."

그녀가 어이없다는 듯 노파를 한참 쳐다보다가 무슨 심경이 들었는지 질문을 한다.

"할머니, 연화가 누구예요?"

"연화?"

노파가 눈을 멀뚱멀뚱 뜨더니 한참 고민하는 듯하다가 돌연 어이구 내 새끼! 연화야, 하고 울기 시작한다. 그녀가 놀라 노파를 달랜다.

"할머니, 사탕 드릴게. 저랑 같이 가요."

"뭐, 사탕? 연화가 좋아하는데."

그러고는 배시시 웃는다. 그녀는 가방에 넣어둔 목캔디를 떠올리고는 집으로 향했다. 노파가 느린 걸음으로 따라오는 기척이 느껴졌다. 건너편 산자락의 건을 쓴 사람들과 장비가 사라진 자리에는 검은 비석들이 나란히 집을 짓고 들어차 있었다. 한꺼번에 온 가족과 집안이 몽땅 이주한 듯 비석들은 일렬로 두 줄이 서 있었다. 골목마다 빼곡하니 들어찼던 승용차와 사람들도 어디론가 사라지고 없었다. 눈 깜박할 사이에 영혼들이 집단으로 이주한 마을은 아무 일 없었다는 듯 예의 그 정적과 침묵의 세계에 잠겼다.

주춤주춤 따라오던 노파가 보이지 않아 가버렸나 했더니 어디선가 다시 나타나 그녀에게 다가와 묻는다.

"매실 효소가 진짜야?"

"매실이라니요."

"저거 말야, 저거."

노파가 가리키는 손가락을 따라가니 뒤뜰 장독대 위에 그녀가 가져온 커다란 유리병이 놓여 있다. 이 년 전인가 시장에서 청매실을 사다가 설탕에 절여놓은 매실액을 별로 즐기지 않아 있는 듯 없는 듯 방치해둔 거였다.

"아, 네, 좀 드릴까요."

"매실 맞아?"

"네에, 진짜 담근 매실이에요. 조금 드릴 테니 잠깐 기다리세요."

그녀는 바닥에 조금 남은 커피 알갱이를 비닐봉투에 담고 병 속을 휴지로 닦아낸 후 국자로 매실액을 퍼담아 병에 가득 채웠다.

"할머니, 이것 가져가세요."

"무거워. 이것 갖고 나 따라와, 무 줄게."

"무요?"

"왜, 무가 싫어?"

"아, 아니에요. 주세요."

노파가 지팡이를 짚고 천천히 다리를 끌며 앞장서고 그녀도 노파의 걸음에 맞춰 천천히 따라간다. 동네 사람 몇이 두 사람을 힐끗 보고는 종종걸음으로 사라지는 것을 빼고는 마을은 조용했다. 노파의 집은 그녀가 있는 곳에서 논 두 마지기 거리쯤에 있었으나 느린 걸음으로 인해 엄청 먼 거리처럼 느껴졌다.

연화암.

노파가 들어간 집 입구 바위에 연화암이라는 예서체 글자가 음각되어 있고 마당 한켠에는 커다란 미륵 돌부처가 떡 버티고 서 있어서 그녀는 어, 뭐지? 라는 의문과 함께 노파의 정체에 의혹이 짙어졌다. 노파가 작은 방 미닫이를 열더니 한참 안에서 부시럭거렸다. 그녀는 노파를 기다리며 집 주위를 둘러보았다. 미륵 돌부처 앞에는 타다 만 흰 양초 두 개가 쌀이 담긴 작은 항아리에 꽂혀 있고 스텐 사발에 물이 담겨 있어서 기복 신앙 냄새가 났다. 토속신을 믿는 것 같기도 하고 아닌 것 같기도 하고 부처를 모시는 것 같기도 하고 아닌 것 같기도 한, 묘한 분위기를 풍기는 집이었다. 연화암이라는 표시를 봐서는 암자라는 뜻인데 외형은 민속신앙 같았다.

"무 가져가."

노파가 손에 들고 나온 것은 뜻밖에도 배였다. 주먹덩이보다 큰 배 세 개를 들고 나온 노파는 먹고 더 가져가라고 그녀에게 건네준다. 그녀는 노파를 쳐다보고 배를 쳐다보고 하다가 배를 두 손으로 받아안고 고맙다고 잘 먹겠다며 물러나와 집으로 향했다.

"그 노인네 딸이 하나 있었는데 죽었어. 아마 당신이 딸인 줄 알았나 봐."

"딸 이름이 연화 맞지."

"어떻게 알았지."

"그냥 아는 수가 있지."

그녀는 대충 노파의 상황을 파악했다. 뒷산 오솔길에서 본 납골당과 검은 바바리 여자가 스쳐갔다. 집성촌 산에서 유일한 납골당이었다. 여자는 예뻤고 눈망울이 검은 머루알처럼 까맸던 것을 그녀는 기억했다. 짧은 순간이었지만 어딘가 노파와 닮은 구석이 있었다. 자그마한 몸집과 여린 듯 해맑은 얼굴은 아득한 저쪽 하늘을 가슴에 품고 사는 달의 희구 같았다. 여자의 모습은 반월이었다.

— 에, 주민 여러분, 안녕하십니까. 오늘 저녁 일곱 시, 마을회관에서 묘지 관련 긴급 회의가 있으니 한 사람도 빠지지 마시고 참석 바랍니다. 다시 한 번……

이장의 칼칼한 음성이 마이크를 타고 마을에 울려 퍼졌다. 불량 스피커 때문인지 이장의 칼칼한 목청 때문인지 잡음이 심해 또렷하게 들리지는 않았으나 그녀는 대충 그렇게 알아들었다. 묘지 관련이라. 그녀는 마을을 빙 둘러싼 언덕과 산과 그 산에 포진한 묘지들을 떠올렸다. 영혼들은 아주 오래전부터 마을의 산에 둥지를 틀고 사람들을 내려다보며 그들의 안식을 구가했을 것이었다. 간혹 포클레인이나 개 떼가 고요한 안식을 방해하기는 했어도 조상 대대로 영혼들이 터를 잡아 안주했던 공간이었다. 돌아보면 인간의 삶이란 아주 짧고도 찰나에 불과한 미망이었다. 따스한 봄볕이 내리쬐는 양지녘, 바람은 부드럽게 대숲을 쓸어주고 새들은 그들을 위해 노래를 불러줄 것이었다. 노란 동백이 꽃망울을 터뜨리는 초봄, 홍매화 청매화가 피고 산벚꽃 향이 천지 사방 날아다닐 터였다. 들에 산에 환한 꽃망울이 가득 만개하면 또 어느 영혼이 그 향기를 인도 삼아 조상들의 터 한 귀퉁이를 차지하게 될 터였다. 마을은 영혼들의 집이 될 것이었다. 사람들은 서서히 그들의 발치에서 꼼지락대며 노닐다가 언젠가는 합류할 테고 마을은⋯⋯.

그녀는 그를 만나 대청호를 걷던 과거를 유추하는 자신을 발견했다. 한때 어린 자식들과 더불어 온 가족이 꼬물꼬물 정겹게 살던 마을이 한순간 호수로 변하여 사라진 공간에는 봉분들이 대청호 푸른 물결을 내려다보며 안주한 장면이 선명하게 뇌리에 박혀 있었다. 우리 땅 우리 산하를 걸으며 전국 오지 둘레길을 걸으며 그녀와 그가 만난 것은 어디에나 지천인, 민들레같이 엎드린 봉분들이었다. 저수지 수위가 높아지자 사람들은 도시로 떠나가고 대청호 산 정상이나 등성이 부근에 커다란 무덤 집을 짓고 영혼들이 둥지를 튼 일은 두고두고 그녀의 머릿속에 남아 있었다. 사람들의 삶은 양지에서 점점 밀려나 음지로 자꾸 이동하는 듯했다. 죽은 영혼들이 그들만의 엄숙과 경건한 제례와 영원한 안식의 자유를 향유하는 언덕 아래에 사람들의 마을이 있었다.

그녀는 단 한 그루 외래종인 하얀 몸체의 플라타너스를 떠올렸다. 영혼들이 숨 쉬는 터에 유일하게 홀로 외로움의 시간을 견디며 몇백 년을 버텼을 플라타너스는 그녀가 두 번째 산책길에서 만난 고독한 이방인 나무였다. 그 나무 아래에 서면 마을이 내려다보였다. 멀리 강이 실개천처럼 길고 가느다랗게 흘러갔다. 강둑을 지나 들판이, 들판을 지나 마을이, 마을의 골목이, 골목의 끝에는 산으로 향한 묘지들의 길과 산을 점령한 영혼들의 집이 다 내려다보였다. 그녀는 두 번째 산책길에서 내려다본 마을의 정경이 가슴 깊숙이 들어와 박혀 흔들리는 것을 그리하여 그 흔들림의 정체가 스스로 정리하고 떠나온 과거 어느 시절의 욕망 때문인지 지루한 현실에 대한 박제된 본능 때문인지 알 수 없었다. 그러나 확실하게 그녀 안에서 미세하게 발아를 시작한 그 흔들림의 정체는 알 듯 했다.

"어휴, 저 땀 좀 봐. 좀 쉬었다 해."

"응."

"아직도 나올 게 많은 거야?"

"할머니 어머니의 유품인데 잘 간수해야지."

"죽은 자의 물건을 안고 살아가라고? 난 싫어."

"골동품이라고 생각해봐."

"물건의 주인은 오래전에 땅속에 묻혀 저세상 사람이 되었는데 이세상 사람인 내가 저세상 사람 것을 어떻게 간직해."

"다르게 생각해봐. 조상의 유산이라고."

"내 것두 넘치고 넘치는데 너무 많아."

"당신은 내 할머니와 어머니의 추억이 없어서 그래."

"당신은 추억이 많아 그 많은 유품을 껴안고 살고 싶은 거야? 응,

그런 거야?"

"그게 아니구."

그녀는 일찍 돌아가신 부모님의 유품이 하나도 없는 것을 그제서야 깨달았다. 그녀 친구 어머니 중에는 죽으면 앨범도 자식에게 누가 된다고 아무도 볼 사람이 없다고 나이 들면서 하나 둘 태워 없애버리더라는 이야기를 한 적이 있었다. 자신이 쓰던 물건, 손때 묻은 거울, 빗, 반지, 목걸이가 누군가에게는 께름칙한 유물일 수도 있었다. 그녀는 새삼스럽게 자신이 소유한 물건을 머릿속으로 대충 분류해본다. 컨테이너에 가득 잠긴 옷이며 가전제품이며 책장들. 그러고 보면 며칠이 지나도록 열어보지 않은 컨테이너였다. 물건 없이도, 불편한데도 살아지는 것이 신기할 지경이었다. 그녀는 컨테이너에 갇힌 그와 그녀의 세간이 거대한 유물 단지처럼 보여 못내 불편했다. 조상의 산에 통째로 파묻어버리고 싶은 강한 욕망이 시골에 온 후 처음으로 저 깊은 내부에서부터 솟아나기 시작했다.

"미카엘, 좀 쉬엄쉬엄 해."

"……."

그는 그녀의 말에 대꾸를 안 하고 일만 하고 있다. 내려오던 날부터 그는 땀을 흘려가며 일을 했다. 그녀는 대답 없는 그를 한참 바라보다가 운동화를 신고 뒷산 오솔길을 향해 뛰었다. 숨이 턱에 차도록 뛰었다. 수영을 할 때의 호흡법으로 숨을 들이쉬고 내쉬고 들이쉬고 내쉬며 그녀는 한달음에 플라타너스가 있는 언덕에 다다랐다.

그녀는 플라타너스 언덕에서 멀리 강과 들과 골목과 골목이 잇닿아 있는 마을의 지붕을 내려다본다. 산등성이와 중턱과 숲 곳곳에서 마을을 향해 엎드린 무덤들을 본다. 산자락에 고즈넉이 엎드린 마을은 잘 짜인 하나의 관 형상으로 그녀의 눈앞에 웅크려 있었다. 사람들은 사랑을 하고 이별을 하고 죽고 태어남을 반복하며 자신의 무덤을 짓고 있었다. 그녀는 지나온 시간을 뒤돌아보았다. 촘촘한 발자국마다 자신의 관을 짜기 위한 치열한 욕망들이 배신과 분노와 슬픔의 상처들이 켜켜이 쌓여 그물관처럼 옭아매고 있었다. 멀리 긴 그림자를 끌며 노파가 느릿느릿 어디인가 걸어가고 있었다. 그림자는 검은 바바리 여자인 것 같기도 하고 아닌 것 같기도 했다. 그녀는 눈을 깜박이며 긴 그림자를 쳐다보다가 플라타너스 둥치에 머리를 기댔다. 땅을 두드리는 노파의 지팡이 소리가 그녀의 귀에 환청처럼 울렸다.

"집만 완성되면……"

남편은 입버릇처럼 말했고

명자 역시나 집만 완성되면 그 기념으로 지리산 둘레길을

한 바퀴 돌고 뭔가를 시작할 수 있을 것 같았다

붉은 벽돌집

남편의 고향에서

제2의 인생을 살거나 ㅁ

취미를 붙이기 시작한 오지 도보 여행을 하거나

구체적으로 계획이 있는 건 아니지만 지금까지

살아온 방법과는 다른 뭔가 새로운 길이 열릴 것만

같은 환상에 사로잡혀 지냈다

한 달이나 한 달 반이면 완공된다던 집이

석 달이 가고 넉 달이 지나가며 장마철에 접어들었다

명자는 초조했고 남편의 담배는 늘어만 갔다

백일홍 꽃무리에 나비 떼가 날아다니고

마당에 밝은 햇볕이 하루 종일 머물러 있는

정경이 매일 반복되었고 명자는 시간이

정지된 것 같아 아무것도 할 수 없었다

박 사장이 부도를 내고 잠적해버린

무렵 명자는 지칠 대로 지쳐서 무기력했고

집만 완성되면 하고 꿈을 꾸었던

모든 것들이 그 순간

멈춰버렸다

붉은 벽돌집

　그 소리는 벽 틈새 저 너머에서 들려오고 있었다. 명자는 신경을 곤두세우고 귀를 기울였다. 울음이 가득 들어찬 듯 흐느끼는 소리에 이어지는 깊은 한숨 소리는 여러 날째 이어졌다. 명자는 그 소리를 처음 듣던 날을 떠올렸다. 지붕 공사가 끝나고 이제 마무리 단계에 접어들었다고 안심하던 그날 명자는 남편과 같이 커피를 마시다가 가늘고 깊은 한숨 소리를 들었다.

　"여보, 무슨 소리 못 들었어요?"

　"아무 소리도 못 들었는데."

　"저, 저 소리."

　"피곤해서일 거야."

　그날 명자는 저녁으로 비빔국수를 먹고 남편과 커피를 나누어 마시고는 집이 완공되는 대로 지리산 종주를 하자며, 그간 그들이 살아온 날들에 대해 이야기를 나누고 있었다. 도시 변두리 외곽 지역의 반전세 방에서 살림을 시작한 이후 노점상을 하며 아이를 낳아 키우고 그 아이들이 반듯하게 커준 데 대해서도 오롯한 기쁨을 표시하고 있었고 힘겹게 살아온 도시 생활을 청산하고 시골에 안착하길 잘한 것 같으며 작은 집을 지어 사는 꿈이 실현될 미래에 대해 끊임없이 말하고 있었다. 명자는 달콤한 믹스 커피를 목 안으로 삼키며 그녀의 둥지가 되어줄 붉은 벽돌집이 얹혀지는 과정을 임시 주거지인 컨테이너에서 바라보고 있었다. 컨테이너에서 보낸 지난 넉 달간의 시간 동안 그녀의 꿈이 둥그런 보름달에서 점차 이지러지는 그믐달의 형상을 띠게 되었다는 것을 명자나 그녀의 남편은 알지 못했다. 명자는 남편과 앞으로 살아갈 날들에 대해 끊임없이 이야기를 하고 또 했다. 그녀의 꿈이 둥그렇게 부풀어오르는 것 같아 보였다. 지나간 시절의 힘겨웠던 날들을 회고하는 듯 명자의 남편이 눈을 지그시 감았다.

명자는 집 짓느라 벌써 다섯 달째 꼼짝 못하고 묶여 있는 현실에 서서히 지쳐가고 있었다. 명자가 과거의 회상에 잠겨 있는 동안 다시 흐느낌이 시작되었다. 분명히 벽 안에서 나오는 소리였다. 명자는 신경이 예민해져 있었다. 명자는 침대에서 일어나 슬리퍼를 끌며 거실을 가로질러 이층으로 오르는 나무 계단을 조심스럽게 밟고 올라섰다. 얇은 삼베 커튼 사이로 유리문을 투과한 상현달이 부풀어오르는 게 보였다. 달빛이 비쳐드는 유리문을 열고 명자는 밖을 내다보았다. 멀리 희미한 어둠 속에서 산기슭을 휘돌아 나가는 강줄기가 부옇게 펼쳐지고 어둑어둑한 산자락이 겹겹이 등을 포갠 채 웅크려 있는 게 보였다. 명자는 강과 들판과 들판 끝을 따라 산맥이 이어져 산으로 합쳐지는 정경을 어슴푸레한 서녁의 대기 속에서 한동안 바라보았다.

이층 다락방 유리문을 여는 소리에 진돗개 오복이가 멀뚱하게 쳐다보며 꼬리를 흔드는 것을 빼고 주위는 변한 게 없었다. 구석구석 살펴보고 귀를 기울여보는 동안 소리는 뚝 끊겼다. 명자는 남편에게 전화를 했으나 그는 받지 않았다. 전화가 끊긴 지 벌써 나흘째였다. 박 사장을 만나러 간다고 집을 나간 남편이 의령인가 고성 어디인가 있다는 박 사장 처갓집을 찾아가 보겠다고 말을 꺼낼 때만 하여도 마지막 희망이 남아 있는 듯 보였다. 박 사장이 마지막으로 남긴 전화에 그쪽 지역 번호가 찍혀 있었고 그들은 그 순간에도 형님, 아우님 하며 서로의 안부를 챙겼고 그런 장면을 명자는 불안한 듯 지켜보았다.

자다가 한밤중에 깨어나면 쉽게 잠이 오지 않았다. 새벽 세 시 무렵 눈이 떠지면 명자는 이불 속에서 뒤척이다가 동이 터오기를 기다려 강둑을 걸었다. 안개가 자욱한 강변으로 왜가리 한 마리가 느리게 날아가고 비닐하우스가 기다랗게 줄을 지어 엎드려 있는 정경은 적요했다. 안개가 몰려오면 한 치 앞을 내다볼 수 없었고 안개 속에서 명자는 자신의 현재 상황과 꼭 닮은 정황을 답답한 심경으로 맞닥뜨렸다. 잠을 잘 수 없는 나날이 몇 달째 이어졌고 새벽마다 뒤척이기를 수백 번도 더했고 음식을 삼킬 수가 없었고 음식을 겨우 목 안으로 넘긴 후에는 잠이 걷잡을 수 없이 쏟아졌다.

남편의 전화를 기다리다가 명자는 냉장고를 뒤져 소주를 꺼내 마셨다. 인부들이 먹다 남긴 소주병을 냉장고에 두고 간 게 아직도 남아 있었다. 명자는 캄캄한 화장실 벽을 더듬어 요강에 오줌을 눴다. 박 사장은 세면대며 변기를 좋은 제품으로 해주겠다고 말하고는 두 번 다시 나타나지 않았다. 박 사장의 휴대폰은 꺼져 있고 남편의 전화기도 꺼져 있었다. 화장실 설비를 남겨놓고 사라진 박 사장의 행방을 염탐하러 가끔 인부들이 찾아왔다. 첫날, 목수 일을 하던 남자가 오더니 며칠 후에는 미장일, 지붕, 설비, 분야별로 사람들이 나타나 집 안팎을 둘러보고 집안을 기웃거리다 갔다.

"저…… 사장님 돈이 박 사장에게 다 건너갔나요?"

"잘…… 모르겠어요."

그들이 조심스럽게 물으며 명자의 눈치를 살필 때 그녀가 할 수 있는 거라곤 없었다. 명자는 아는 게 별로 없었다. 다만 남편이 지나가는 소리로 공사 대금이 다 갔다고 하는 것을 어렴풋이 들은 것 같았다. 그때만 하여도 공사가 안 끝났는데 대금 지불이 이루어졌으리라고 생각하지도 못한 명자는 남편의 혼잣소리를 흘려들었고 미리 알았다 해도 결과는 마찬가지였을 것이다. 남편은 끊었던 담배를 피우고 있었다. 인부들이 피우면 옆에서 한 대씩 얻어 피우다가 급기야 남편은 몇 갑을 사다 놓고 마당 귀퉁이 감나무 밑을 서성이며 줄담배를 피워댔다. 널브러진 공사 자재와 짐을 푼 종이 박스가 아무렇게나 쌓여 있는 마당이며 뒤꼍, 골목길, 집 안팎의 어수선한 풍경에 명자는 머리가 아팠다.

군데군데 엘이디 등이 둥근 공처럼 허공에 떠서 어둠을 밝혀주고 있었다. 마을은 고요하게 깊어가고 개 짖는 소리도 잦아들었다. 자동차 불빛 하나 없는 마을에 유령처럼 등불이 어둠을 지탱하고 있는 정경을 명자는 밤마다 지켜보곤 했다. 축축한 냉기가 스며들었다. 목덜미와 팔뚝에 돋는 소름을 손바닥으로 문지르며 명자는 너무나 고요해서 자신도 모르게 숨을 멈추었다. 숨 쉬는 소리마저도 저 고요함에 방해가 될 것 같은 정적, 명자는 가만히 숨을 몰아쉰다. 어둠 속에서 엘이디 등이 곡예를 하며 밤의 대기에 떠다니는 것 같아 몸이 으스스 추웠다. 명자는 창문을 닫고 침대로 기어들어갔다. 불을 끄고 누워 오지 않는 잠을 청하며 뒤척이다 새벽에야 잠이 들었다.

명자는 풋감 떨어지는 소리에 깜짝 놀라 눈을 뜬다. 두 번째 감이 떨어질 때에야 상황을 파악하고는 가슴을 쓸어내린다. 감이 지붕을 때리고 마당에 굴러떨어지는 소리가 여간 큰 게 아니어서 명자는 벽돌이 떨어지거나 세워놓은 사다리가 무너지는 줄 알고 매번 놀라곤 한다. 풋감이 떨어지면 오복이가 귀를 쫑긋 세우고 긴장하며 마을 골목 어딘가를 향해 컹 하고 한마디 짖어대는데 하루에도 몇 번 제 무게를 감당하지 못하는 감이 바닥에 닿는 소리가 점차 커져서 무슨 사고라도 일어났나 싶어 긴장한다.

진돗개 오복이가 요란하게 짖어댄다. 명자는 굼뜬 동작으로 일어나 커튼 사이로 밖을 내다본다. 검게 그을린 얼굴의 남자가 집 안을 기웃대며 주춤거리는 것으로 보아 누군가를 찾고 있는 듯하다. 남자의 얼굴이 낯익다. 명자는 남자가 얼마 전 그녀 집에 일하러 드나들던 일꾼 중 한 명임을 알아본다. 남자는 한 시간을 채 못 넘기고 차가운 얼음물을 찾았었다. 냉동실에 얼려둔 얼음이 동이 나고 정수기 물을 연신 받아주며 명자는 오전과 오후 내내 냉수 심부름을 했다. 남자가 마셔댄 물의 양은 명자가 삼 년은 뽑아 먹고도 남을 수량일 것이었다. 어쩌다 남편이 아침은 자셨는교, 한마디 물어봤다가 오전 열 시 무렵의 라면 새참이 습관이 된 걸 생각하면 기가 막혔다. 새참이나 점심은 집주인과 무관한, 업자인 박 사장의 몫이거나 인부들 스스로 해결하는 것으로 계약이 되었는데 어느 순간부터 새참을 챙겨줘야 하는 입장으로 바뀌어버렸다.

"아지메, 라면 한 개만 끓여주소."

해가 막 뜨거운 열기를 대지에 본격적으로 내려쬐기 시작하는 오전 열 시 무렵이면 어김없이 남자가 컨테이너 창을 두드리며 요구를 했고 혹여 하자라도 날까 싶어 아님 내 집을 갖는다는 막연한 설렘에 뒤를 계산 안 하고 라면을 끓여주었다. 푸성귀를 소금에 절여 겉절이를 담가 라면과 함께 내어놓는 일은 즐겁게 시작했으나 사흘, 일주일, 열흘이 지나가면서 명자는 지쳐가기 시작했다. 마당 귀퉁이 장독대 옆에 늘어진 고무 호스를 더 늘여 명자는 물을 받아 쓰고 그 물을 화단이나 감나무 밑에 버렸다. 다음 날인가 명자는 모르는 척 오전 시간이 지나가는 것을 알면서도 가만히 있었다. 남자가 창밖에서 새참 시간이 지났다고, 자기도 깜박 잊있다고, 아지메도 잊어버렸는갑다, 어쩌고 하며 궁시렁대는 바람에 명자는 아뜩해졌다. 터파기에서부터 마사토를 두 트럭인가 마당에 붓기 시작하면서 기대감으로 들떴던 명자는 서서히 먹구름으로 덮여가는 마음에 가슴이 답답했다. 어느 순간 남편은 속없이 허허 웃고 다녔다. 특히 인부들을 대할 때는 더욱 속없는 사람처럼 허허 웃고 다녔다. 햇볕 쨍쨍한 날 인부들이 늦거나 일을 하러 오지 않으면 명자의 마음이 오뉴월 가뭄에 논밭이 갈라지듯 타들어갔다. 인부들 앞에서 실없이 웃고 다니던 그녀의 남편은 부쩍 말이 없어졌다. 남편이나 그녀 사이에도 서늘한 바람이 불었다. 말다툼이 늘어났고 돌아누워 자는 날이 이어졌고 툭 하면 짜증을 냈고 급기야는 귀촌을 누가 먼저 꺼냈느냐를 가지고 말다툼이 벌어졌다. 텃밭에 고추는 농약을 제때 주지 않아 잎이 오그라들었고 감나무 잎사귀도 거뭇거뭇해졌다.

물을 유난히 많이 찾던 남자를 보자 명자는 반가운 마음이 앞섰다. 명자가 현관문을 열고 나가자 남자가 멋쩍은 듯 아는 체하며 남편을 찾는다.

"사장님은 안 계신가 보네예."

"네, 지금 집에 없는데요."

"물 쫌 주이소."

남자의 말에 명자가 다시 집 안으로 들어간다. 커다란 냉면 대접에

다 얼음을 가득 채워 물을 받아다주며 명자는 남자의 동정을 살핀다. 그도 이틀 전에 찾아왔던 목수처럼 뭔가 캐내려고 온 듯하다. 남자가 목젖을 떨며 물을 소리나게 마시는 동안 명자는 불안정한 눈빛으로 주위를 둘러본다. 칠월의 뜨거운 기운이 마당의 모래 더미에 반사되어 튕겨져 나와 눈이 부시다. 마당 가득 쏟아지는 햇볕에 남자의 목이 더욱 타는 듯 이마에 땀방울이 흘러내린다. 빈 그릇을 내미는 그에게 명자는 작은 소리로 한마디 한다.

"남편이 언제 올지 모르겠네요."

남자는 요란하게 짖어대는 오복에게 손을 흔들어 보이고는 등을 보이며 돌아선다. 그의 흥건하게 젖은 티셔츠가 등에 들러붙어서 유난히 더운 날임을 실감나게 한다. 남자가 정확히 무슨 일을 하는 사람인지 명자는 알 수 없었다. 네댓 명의 일꾼들 틈에서 남자는 모래 더미를 져 나르거나 벽돌을 쌓거나 시멘트를 반죽하는 일을 했다. 건축자재를 한데 모아 갈무리하거나 사장의 트럭을 몰고 심부름을 하거나 하는 일을 했다. 그러니까 남자는 특별한 기술이 없는, 현장에서 요모조모 틈새를 메우는 일을 하는 잡역부였다.

"혹시 하 사장이 왔었나요?"

돌아서 가던 남자가 뒤돌아서서 명자에게 묻는다. 명자는 잠시 생각하는 듯 이맛살을 찌푸리더니 글쎄요, 한다.

"선글라스 쓰고 지붕 공사 하던 사람 있잖아요. 좀 마른 체형이고."

"아."

명자는 그제서야 지붕 공사 하던 사람을 기억한다. 그가 하 사장인 지는 알 수 없으나 조금 특이해서 기억했다. 하 사장은 연예인 뺨칠 정도의 화려한 복색에다 주황색 스카프로 머리를 동여매고는 무릎 길이의 긴 양말에 두툼한 가죽 등산화를 신고 일을 했다. 등장할 때부터 예사롭지 않은 복장이라서 명자는 그의 동작을 유심히 지켜보았다. 그가 지붕 위에 떡 버티고 서서 라디오로 발라드를 듣거나 휘파람을 불 때면 공사 현장이 아니라 경치 좋은 야외에 소풍이라도 나온 듯 경쾌하고 유쾌해 보였다. 이른 아침 트럭을 몰고 인부들이 도착하면 하 사장은 승용차를 타고 그 뒤를 따라 나타났다. 그러고는 인부들이 물을 끓여 컵라면을 먹을 때 하 사장은 원두커피를 마시며 라디오를 들었다. 지붕 위 처마 끝에 하 사장이 서서 일을 하거나 지시할 때면 명자는 그가 혹시 햇볕에 휘청 흔들리거나 바닥으로 추락할까 봐 조마조마하게 지켜보곤 했다. 날렵한 동작으로 지붕을 걸어다니는 그는 힘든 노동을 하면서도 즐겁고 유쾌했다. 박 사장이 그를 보고 하 사장이라고 부를 때에야 명자는 하 사장이 다른 분야의 우두머리라는 것을 알았다. 각자 맡은 분야에 따라 우두머리가 따로 있는 듯했다. 명자의 집에서 일을 하고는 한동안 잠잠하다가 다시 나타나곤 했는데 다른 공사 현장을 다니고 있는 듯했다.

"그런데 하 사장은 왜요?"

"박 사장과 친구인가 뭐라 카던데."

남자는 혼자 중얼거리고 명자를 힐끗 쳐다보고는 발길을 돌렸다. 명자는 모래 더미에 내리꽂히는 햇볕에 눈을 감았다 뜬다. 햇볕이 커다란 그물을 논이며 밭, 강과 숲에 펼쳐서 넓게 대기를 포위한 듯 사위는 온통 빛의 그물로 가득 차서 공기마저 자글자글 기포를 발생하며 끓어오르는 듯했다. 감나무 귀퉁이 한구석에는 코스모스와 백일홍이 무더기로 자라고 담장을 타고 넘어온 능소화가 어수선한 집 안과는 별개로 화사한 자태를 드러내어 명자의 시선을 붙잡아둔다. 아직 마감이 끝나지 않은 공사의 잔재가 널브러진 마당 귀퉁이에 여름이 깊어가고 있다. 명자는 백일홍이 피어 있는 화단 가 바위에 걸터앉아 시멘트 냄새가 배어 있는 벽채며 다락방, 지붕을 쳐다본다. 틈새마다 아이보리색 줄눈을 넣은 붉은 벽돌은 산뜻하다 못해 격조 있는 품새다. 명자는 붉은 벽돌에 시간이 덧입혀지는 것을 상상한다. 바람과 먼지가 덧입혀진 붉은 벽돌은 담쟁이나 풀씨를 위해 그 품을 내어놓기도 하면서 세상의 번잡이 머물기도 하면서 풍화되어갈 것이다. 명자는 벽돌 한 장에 얽힌 무수한 손길을 생각하다가 망연히 쳐다본다. 벽돌을 짊어지고 바닥에 부려놓던 남자의 땀에 흥건한 등과 검게 탄 피부와 퉁퉁 부어오른 손가락이며 다리를 떠올린다. 손이 저리다며 가끔 흔들어대곤 하던, 냉수를 자주 찾던 남자와 이글거리는 햇볕을 받으며 현장을 누비던 인부들의 모습이 말끔하게 단장된 붉은 벽돌과 겹쳐지며 명자는 가슴이 먹먹해졌다.

　벽돌이 한 장씩 쌓아올려지던 그 시간에 공사 대금은 이미 박 사장에게 가 있었다. 박 사장이 사라진 후 남편은 명자에게 사실을 실토했다. 명자는 어이없는 표정으로 남편을 빤히 쳐다보았다. 명자는 간절한 눈빛으로 바라보는 남편의 말뜻을 알아차렸다. 뭐라도 해야 하지 않겠냐는 속뜻을 명자는 모른 척 딴전을 피우며 물었다.

"이제 우리 어떡하죠?"

"……."

남편은 대답 대신 담배와 한숨을 뻑뻑 내쉬었다. 명자는 박 사장을 만나던 첫날을 기억했다. 황토벽돌 공장을 찾아갔다가 공장 사장이 업자 한 명을 소개해주었고 전화 통화 후 오후에 만나자고 하고는 돌아왔다. 어둑어둑 해가 질 무렵 트럭 한 대가 집 옆 담장에 바짝 붙어 섰다. 흰색 트럭은 찌그러지고 군데군데 녹슬었는데 굴러다니는 게 신통할 정도로 낡아 보였다. 트럭을 타고 온 남자가 운전석에서 내리자 미리 전화 연락을 받은 남편과 명자가 도로 옆에 나가 기다렸고 조수석에는 임신한 박 사장의 부인이 타고 있었다. 부스스한 머릿결과 터질 듯이 배가 둥그렇게 부풀어오른 박 사장 부인은 거칠한 피부에 피곤한 듯 잠들어 있었다. 임산부 부인을 달고 온 분위기 탓이었을까. 남편은 따스한 시선으로 박 사장을 대했고 명자는 커피잔을 데워 뜨겁고 달콤한 커피를 내어 갔다. 임신한 박 사장 부인은 잠이 든 채 조수석에 있었는데 그 모습이 안됐다 싶어 명자는 따뜻한 차라도 대접했으면 했다. 트럭을 몰고 장사를 다니던 새댁 시절이 연상되어서였을까. 명자는 박 사장 부인이 꼭 자신의 젊은 시절을 닮은 것 같아 까닭 모르게 눈길이 자꾸 갔다.

그동안 여러 업자를 만나보기도 했고 건축 사무실을 찾아다녀서 남편은 건축비를 대충 꿰고 있었다. 박 사장이 부른 건축 비용은 예상보다 낮거나 적정선이어서 남편은 명자를 힐끗 돌아보더니 그 자리에서 계약을 해버렸다. 면소재지에 있는 박 사장의 건축 사무실에도 남편을 따라 두 번인가 갔던 명자는 커피 머신이며 디자인 책자며 짜임새 있게 갖춰진 규모에 안심이 되었고, 그의 부인이 내려준 신선한 원두커피를 머그잔 가득 마시기도 했다. 박 사장이 지었다는 개인 주택의 사진은 한결같이 잘 가꿔진 뜰과 정원수로 꾸며졌고 나무로 만든 데크는 별장 같은 느낌을 주었다.

별장 같은 정원은 아니더라도 장독대가 있는 아담한 마당을 상상하며 막연한 설렘에 젖어들었던 명자는 자신의 꿈이 장맛비에 휩쓸려가는 들깨 모종처럼 무위로 끝나가는 것을 널브러진 자재의 잔해를 통해 확인할 수 있었다. 어느 해던가 한 평도 채 안 되는 담벼락 밑에 들깨 씨를 구해 뿌리고 모종이 자라나자 땅을 고르고 들깨 모종을 옮겨 심으며 작은 기쁨이 가슴 깊은 곳에서 송글송글 맺히는 것을 느꼈고 고달픈 현실을 잠시나마 잊을 수 있었다. 그때부터였던가. 언젠가는 시골에서 살게 될 날을 막연히 그리며 살아왔다. 여름 장맛비에 들깨 모종이 맥없이 쓰러져 물길에 휩쓸렸어도 명자의 꿈은 사그라지지 않았다.

코스모스가 하늘거리는 화단 앞에 아무렇게나 방치된 소금 항아리가 햇볕을 받고 있다. 모래 먼지를 가득 뒤집어쓴 채 오래도록 그 자리에 서 있는 항아리의 시커먼 입구 속으로 하늘이 가득 들어찬다. 명자는 항아리에 고여 있던 물에 푸른 하늘이 가득 담겨 있는 것을 들여다보며 정적이 깊어가는 한낮의 지루함에 하품을 한다. 키 큰 코스모스 화단에 들어가 오줌을 눈 명자는 습기가 대기 중에 떠다니는 것을 몸으로 느낀다. 달거리가 시작될 조짐이다. 뜨거운 태양빛 아래 서서히 차오르는 습기가 명자의 온몸을 휘감는다. 장마가 곧 시작되리라. 명자는 컨테이너에 사다리를 걸쳐놓는다. 그러고는 처마 밑 짐을 덮었던 푸른색 비닐 포장을 들고 사다리를 타고 컨테이너 지붕으로 올라간다. 묶어놓은 비닐 포장을 풀어 지붕에 덮다가 기침을 한다. 먼지와 모래가 날리며 명자의 코와 입과 목덜미와 다리에 들러붙어서 기침이 더 심해진다. 기침을 멈춘 명자는 비닐 포장을 컨테이너 지붕 모서리에서부터 차근차근 덮어나간다. 한참을 꾸물대던 명자는 허리를 펴고 멀리 들판이며 언덕, 강줄기를 바라본다. 막연한 기대와 꿈이 사라진 명자의 마음에는 지루함과 짜증이 들어찬다.

들판에는 벼 포기가 간간이 흔들릴 뿐 적막이 감돈다. 한숨을 길게 내쉰 명자는 사다리를 내려와 화단 가에 포개놓은 벽돌을 두 장씩 들고 다시 사다리를 타고 올라간다. 대여섯 번 반복하자 이마와 등허리에 땀이 맺힌다. 포장 위에 벽돌을 눌러놓고 명자가 컨테이너 지붕에서 내려오자 진돗개 오복이가 꼬리를 흔들며 혓바닥을 길게 내민다.

"밥 먹어야지. 왜 남겼어?"

오복이 밥그릇에는 아침에 준 사료가 그대로 남아 있다. 식은 밥에 된장국물을 부어주면 허겁지겁 씹지도 않고 삼키던 오복이가 밥맛을 알았는지 사료를 자주 남겼다. 명자는 사료에다 된장국물에 만 밥을 섞어서 주곤 한다. 찬밥이 없어서 사료를 준 날은 아침부터 저녁까지 입에 대지도 않고 굶는 오복이를 노려보며 명자는 한숨을 쉬었다.

"너도 내 속을 뒤집어놓냐."

명자는 오복이를 상대로 온갖 푸념을 한다. 이틀을 꼬박 굶은 후 오복이가 사료를 남기지 않고 다 먹어서 명자는 밥의 양을 줄여나가고 있다. 오복이 귀가 조금씩 서고 있다. 이사 온 후 들인 오복이를 누구보다 남편은 예뻐했다. 명자의 유일한 말 상대가 된 오복이가 귀를 세우고 어딘가를 노려본다. 고양이가 지나간다. 나비가 날아가거나 두꺼비가 나타나거나 파리가 날아다녀도 귀를 세우고 경계를 하는 오복이가 어느 사이 부쩍 자라 명자에게 든든한 가족 같은 느낌을 준다.

오복이를 데려오던 날은 삼월 초순이었다. 몹시 추웠다. 이사와 함께 먼 친척이 시골에서는 개가 필요할 거라며 갖다준 후 오복이가 밤마다 울었고 남편은 오복이를 종이 상자에 넣어 컨테이너 구석에 두고는 잠이 들기를 기다리곤 했다. 어미가 그리워 우는 오복이를 보며 명자는 성장해서 독립했지만 떼어놓고 온 자식들을 생각했다. 오복이가 파놓은 구덩이가 서너 군데 들쭉날쭉한 것도 명자에게는 거슬렸으나 귀찮아서 그냥 두고 본다. 늑대과에 속하는 오복이는 툭 하

면 땅을 파헤쳐서 굴을 만들고 그 굴 속에 대가리를 처박고는 킁킁대
거나 어떤 날은 뒷다리와 엉덩이를 파놓은 땅속에 묻고 오뚝이 앉아
있기도 했다. 묶여 있는 제 처지가 안쓰러워 내버려두기는 하지만 오
복이 땅굴 파기가 은근히 불안정한 심리 상태인 명자의 마음을 더욱
뒤숭숭하게 만든다. 오지 않는 남편을 기다리며 혼자 있는 시간이 외
롭기도 하고 요강에 볼 일을 봐야 하는 일도 끝이 없는 지루함과 불
편함으로 이어져 명자는 숨이 막힐 지경이다. 정오의 햇살이 뜨겁게
내리쬐는 마당 한켠에 오복이가 고무신을 물고 장난을 친다. 오일장
에 나가서 사 온 꽃고무신을 귀한 물건 대하듯 아껴 신었는데 오복이
가 이빨로 깨물고 물어뜯는다. 명자는 작대기를 들고 오복이 앞을 탁
탁 내리친다. 오복이가 고무신을 놓지 않고 도망가다가 줄이 팽팽히
당겨지며 그 자리에 멈춰 선다. 명자가 야단을 치며 고무신을 빼앗는
다. 고무신 귀퉁이가 찢어졌다. 명자는 오복이를 노려본다.

"오늘 저녁 굶어! 알겠니?"

명자는 냉정한 목소리로 말하고는 돌아서서 화단 앞 바위에 걸터
앉는다. 바위는 뜨끈뜨끈하다. 엉덩이에 뜨거운 열기가 전달되어 오
며 등허리에 땀이 찬다. 이마와 콧잔등에도 땀이 솟아난다. 온몸이
땀으로 축축해진 명자는 거친 호흡을 내뱉으며 더위가 절정으로 치
닫고 있음을 체감한다. 그녀 안에 내재된 강렬한 욕망도 끈끈한 삶을
지배하던 애착들도, 누구보다 긴 꿈을 꾸었던 날들과 몹쓸 상처들이
한순간 스쳐 지나가며 무더위에 녹아 없어져버린 듯 아득하다. 언제

그 일이 있었던가 싶은, 가벼운 찰과상으로 눈 한 번 감았다가 뜨면 사라져버린 짧은 꿈 같아서 명자는 시골에 내려온 후 지난 몇 달간의 일들이 아득한 기억 너머의 잊혀진 시간이 된 듯하다.

녹초가 된 몸을 바위에 눕혔다가 일어나 앉는다. 명자는 빨갛게 익어 열이 나는 볼을 손바닥으로 쓰다듬으며 느리게 일어나 수돗가로 향한다. 차가운 지하수가 거침없이 쏟아지며 모래가 신발 속으로 튀어 뒤섞인다. 명자는 두 손으로 물을 받아 마시고 세수를 하고는 오복이를 끌어안는다. 명자의 손이며 종아리를 혀로 핥으며 오복이가 꼬리를 흔들어댄다.

"그래그래, 엄마가 미안해. 밥 줄게."

명자의 다정한 말에 오복이는 앞발을 번쩍 들고 매달린다. 어둔 밤이거나, 뜨거운 여름 한나절에 움직이는 생물체라고는 찾아볼 수 없는 적막 속에서 명자는 살아 펄떡이는 오복이 머리를 쓰다듬으며 따뜻함이 뭔지 알 것 같다.

외출 준비를 마친 명자는 청색 야구 모자를 눌러쓰고 집을 나선다. 마을 입구 버스 정류장에서 시내로 나가는 버스를 기다리는 명자의 시야에 멀리 긴 고개 너머로 경사면을 타고 오르는 흰색 트럭이 보인다. 박 사장의 트럭도 흰색이었다. 개망초가 가득 흔들리는 묵밭에 호랑나비, 흰나비가 너울대며 날아다니는, 지극히 평화롭고 조용한 한낮에 명자의 마음만이 복작대며 끓어오른다. 햇볕을 받은 콘크리트 바닥에서 훅훅 뿜어져나오는 열기가 찜통 안에서 익어가는 옥수수를 연상시켜서 명자는 숨을 몰아쉰다.

모퉁이를 돌아 나오는 버스가 보인다. 명자는 손을 번쩍 든다. 하루 세 번 지나가는 버스를 타고 명자는 오일장에 간 적이 있다. 한 시간 남짓 시장을 둘러보고 오이와 꽃고무신을 사서 돌아오는 버스를 기다리다가 기다림이 지루해서 터덜거리며 집으로 걸어오던 그 길은 강을 옆구리에 끼고 길이 나 있다. 사람들이 다슬기를 잡느라 강둑에는 승용차가 서 있다. 강에서 수영을 하고 놀았다는 남편의 말을 들어서인지 왜가리가 서 있는 강의 풍경이 정겨웠다. 강폭은 넓었고 강물은 깊었다. 강 중간쯤 솟은 바위까지 건너가려다 지친 친구가 자신의 목을 꽉 붙잡고 놓아주지 않는 바람에 숨 막혀 죽을 것 같아 함께 강바닥으로 곤두박질쳐 들어가 떼어냈다는 남편의 이야기는 스무 번도 더 들었던 것 같다. 겨우 살아난 이야기 속의 친구가 산다는 마을을 승용차로 지나치다가 남편이 차창을 열고 설명을 해주었는데 명자는 수십 번도 더 들은 그 이야기가 지루하지 않았다. 마을 초입의 당산나무나 물이 오른 대숲의 흔들림처럼 적막한 한 폭의 풍경화로 흔들릴 뿐이었다. 어린 시절의 추억이 수놓인 남편의 강마을이, 멀리 첩첩이 켜를 이루며 엎드린 산등성이 전생에 와봤던 것 같이 낯익고 정겨웠다. 어쩌면 도시 변두리 작은 셋방에서 고달픈 인생을 살며 남편은 고향에 대한 추억과 그리움의 힘으로 버텨냈는지도 모른다.

고향에 온 후부터 남편은 어딘가 모르게 달랐다. 예초기로 논두렁의 풀을 베거나 감나무에 농약을 치거나 컨테이너 옆에 임시로 쓸 광을 만드는 남편은 일을 만들어 하는 듯했다. 쓸 만한 헌 개집이 있음에도 굳이 건재상에서 널빤지를 사다가 못질을 하여 개집을 만들거나 그냥 두어도 좋을 진입로 흙을 뒤집어 다졌다. 그렇게 땡볕에서 하루 종일 일하고는 저녁을 먹고 나서 쓰러져 죽은 듯이 잠을 잤다. 남편의 손끝에서 집 안팎이 윤기를 냈다. 논두렁이 훤해졌고 사철나무 울타리가 멀끔해졌고 감나무 밑둥에 무성하던 잡초가 뽑혀나가 깔끔해졌다. 새까매진 얼굴이며 팔뚝, 남편은 다른 사람으로 변모했고 쉼 없이 일을 찾아 움직이는 남편을 보며 명자는 까닭 모르게 불안이 피어올랐다.

"일 좀 적당히 해요."

명자는 정색을 하고 남편에게 근심스러운 눈으로 말을 했으나 들은 체도 안 했다.

"당신은 일을 하는 게 아니야. 그건, 집착이야."

명자의 말에 남편은 대꾸도 안 하고 자기 일을 해나갔다. 인부들이 터를 다지고 철골 구조를 세울 때도 거기에 끼어서 같이 땀을 흘렸다. 인부들과 담배를 나누어 피우고 커피를 나누어 마시고 자장면을 시켜 먹고 김치 안주에 소주를 나눠 마셨다. 명자는 어느 순간부터 혼자라는 느낌이 들었다. 트럭에다 제철 과일을 싣고 전국을 누비거나 생선이나 채소 같은 식료품을 파는 노점상을 하거나 포장마차를 하며 함께 아이들을 키우던 남자는 언젠가부터 명자와의 관계에서 떨어져나가 자신만의 성(城)을 쌓고 있었다. 밥상을 차려놓고 남편을 부르면 대답이 없었고 집 주위를 몇 바퀴 돌아 찾아다니는 일에도 지쳐갔다. 밥과 국이 식어갈 무렵 남자가 그림자처럼 나타나서는 별 말이 없이 밥을 국에 말아 먹고는 다시 사라져서 명자는 유령과 사는 기분이었다. 나가려는 남편을 명자가 불러 세웠다.

"당신, 이상해진 것 알아?"

"……."

"고향에 애착을 갖는 건 좋아. 난 뭐야. 매번 밥상 차려놓고 부르는 게 일이야. 미리 와서 얘기 좀 하면 안 돼?"

"일단 공사부터 마치고 얘기하자, 응? 됐지?"

그러고는 휭 나가버렸다. 강가, 선산, 뒷마당의 감나무, 마을 초입의 느티나무…… 구석구석 마을의 모든 장소에 남편의 유년이 녹아 있었다. 여름 계곡의 폭포수 아래, 초등학교 마당의 미끄럼틀, 마을 뒤 언덕에 우뚝 솟은 거대한 플라타너스에 이르기까지…… 남편의 발자국이 미치지 않은 곳이 없었다. 남편은 잃어버린 유적을 찾아 유물을 캐내듯 자신의 흔적을 찾아 헤매고 있었다. 마을, 집, 터에 자신을 던져 넣고 그 안에서 사는 남편은 전혀 딴사람이 되어버렸다.

"집만 완성되면……."

남편은 입버릇처럼 말했고 명자 역시나 집만 완성되면 그 기념으로 지리산 둘레길을 한 바퀴 돌고 뭔가를 시작할 수 있을 것 같았다. 남편의 고향에서 제2의 인생을 살거나 막 취미를 붙이기 시작한 오지 도보 여행을 하거나, 구체적으로 계획이 있는 건 아니지만 지금까지 살아온 방법과는 다른 뭔가 새로운 길이 열릴 것만 같은 환상에 사로잡혀 지냈다. 한 달이나 한 달 반이면 완공된다던 집은 석 달이 가고 넉 달이 지나가며 장마철에 접어들었다. 명자는 초조했고 남편의 담배는 늘어만 갔다. 백일홍 꽃무리에 나비 떼가 날아다니고 마당에 밝은 햇볕이 하루 종일 머물러 있는 정경이 매일 반복되었고 명자는 시간이 정지된 것 같아 아무것도 할 수 없었다.

박 사장이 부도를 내고 잠적해버릴 무렵 명자는 지칠 대로 지쳐서 무기력했고 집만 완성되면 하고 꿈을 꾸었던 모든 것들이 그 순간 멈춰버렸다.

작은 가게에서 우유와 초코파이를 사 먹으며 명자는 박 사장의 사무실을 힐끔 쳐다본다. 그러다가 문이 열린 사무실 안에 있던 여자와 눈이 마주쳤다. 명자는 목 안으로 넘기려던 초코파이가 턱 걸리며 얹히는 바람에 목이 따끔거렸다. 그녀였다. 박 사장 조수석에 앉아 있던 임신한 그의 부인.

명자는 '대건 건축 – 인테리어'라 쓰인 간판을 쳐다보고는 열린 사무실 안으로 발을 들여놓는다. 박 사장 부인은 라면을 끓여 나무젓가락으로 먹고 있다가 안녕하세요, 건성으로 인사를 하고는 그릇을 들어 국물을 마셨다. 박 사장 부인의 행동이 너무나 편안하고 자연스러워 보여 명자는 멀뚱하게 그녀를 쳐다본다. 명자는 본능적으로 박 사장 부인의 배를 훑어본다. 그녀의 배는 홀쭉해져 있다. 그녀가 젓가락질을 멈추고 난감한 표정으로 명자에게 미소를 보인다.

"식사하세요."

명자는 그녀 맞은편에 앉으며 냄비 안에 가득한 라면과 커다란 플라스틱 김치통 안에 든 묵은지를 내려다본다. 그녀가 천천히 조심스럽게 젓가락에 면발을 감아 입에 넣는다. 명자는 잠시 박 사장 부인을 건너다보고는 팔짱을 끼고 가만히 있다가 조심스럽게 묻는다.

"박 사장은 언제 오나요?"

"저, 그게, 임금을 못 줘서 인부들이 들고 일어나는 바람에…… 잠잠해지면, 오겠죠."

"오긴, 올까요?"

"그럼요, 돌아오죠. 업자한테 돈을 못 받아서, 그거 받으면 와서 다 해결할 거예요."

업자라니, 박 사장이 여러 군데 집주인으로부터 미리 받아 챙긴 돈은 어떡하고 업자라니…… 명자는 박 사장 부인을 건너다본다. 볼에 자잘한 주근깨가 박힌 박 사장 부인은 처음이 아닌 듯 태평스럽게 라면 그릇을 들어 올려 국물을 마시고 있다. 문을 닫아걸고 둘이 잠적하거나 불이 꺼져 있으리라 상상했던 명자는 너무나 태평한 박 사장 부인의 표정을 보며 속으로 약간 당황한다. 인부들의 돈을 떼먹고 평생 내 집에 대한 꿈을 산산히 날려버린 박 사장과 그의 부인의 행태가 대담하다 못해 뻔뻔해서 명자는 말이 나오지 않는다. 국물을 마신 박 사장 부인이 끄윽 트림을 내뱉는다. 명자는 낯을 찌푸렸다. 마치 명자를 무시하는 듯한 행동이다.

그녀는 아주 느린 속도로 라면을 먹으며 명자의 존재를 무시하는 듯 빨간 매니큐어를 칠한 손톱이 망가질까 나무젓가락을 잡은 손가락을 조심스럽게 움직여 면발을 천천히 감아올린다. 명자는 그녀의 홀쭉한 배를 뚫어져라 쳐다보며 궁금한 것을 묻는다.

"출산, 하셨나 봐요."

"네? 출산이라뇨."

"지난번……."

명자는 말문이 막혀 그녀의 배를 쳐다본다. 분명히 조수석의 그녀는 만삭의 임부였고 박 사장은 잠이 든 그녀를 배려하여 깨우지 않는다고 했다. 명자는 눈을 깜박이며 혼란에 빠져든다.

"박 사장 어디 갔어?"

돌연 나타난 남자가 소파를 걷어차며 큰 소리를 내는 바람에 명자가 놀라 돌아본다. 박 사장 부인은 눈도 깜짝하지 않고 앉은 자세 그대로 라면을 먹고 있다.

"박 사장 어디 갔냐고! 개새끼! 가만 안 두겠어!"

"하 사장님, 쫌만 기다려보이소."

그녀의 말에 명자는 그가 지붕 공사를 하던 하 사장임을 알아본다. 하 사장이 힐끗 명자를 쳐다보더니 다시 박 사장 부인에게 시선을 돌린다.

"떼먹을 걸 떼먹어야지. 내 돈 오천만 원, 그게 어떤 돈인데!"

하 사장의 볼이 실룩이며 금방이라도 일을 저지를 기세로 주먹을 꽉 움켜쥔다. 그제서야 박 사장 부인이 느긋하게 일어나더니 책상 위 두루마리 휴지를 풀어 입 주변을 닦으며 다음에 오라고, 자기도 그 인간이 어디로 갔는지 모른다고, 오면 연락하겠다고 말한다.

"뭐가 어째? 다아 한통속이잖아!"

"경찰 부르기 전에 난동 그만 부리고 가소, 그마."

"뭐야! 이 여자가? 어디서 굴러먹던 행세를 이 바닥에서 하고 그래?"

하 사장의 손에서 재떨이가 높이 들리더니 바닥에 떨어져 유리 파편이 사방 흩어진다. 박 사장 부인이 움찔 놀란 표정을 짓더니 문밖으로 뛰쳐나가며 사람 살리라고 소리친다. 명자는 말없이 정수기에서 물을 따라 하 사장에게 건넨다. 하 사장이 물을 받아 마시며 소파에 털썩 주저앉더니 한숨을 길게 내쉰다.

"남편도 이천만 원인가 빌려주었다고 해요. 공사 대금 전액을 주고, 남은 돈이 이천만 원이었는데, 우린…… 그 돈이…… 전 재산이에요. 평생 안 입고 안 먹고 안 쓰고 고생하며 모은 돈이에요."

"마누라가 지금 혼이 반쯤 나가 있어요. 식당을 개업한다고 계약금 치르고 잔금을 내야 하는데 ……."

"다른 인부들도 임금을 제대로 못 받았나 보더라구요."

"여기뿐이 아니에요. 파주, 평택, 마산, 진주, 옥종…… 이름을 바꿔가며……."

하 사장은 말문이 막히는지 물을 소리나게 마시고는 다시 길게 한숨을 내쉰다. 명자는 돈을 벌어도 쓸 데가 없다고 말하던 박 사장의 까맣게 탄 얼굴이 떠오르며 남편에 대한 원망이 치밀어오른다. 남편은 박 사장이 오래전에 헤어진 남동생을 닮았으며 나이도 비슷하다고 젊은 사람이 살려고 애쓰는데 도와주어야 한다고 말끝마다 그 말을 입에 달았다. 박 사장을 처음 만나던 날 계좌번호의 이름이 달라 물었더니 재혼이며 부인의 딸이라고 해서 의심하지 않고 그 말을 믿었다. 사람의 말을 믿은 것이 잘못이란 말인가. 명자가 과거의 기억에 사로잡혀 있는 동안 하 사장이 일어나 밖으로 나가버렸다. 졸지에 주인 없는 집에 혼자 있게 된 명자는 허둥거리며 하 사장 뒤를 따라 밖으로 나온다. 뜨거운 햇볕이 시멘트 바닥을 달구고 있다. 도로는 군청색, 흰색 트럭과 지프와 승용차와 농기계와 오토바이가 뒤엉켜 아수라장이다. 늘 그렇듯이 매연을 뿜으며 지나가는 오토바이와 길옆에 정차한 트럭과 승용차들로 혼잡하다.

버스 시간은 세 시간 남짓 남아 있다. 명자는 스마트폰 시계를 들여다보고 하늘을 쳐다보고는 버스를 타고 오던 길을 거꾸로 걷는다. 늦은 오후의 태양빛이 익을 대로 익어버린 아스팔트에 내리꽂힌다. 배롱나무 가로수가 멀리 뻗어 있는 그 길을 따라 명자는 끝없이 걸어간다. 트럭이 지나가면 길섶에 비켜서고 승용차가 지나가면 또 비켜서기를 반복하며, 산그림자를 품안에 넣고 잔잔히 흘러가는 초록빛 강을 옆눈으로 곁눈질해가며 걷는다. 명자의 등허리에 땀이 축축하게 배어나온다. 어디인가로 이어진 길 끝에 열기가 피어오르며 막막함이 명자를 휩싸고 돈다. 강과 산에 막혀 보이지 않던 길이 다시 나타난다. 발가락이 아파온다. 명자는 길 옆 가로수 밑에 주저앉아 두 다리를 쭉 뻗으며 이마의 땀을 훔친다. 열기가 피어오르는 길 위로 경운기가 털털거리며 지나가고 트럭이 빠르게 내달린다. 명자는 막막한 심경으로 길게 이어진 길을 바라본다. 갈 길은 먼데, 집에 닿으려면 아직 먼데 목이 타고 갈증이 일어난다. 명자는 한숨을 내쉬고는 다시 일어나 걷는다. 초록빛 강이 고요하게 흘러가고 흰 왜가리 한 마리가 한가롭게 서 있다. 길은 아득히 뻗어 있다.

매화꽃 난분분하니

권기서의 사랑, 이렇게 시작하고 보니

너무 통속적이란 생각에

다시 제목을 적어나갔다. 매화꽃 난분분하니.

사는 게 다 통속임을 부인하고 싶지는 않았다.

어떻게든 시대를 뛰어넘어

그 두 사람을 연결해주고 싶은 열망이

앞섰지만 마음뿐이었다.

집안, 가문, 체면, 겉치레를 떠나 분명히 권기서와

옥련 사이에는 통하는 게 있었다

어쩌면 권기서가 좀 더 진보적인 사상을 가졌더라면

그의 사랑이 가능했을까. 어쩔수 없이 그도 시대의 윤리를

뛰어넘지 못하고 있음은 안타까운 일이었다

차라리 불을 지르고 두 사람을 피신시킬까

서녘 하늘에 불그레한 구름이 몰려가고

열린 창문 너머로 봄꽃 향내가

들어왔다. 밖을 내다보자

바람에 꽃잎이 날렸다. 내 안에 아른아른

피어나는 봄 풍경이 그려졌다

매화, 나비, 수절국……

컴퓨터 앞에 앉아

자판을 두드리기

시작했다

매화꽃 난분분하니

　박난실 여사는 한복을 입고 정문 앞에서 기다리고 있었다. 흰머리에 자줏빛 치마와 연한 보라 저고리는 오십여 년의 시간 저 너머에서 건너온 사람으로 보이지 않을 만큼 자연스러웠다. 이틀 전 남편이 인천공항으로 마중을 나갈 때만 하여도 그냥 오래전 이 땅을 떠난 이민자 친척이겠거니 생각했다. 그래서 우리 집에서 묵으면 손님 접대를 어떻게 해야 하나 고심하던 차였다. 그런데 그녀가 호텔에서 묵겠다고, 만나보고 싶은 사람들도 만나보고 가볼 곳이 있다고 하여 그러시라고 했지만 남편은 못내 서운한 심경을 감추지 않았다. 고모와 떨어져 지낸 시간이 반세기인데 무어 그리 안타까워하냐고 넌지시 말을 건네자 남편은 대꾸도 없이 담배만 연달아 피워 물었다.
　"많이 기다리셨어요?"
　"아닐세. 하두 오랜만에 궁궐을 보는 터라 꼭 전생에 와봤던 장소처럼 친근해서 그래."

"한복이 잘 어울리네요."

"인사동에서 한 벌 샀는데 옷고름 매는 걸 잊어버려서 한참 헤맸어."

치마를 여미며 여기저기를 둘러보는 박난실 여사의 볼이 발그레해졌다. 앞장서서 표를 산 뒤 안내를 했다. 이십오 년 만에 일반인에게 개방한 궁궐이라 자연의 정취가 남아 있었다. 종로구 와룡동 일번지. 다행히 예정 인원 안에 들 수 있었다. 소나무가 드물게 서 있는 정원을 걸어가자 까치가 돌아다니고 딱따구리가 나무를 쪼는 소리가 들렸다. 청설모와 다람쥐가 바쁘게 나무를 탔다. 육백 년의 후원이 긴 시간 잠자다 부스스 깨어나고 있었다. 낙선재 가는 길 왼쪽으로는 숲이 우거져 있고 철쭉이 한창이었다. 상(喪)을 당한 왕비나 후궁이 거처하던 숙소라 잊혀진 세월처럼 깊숙한 곳에 웅크려 있었다. 디근자를 세워놓은 생김새의 돌문 앞에서 잠시 숨을 고른 후 안으로 들어갔다. 불로문(不老門)이라는 말 속에는 도교적인 냄새가 물씬 풍겼다. 불로장생을 기원하는 옛 선인들의 심정이 엿보였는데 드문드문 놓인 석분에서 광해군의 손길이 느껴지는 것 같았다. 불로문을 지나 연경당 가는 길 오른 쪽으로는 애련지(愛蓮池) 연못이 오랜 세월 말없이 저 홀로 깊어지고 있었다.

수면이 남빛으로 흔들렸다. 뒤이어 남빛이 연못을 흔들어놓아서 검푸른 못은 온통 남색으로 가득한 듯했다. 그 속에 댕기 머리를 곱게 땋아내린 소녀가 웃고 있었다. 외국인들이 소녀를 둘러싸고 카메라 셔터를 눌러대거나 원더풀을 연발했다. 남색 치마가 들리고 흰 속치마가 드러났다. 가까이 다가가니 '우리 문화 지킴이'라는 단체에서 나와 외국인들에게 설명하는 중이었고 소녀는 대학생으로 자원봉사를 한다고 했다.

박난실 여사는 말이 없었다. 조용히 연못을 응시하거나 먼 하늘을 쳐다보곤 했다. 워낙 조용한 분이라 따라오겠거니 했는데 보이지 않았다. 나무 의자에 앉아 연못을 바라보다가 깜박 잠이 들었다. 얼마나 잤을까. 눈을 뜨자 저녁 해가 궁궐 마당에 넘실댔다. 순간 박난실 여사 생각이 퍼뜩 났다. 주위를 두리번거리자 숲 속 나무 그늘 속에서 그녀가 나타났는데 눈자위가 붉어져 있었다. 우리는 말없이 앉아 꽃잎이 날리는 것을, 바람이 물결을 흔드는 것을 바라보았다. 초봄이 지나가고 있었다. 거리마다 흰 꽃잎이 날렸다.

"조카가 자네한테 잘하제?"

"글쎄요, 고모님은 어떠셨어요? 어떻게 그 먼 곳까지 갈 생각을 하셨는지……."

내 물음에 그녀는 아무 말 않고 먼 하늘을 바라보기만 했다. 남편에게 대충 들은 그녀의 내력은 내 호기심을 자극했다. 초등학교를 졸업한 학력으로 준재벌 회사 후계자와 사랑에 빠져 멀리 외국으로 동반 출국해버린 이야기는 집안 사람들에게 화젯거리이자 고민거리였다. 시댁의 극심한 반대와 열 살 연하남 젊은 후계자 남편과 과연 제대로 된 결혼 생활을 할까가 집안의 걱정거리였다. 십 년이 가고 이십 년이 지나자 박난실 여사는 잊혀졌다. 나이 든 사람들은 모두 세상을 뜨거나 그 일을 기억하는 노인이 있다고 해도 이제는 너무 멀리 흘러가버린 과거의 일이었다.

"허망한 세월이지."

한참 지난 뒤 그녀가 입을 열었다.

"인정받으려고 죽어라 노력했는데, 겨우 인정을 받고 나자 한 생이 다 가버렸어."

"시댁에서 반대한 결혼을 했다고 들었어요."

"그랬지. 영감과 사랑의 도피 행각을 했지. 낯설고 물선 땅, 생전 처음 맞닥뜨린 지중해에서……."

그녀는 갑자기 말문을 닫았다. 감정의 격랑이 이는 듯했다. 아직도 감정의 흔들림을 절제하지 못하는 것일까. 그녀의 흰 머리카락이 저녁 햇살을 받아 붉게 빛났다. 타오를 듯 강렬한 태양, 백색의 건물들, 야자수와 코발트 바다……. 지중해는 내 문학의 먼 지평이었다. 갈 수 없는 먼 곳. 그곳이 아마도 지중해쯤 되지 않았을까. 나는 박난실 여사를 위해 매점에서 사 온 매실 음료를 건넸다. 그녀가 캔을 따서 마시는 동안 나는 나대로 그녀의 행로를 유추해보았다. 그녀가 인정받기 위해 노력했다는 말은 이해가 잘 가지 않았다.

"작은 골목 안에 있는 가정집에 방을 얻어 한동안 우리는 신혼을 보냈어. 일 년이 지나자 비상금이 동이 나고 그사이 아들이 태어났지. 영감이 견디다 못해 부모에게 돌아가며 곧 부르겠다고 조금만 기다리라고 한 게 십 년 세월이야. 물론 생활비는 꼬박꼬박 송금돼 왔지. 나는 궁핍해도 견딜 수 있었는데 그는 견디기 힘들어했지."

"어떻게 그럴 수가 있죠?"

"난 이해할 수 있다네. 그게 인간의 약함이고 한계야."

"그럼 혼자 계속 사신 거예요?"

"우리 집안 내력을 들었는지 모르겠지만 핏줄은 어쩔 수 없나 보네."

"우리 집안요? 어떤 내력인지 잘……."

"조카가 얘길 안 해주던가. 하긴 남자들은 무슨 큰일이라도 나는 줄 아는 불문율이 있지……. 어느 날 비서가 데리러 왔더군. 아이를 데리고 한국에 돌아왔더니 영감은 다른 여자와 결혼해 살고, 그 사이에 딸이 둘이야. 후계자 아들이 필요한 거였어. 그래, 그것도 인정했지. 시부모 병간호가 끝나자 나는 한국에 있고 싶지 않았어. 바다 건너 멀리 있는 이웃들이 떠오르더군. 그래서 다시 그들 곁으로 돌아갔어. 그 후 세월이 흐른 뒤 영감이 찾아왔지, 아들에게 후계자 교육을 시키고 자신은 내 곁에 남아 있고 싶다고."

"그래서 받아주셨군요."

"아니, 거절했네."

"네……."

"그랬더니 그 영감 이웃에 집을 얻어 사는 거야. 그렇게 이웃에서 마주 보며 십 년 세월을 보냈어."

"고모부는요, 아직도……."

"영감은 바닷속으로 가버렸네, 요트가 뒤집히면서."

매실 음료를 다 마신 박난실 여사가 일어섰다.

"그만 가봐야겠네. 다음에 또 봄세."

궁을 나오자 그녀는 전철 타고 가겠다는 내 손에 택시 타고 가라며 봉투를 반강제로 떠안겼다. 우물쭈물하는 사이 그녀가 택시를 타고 먼저 떠났다. 나는 전철을 타고 오며 그녀가 살아온 시간들, 바다 건너 섬을 떠올렸다.

"글쎄, 다른 건 몰라도 인과응보는 믿어. 그래야 세상이 공평하지."

저녁 시간, 설거지를 끝내고 대충 정리를 한 후 침대에 들어가는 남편을 불렀다. 남편은 피곤하다며 돌아누웠다. 불을 끄자 베란다를 투과한 달빛이 흘러 들어왔다. 남편 말대로 요즘 피곤이 누적되어서일까. 어쩌면 박난실 여사가 생각나서인지도 모른다. 그녀를 떠올리자 잠이 다 달아났다. 벌떡 일어나 남편을 깨웠다.

"당신 나한테까지 속이는 이유가 뭐야? 제사를 모시는 입장인데 내가 모르는 부분이 있다는 게 말이나 돼?"

"이 여자가, 한밤중에 웬 난리야?"

남편은 그때까지도 잠을 안 자고 있었는지 부스스 일어나 앉으며 눈을 비볐다. 감정의 동요를 최대한 절제했지만 이미 내 입에서 나온 말은 불꽃이 점화돼 파편을 일으킬 태세였다. 이 여자가……. 그 말처럼 정 없고 거리감이 느껴지는 표현이 어디 있을까.

"거리에 나가 구호를 외치지 그래? 여성해방을 위하여, 하고 말이야."

남편은 내 예민한 부분을 건드렸다. 그렇다고 내가 무슨 거창한 여성운동을 하는 것도, 여성 상위를 부르짖는 것도 아닌데 남편에게 그런 여자로 낙인 찍혀서 억울하기까지 했다. 따지고 보면 그에게 빌미를 제공한 내 잘못도 있을 것이다. 나는 냉장고에서 생수병을 꺼내 컵에 따라 마시고는 감정을 추슬렀다. 일 년에 대여섯 번이나 제사를 모셔야 하는 일이 여간 번거로운 게 아니어서 나는 매번 그에게 시아버님 기일에 맞춰 합동 제사를 지내자고 설득하던 터였다. 큰오빠가 올케의 뜻을 좇아 일 년에 한 번, 기제사를 올리는 사례를 들어 말해도 그의 태도는 완강했다.

"야, 조상을 모르고서야 어디 후손이라고 할 수 있냐? 우리 집안은 달라."

남편의 그 말 속에는 친정에 대한 비아냥도 포함돼 있다는 것을 알았다. 어머니는 죽기 몇 달 전, 큰오빠를 앉혀놓고 유언에 가까운 부탁을 했다. 살아보니, 세상사 별거 아니더라고, 사람의 육신과 마음을 상해가면서까지 살지 말고 제사도 한꺼번에 한 번만 합동으로 지내라고 했다는 말을 전해 들으며 나는 울컥 목이 메었다.

"내가 좀 심했지, 당신 출근해야 하는데."

내 태도에 다시 드러누웠던 남편이 상체를 일으키며 어디 아프냐고 물었고 나는 눈물을 쏟았다.

"당신도 이제는 알아야 할 때가 된 거 같아. 아이들에게는 당분간 말하지 말아."

남편이 정색을 하고 말을 하는 바람에 조금 전의 격앙된 내 감정이 저녁 이슬에 젖는 풀포기마냥 축축하게 가라앉았다.

"우리가 모신 권, 기 자, 서 자 되시는 분은 선조와 광해군 시대에 벼슬을 한 분이셨지. 허균 등과도 교유한 분이고. 서얼들과도 막역하게 지낸 성품으로 보아 확실히 허균과는 친분이 두터웠다고 할 수 있어. 아마 그래서 역모에 연루되어 참수되셨겠지만."

그게 이 집안과 무슨 상관일까, 남편은 거기까지 말하고 담배 한 개비를 꺼내들었다. 평소 같으면 베란다에 나가서 피워도 냄새난다고 싫은 소리를 했지만 분위기가 여느 날과 달라서인지 나는 모른 체했다.

"삼족이 멸문을 당하고 나서 가세가 기울었고 친척은 모두 연락을 끊고 지냈어. 결국 노비들도 뿔뿔이 흩어졌고 집안은 풍비박산이 났지."

나는 침을 삼키며 그의 말에 귀를 기울였다. 아직도 무슨 내막이 있는지 감을 잡을 수 없었지만 담배 연기를 길게 불어 올리는 남편의 태도가 워낙 신중하고 무거워 보여서 조용히 지켜볼 뿐이었다. 유난히 제례나 조상들의 삶, 전통에 대해 집착하는 남편이 고루해 보이고 답답하던 터였지만 나름대로 아이들 교육에는 긍정적인 영향을 주는 것 같아 내심 좋은 점수를 주고는 있었다.

"권기서 어른에게는 아들이 하나 있었는데 병약해서 일찍 죽었어. 졸지에 과부가 된 며느리가 별채에 기거하고 있었는데 자식이 없었어. 며느리의 미색이 워낙 뛰어나서 이웃이 지나가며 담장을 기웃거리곤 했대. 어느 새벽, 돌연 마당에 관솔불이 환하게 타오르고 곡소리가 났는데 며느리가 목을 매 죽은 거야. 남편 따라 죽은 며느리를 위해 나라에서는 열녀문을 세워주었대."

"정말 잔인한 법률이네."

"그 무렵 돌쇠라는 하인이 사라졌는데 기서 어른이 나서서 집안 농토를 관리하라고 지방으로 내려보냈다고 했대. 그때까지만 해도 아랫사람들은 그러려니 했는데, 그 어른이 역모로 죽고 집안이 와해되면서 산속으로 도망친 노비 중 한 명이 화전을 일구며 사는 별당 아씨와 돌쇠를 봤다는 거야. 물론 멀리서 보고 시일이 지난 후 가봤더니 그들이 어디론가 가버리고 없었대."

"소설 같은 이야기네. 그렇다면 이 집안과 무슨 관계가……."

여기까지 생각하던 나는 아, 하고 짧은 신음을 내뱉었다. 남편 집안에서 쉬쉬하며 비밀 아닌 비밀로 내려오는 내력을 떠올리며 나는 묘한 느낌에 사로잡혔다. 남편에게 집안의 내력을 듣고 나서 새삼스럽게 그 시대 인물들을 떠올려보았고 관련 자료를 뒤적여보았다.

"그럼 당신 조상은 노비 출신이란 말이네. 아니지, 반쪽짜리 양반이네. 별당 아씨를 보쌈한 돌쇠라, 연구감이네."

"남 얘기하듯 하지 마. 태어날 때부터 양반 씨가 따로 있냐. 인간이 만든 제도지. 지배계급의 원활한 통치와 경제적 이익을 위해서.”

남편은 낯을 찌푸리며 담배 연기를 길게 내뱉었다. 남편 집안에 내려오는 비밀 아닌 비밀을 듣고 나는 밤을 꼬박 새웠다. 스무 살이 넘어서야 모친에게 내력을 듣게 된 남편이라니, 전통과 가문의 가르침을 아이들에게 강조하는 남편에 대해 연민이 일어났다. 유언으로 남겼다는 윗대 조상의 유시를 굳이 지켜야 할 필요가 있었을까. 나는 그 일을 남편에게 거론했지만 한마디로 거절당했다.

“전통을 부정한다고 쳐. 당신이 늘 말하는 휴머니즘 차원에서라도 제사를 정성껏 받들면 안 되냐.”

“휴머니즘?”

남편의 말에 나는 웃음이 나왔다. 페미니즘이 어쩌고 안 하는 게 다행이었다.

여인의 환영을 만나며 나는 그녀와 관련된 인물을 찾아보았는데 허균의 행적이 흥미로웠다. 기득권층이었음에도 파격적인 행보와 개혁적 사상이 눈에 뜨였고 무엇보다도 인간의 자연스러운 감정에 대한 그의 식견이었다. 과부의 재가를 입에 올리고 원초적 본능은 타고난 것으로, 인위적으로 제약을 가해서는 안 된다는 그의 주장은 유교적인 사고의 엄격함에 매여 있는 인물들이 볼 때는 위험했을 것이다.

어쩌면 권기서는 그런 허균의 영향을 받지 않았을까. 미모의 며느리와 상처한 시아버지에 대해 측근들은 농담으로 한 번씩 슬쩍 건드리고 지나가지 않았을까. 그렇다 하더라도 며느리를 도망시킨 권기서의 깊은 의중은 나에게 의혹을 던져준다. 다른 이유가 있지 않을까, 하는 의구심이 내내 피어올랐다.

들키면 한 가문이 멸문을 당할 수 있는 사건이었다. 따라서 목숨을 내놓고 그 일을 벌이면서 권기서는 당연히 가문의 이름과 명예를 더럽힐 수 있는 것까지도 염두에 두었을 것이다. 그의 결의는 순수한 한 인간의 욕망에서 비롯되었을 가능성이 짙었다. 그는 자신에게 닥쳐오는 위험을 이미 간파하고 며느리만이라도 살 길을 터주어야겠다고 결의를 다졌고, 마침 나뭇단을 지고 오는 돌쇠를 통해 이를 완성한 것이리라. 며느리의 장례를 치르면서 가슴 안에 묻은 여인, 더 이상 살아서 만날 수 없는 인연에 대한·작별의 호곡은 그 자신 희생으로써 완결되었다. 이건 물론 가상의 시나리오였지만 나는 무슨 일인지 권씨 어른에 대한 연민에 사로잡혔다. 그날 저녁 나는 컴퓨터 앞에 앉아 자판을 두드리기 시작했다. 밤마다 떠오르던 여자의 환영이 그려졌다.

매화꽃 가지가 창호지에 그림자를 드리웠다. 외따로 떨어진 별당에는 적막이 내려앉고 간간이 소쩍새가 울었다. 옥련은 얼마 전 적적할 때 읽어보라고 시아버지 권기서가 가져다준 난설헌의 시를 읊고 있었다.

제비는 처마 비스듬히, 짝 지어 날고, 지는 꽃은 어지럽게, 비단 옷 위를 스치는구나, 동방에서 기다리는 마음, 사뭇 아프기만 한데, 풀은 푸르러져도 강남에 가신 님은, 여지껏 돌아오시질 않네…….

"풀은 푸르러져도 가신 님은 다시 돌아오질 않는구나."

마지막 구절을 자신의 처지에 빗대어 읊으며 옥련은 방문을 열었다. 사월의 달빛이 마당 가득 쏟아졌다. 문갑 위에 말라가는 진달래 꽃을 무심히 건너다보았다. 누굴까. 보름 전 마당에 꽃무더기가 떨어져 있을 때만 하여도 아랫것들 중에서 누군가 떨어뜨린 줄 알았다. 그 다음 날 아침에도 마당에 꽃이 떨어져 있었다. 금방 꺾은 듯 꽃잎에 이슬이 맺혀 있었고 향기가 진하게 났다. 이상도 하지. 이른 봄 매화와 진달래 꽃잎으로 술을 담그던 어머니를 떠올렸다. 보름 동안 그 일은 네댓 번이나 일어났다. 한 번은 마루에 또 한 번은 수막새 장식 담장 기와에 얹혀 있었다. 누가 볼세라 얼른 꽃을 집어들고 아궁이에 버렸지만 진달래 꽃묶음만은 버릴 수 없었다. 어머니 생각이 나서였다. 큰기침을 하며 권기서가 다녀간 뒤로 그녀는 잠을 이룰 수가 없었다. 방문을 열고 밖을 내다보다가 꽃신을 신고 뜰에 내려섰다. 낮이면 아랫것들이 수군거리는 것 같아 집 안에 웅크려 수를 놓거나 중국에서 들여온 책을 읽었다. 권기서는 사신으로 중국을 다녀온 문사와 교분이 있었던 터라 옥이나 유리구슬로 만든 매듭 노리개나 화첩, 송시(宋詩)나 당시(唐詩)를 갖다주며 적적한 세월을 보내는 며느리에 대한 애틋한 마음을 표현하곤 했다. 아침 인사를 생략하게 한 어른이었다.

고즈넉한 뜰에는 바람이 부드러웠다. 멀리 이웃집 사랑채에서 도령의 글 읽는 소리가 들려왔다. 과거 시험 준비를 하는 모양이었다. 청아하고 밝은 목소리는 끊어졌다 이어졌다. 낭랑한 목소리를 들으며 가슴이 뛰었다. 오라버니가 글을 읽던 사랑채를 기웃거리며 봉숭아 꽃잎을 따던 날들이 살아났다. 오라버니의 서당 동무들이 찾아와 시문을 주고받던 그 낭랑한 목청과 호쾌한 웃음소리, 손톱에 들인 꽃물보다도 가슴이 먼저 붉게 물들던 열여섯 살의 기억을 되살리며 그녀는 가만히 한숨을 내쉬었다. 병약한 신랑과는 신방도 변변히 치르지 못한 채 시댁 풍습을 익히고 시부모를 공양하며 삼강오륜의 법도에서 벗어나지 않도록 몸가짐에 신경을 써야 했다. 별채에 머물기를 삼 년여. 그녀를 안타깝게 바라보던 남편의 깊은 눈을 오랫동안 잊지 못했다. 천식과 폐병으로 각혈을 하던 남편이 그녀의 치맛단을 움켜쥐고 쏘아보던 눈에는 원망과 한스러움이 담겨 있었다. 옥색 저고리 깃과 남색 치마폭에 점점이 수놓여진 혈흔들. 그녀의 치마폭에 얼굴을 묻고 절망의 낯빛으로 울부짖던 남편의 모습이 꽃향기에 어지럽게 흩어졌다.

진달래 향기에 봄이 오는가 하면, 오동나무 가지에 보라색 꽃이 피더니 감나무에 홍시가 매달려 까치와 박새가 찾아드는 가을이 오고, 매섭게 북풍이 몰아치는 겨울이 깊었다. 긴긴 겨울 밤, 그녀는 수를 놓다가도 난설헌의 시를 들춰보며 뜰에 나가 찬바람을 들이마시곤 했다. 개미 떼와 달팽이와 청개구리와 참새 발자국에 이르기까지 뜰 구석구석이 눈에 선했다. 그녀는 삼 년 전 상강을 앞두고 세상을 뜬 신랑의 마지막 눈빛을 털어버리지 못했다. 안타까움과 한스러움과 절망의 그 눈빛은 깊고 어두웠다. 가까우면서도 먼 부부지간이었다. 저고리 앞섶으로 손을 넣어 젖가슴을 만지던 신랑이 고통스러운 낯빛으로 돌아누울 때 그녀의 벌렁거리던 가슴은 거칠게 뛰었다. 그러나 곧 피어오르던 한 줄기 열꽃이 맥없이 스러지는 순간 아랫입술을 지그시 물었다. 다시 담장 너머 이웃집 도령의 책 읽는 소리가 아련히 들려왔다. 오라버니가 자꾸 눈에 밟혔다. 활쏘기와 말달리기를 하며 무예에도 조예가 깊었던 오라버니는 과거에 급제한 후 대제학을 지낸 분의 손녀를 부인으로 맞았다. 그녀가 보기에도 오라버니 부부는 한 쌍의 원앙이었다. 오라버니의 글 읽는 소리를 훔쳐들으며 올케는 얼굴을 붉히곤 했다. 특히 오라버니와 합방을 하고 난 다음 날이면 오라버니 말만 꺼내도 올케의 볼이 복사꽃으로 발그레 물들곤 했다. 혼삿말이 어른들 사이에서 오갈 때, 오라버니 부부가 앵두나무 아래 다정히 서 있을 때 그녀는 막연히 가슴을 두근거리며 미래의 신랑이 될 사람을 그려보곤 했다.

싸리비가 쓸고 간 자국이 남아 있는 마당에는 회오리바람이 불었다. 매화꽃 복사꽃잎이 떨어져 날리고 봄볕이 툇마루에 쏟아졌다. 그녀는 동백기름을 곱게 발라 쪽을 찐 머리를 어루만졌다. 권기서의 기침 소리가 격자 창호를 뚫고 들어왔기 때문이었다.

"두견새 울음소리에 취해 산죽이 갈라지고 피에 젖어 들꽃이 붉다(聲催山竹裂 血梁野花紅)."

권기서는 손을 뒤로 한 채 중얼거렸다. 그녀는 비단 치맛자락을 끌며 권기서 옆에 와 다소곳이 서 있었다.

"화창한 날씨에 집 안에만 있었더냐."

"난설헌의 시를 보았습니다."

"그래, 어떻더냐."

"멀리 보낸 임에 대한 마음이 애틋하였고……."

옥련은 그다음 말을 잇지 못하고 고개를 숙였다.

"신동이라 불린 정지상의 시니라."

"아름다운 내용 같아서요."

"가마를 손질해서 꽃구경이라도 시켜주고 싶다만 전화(戰火)가 쓸고 간 상처가 깊고 백성들의 처지가 딱하기만 하구나."

권기서의 말을 들으며 그녀는 담장 위로 가까운 듯 멀어지는 노랑나비를 가만히 지켜보았다. 시아버지 권기서의 안색이 편치 않아 보여서 무슨 일인가 질문하려다 삼켜버렸다. 대충 짐작으로 시중에 떠도는 말들을 아랫것들로부터 들어서 알고 있었다. 벽보 사건이 있었고 권기서와 교분이 두터운 교산에 대한 평이 분분하다는 것을. 그녀는 혹여 권기서에게 불똥이 튈까 근심 어린 눈으로 쳐다보았다.

"시국이 하 수상하니 이 봄도 예전 같지 않구나."

권기서가 큰기침을 내뱉으며 바깥사랑으로 걸음을 옮겼다. 그녀는 옥빛 두루마기가 바람에 펄럭이는 것을 오랫동안 바라보며 병약했던 서방을, 그 검고 깊은 눈을 떠올리며 망연히 서 있었다.

그때 지게에 장작을 가득 짊어지고 성큼성큼 걸어오던 돌쇠와 눈이 마주쳤다. 그녀는 황급히 고개를 돌리며 집 안으로 총총히 사라졌다. 아침에 몸종이 요강을 씻어 마루 위에 올려놓고 치우지 않았다는데 생각이 미쳤다. 다시 마루로 나와 요강을 들고 들어가려다 마루 위에 놓인 진달래꽃을 보았다. 주위를 두리번거렸으나 돌쇠만이 처마 밑에 장작을 쌓고 있을 뿐 살아 있는 그림자라고는 없었다. 그녀는 돌쇠를 훔쳐보았다. 돌쇠는 그녀의 시선을 아는지 모르는지 묵묵히 일을 할 뿐이었다. 돌쇠를 부를까 하다가 대마 옷자락 사이로 언뜻 비치던 다갈색 가슴팍이며 건강하고 단단한 근력의 사내에게서 풍겨나오던 땀냄새를 기억해내곤 얼굴을 붉혔다. 서방에게서는 한번도 맡아본 적 없는 체취였다.

봄밤은 소리 없이 가고, 꽃이 지고 있었다. 마음이 심란했다. 담 밖, 도령의 글 읽는 소리는 더욱 낭랑했다. 며칠 후 그녀는 우물 옆 두레박에 담겨 있는 수절국을 발견하고 와락 반가움에 하마터면 뛰어가 안고 올 뻔했다. 그녀의 행동 하나하나는 아랫것들의 입에 올려져 소문이 난다는 것을 알고 있었다. 수절국은 다른 말로 목상산(木常山)이라 하여 친정에서 약용과 관상용으로 심은 적이 있었다. 튀긴 좁쌀을 나뭇가지에 붙인 것처럼 보이는 흰색 꽃잎이 겹으로 되어 있었다. 그녀가 신발을 끌며 천천히 다가가는데 몸종 유월이 나타나더니 꽃무더기를 냉큼 안고는 호들갑을 떨었다.

"어머, 아씨, 웬 꽃이에요?"

그녀는 유월의 말에 눈을 흘기며 볼이 붉어지고 공연히 가슴이 두 근거렸다. 돌쇠가 뒷마당으로 돌아 나가는 게 보였다.

"실없는 소리 그만하고 유월아, 진달래 화전 준비했으면 싶다. 요 즘 아버님 심기가 편치 않아 보이는구나."

"아닌 게 아니라 벽보 사건으로 장안이 뒤숭숭해요."

"어찌 되었니."

"주모자가 잡혔는데 곧 처형된다나 봐요."

"주모자가 누구라고 하더냐."

"글쎄 제가 어찌 알겠어요. 아씨 말대로 화전 준비나 해야죠. 돌쇠 더러 숯을 만들어 달래야겠어요."

사랑채에 사람을 먼저 보낸 후 유월에게 상을 들려 나갔다. 작년 가을 담가둔 국화주도 함께 곁들였다. 권기서는 그녀를 불러 앉혔다. 그리고는 혼자 흰 도자기 술잔에 술을 따르더니 상을 내려다보았다.

"화전이 곱구나, 그만 나가보아라."

그녀는 뒷걸음으로 조심조심 툇마루를 나왔다. 비단 치맛자락 끌 리는 소리가 났다. 지붕 끝에서 막새가 흘러내리지 않도록 못 박은 방초막이를 무연히 쳐다보던 그녀는 지키고 섰던 돌쇠를 흘깃 보고 는 별당으로 돌아왔다. 시국이 수상하여 봄이 와도 봄 같지 않다는 권기서의 말이 내내 걸렸다.

권기서 주변 인물들은 풍류를 아는 이들이 주로 모여들었다. 그들 중에는 취중진담을 스스럼없이 뱉곤 했는데 술상을 봐오다가 밖에서 못 들을 것을 듣기도 했다. 주로 혼자 된 며느리와 상처한 시아버지를 빗대어서 하는 소리였는데 다들 유쾌하게 웃어넘겼다. 아마 그때 누군가 재가 이야기를 꺼낸 것 같았다.

"교산, 거 무슨 망발인가."

"망발은, 하늘이 준 자연스러운 감정을 인간이 무슨 수로 막는다는 말인가."

교산이라고 했던가. 그녀는 난설헌의 시를 읊으며 시와 예를 숭상하고 아끼는 교산 가문의 가풍을 흠모해오던 터였다. 그런 그가 좋지 않은 소문에 연루되었다고 했다.

침울한 표정으로 앞사랑에서 별채로 돌아오던 그녀는 돌쇠와 마주쳤다. 돌쇠의 지게에 산철쭉이 가득 얹혀 있었다.

"웬 꽃이더냐."

"아씨."

"다음부턴 그리 말거라. 꽃이 산에 있어야 제 향을 간직하지 않겠느냐."

"소인이 그만……."

그녀와 돌쇠가 마주 서서 이야기하는 사이 권기서는 대문 뒤에서 두 사람을 바라보았다. 맷집이 두둑한 돌쇠의 몸을 보면서 사람 구실 제대로 못 하고 저세상으로 가버린 아들 생각이 났다. 손주라도 있었다면 며느리를 보는 마음이 덜 불편했을까. 꽃다운 나이에 별당을 지키며 살아가는 며느리가 가슴 한켠에 무거운 바위로 자리하고 있었다.

　권기서는 돌쇠와 며느리를 훔쳐보다가 슬그머니 발길을 돌렸다. 가슴속에서 불안의 그림자가 피어올랐다. 돌쇠의 행동이 예사롭지 않다고 진작 느끼던 터였다. 심부름을 시키려고 부르면 돌쇠는 깜짝깜짝 놀라곤 했다. 사랑채 아궁이에 군불을 지피다가 멍청하니 앉아 있거나 불러도 대답을 안 하고 골똘히 생각에 빠져 있거나 했다. 권기서는 상념에 잠겼다. 교산과 어울리던 서얼 몇몇이 체포되자 그들과 교분이 있던 선비들이 사대문 밖으로 피신을 한다던가 하는 사달이 벌어져서 내심 초조하고 불안했다. 의금부에서는 벌써 명단 확보를 했을지도 모르는 일이었다. 누군가 반감을 갖고 고해바치면 그것으로도 큰 경을 치를 수 있었다.

　그날 밤, 잠이 오지 않아 별채 쪽으로 발길을 옮겼다. 그때까지 며느리 방에도 불이 켜져 있었다. 오래오래 서서 새어나오는 불빛을, 창호지에 어리는 그림자를 바라보았다. 며느리 방 문이 열렸다. 며느리가 마루 위에 서서 어딘가 시선을 둔 채 서 있었다. 권기서는 조용히 대문 옆 종들이 묵는 방으로 다가갔다.

　코를 심하게 고는 소리가 들려왔다. 늙은 하인 막쇠와 좀 더 젊은 종수 그리고 돌쇠가 쓰는 방이었다. 왼쪽 측간 옆에 붙은 방에는 전처가 생전에 식을 올려준 말순이와 누대 노비 개똥이와 그의 어린 아들 세 식구가 보금자리 틀었다.

　헛기침을 했다. 여전히 코고는 소리가 크게 났다. 한 번 더 기침을 하자 방문이 열리고 돌쇠가 문을 열었다. 권기서를 본 돌쇠가 황급히 저고리를 꿰어 입고 마당으로 나왔다. 권기서는 조용히 하라는 시늉으로 손을 입에다 갖다 대고는 앞서서 걸었다. 사랑채 앞에 온 권기서는 아무도 몰래 별당 아씨를 모셔오라고 분부했다.

별당에는 여직 불이 켜져 있었다. 돌쇠는 작은 소리로 옥련을 불렀다.

"이 야심한 시각에 무슨 일이냐."

"영감마님이 아씨를 모셔오라 해서……."

"아버님이? 무슨 일로."

"소인도 잘 모르겠지만 아랫것들 몰래 모셔오라고……."

돌쇠는 뒷말을 제대로 잇지 못하고 재촉했다. 그녀는 장옷을 걸치고 방문을 닫고 일어섰다. 돌쇠의 널찍한 등을 보니 진달래꽃이 눈앞에 아른거렸다.

돌쇠가 아씨를 모셔왔다고 고하자 안에서는 반응이 없었다. 잠시 뒤 아씨를 모시고 함께 들어오라는 권기서의 말이 들릴 듯 말 듯 흘러나왔다.

열어놓은 격자창 안에서 묵향이 은은하게 났다. 방 안에는 서책이 꽂혀 있고 묵향이 배어 있었다. 권기서는 보따리 하나를 앞에 놓고 앉아 눈을 감고 있었다. 그녀는 권기서의 의중을 몰라 다소곳이 서 있었다.

"두 사람 다 좌정하거라. 지금부터 내가 하는 말을 잘 듣고 한 치도

빈틈없이 행하도록 해라."

그녀가 의혹에 가득 찬 눈빛으로 권기서를 쳐다보았다. 권기서는 아주 중대한 결심을 한 사람처럼 신중한 어조로 돌쇠와 그녀를 번갈아 주시했다. 침묵이 흘렀다. 잠시 후 권기서가 헛기침을 한 후 목소리를 낮게 깔았다.

"내가 너희들을 부른 이유는…… 하늘이 알고 땅이 알고 그리고 우리 세 사람이 알 뿐 죽을 때까지 비밀로 해야 한다. 가문에 씻을 수 없는 죄를 짓는 일이다만 내 간곡한 부탁을 들어다오. 이날 이후로 며늘아기는 이 집에서 죽었느니라. 그러니 돌쇠는 아씨를 모시고 이 밤이 가기 전에 사대문을 빠져나가 궁성에서 되도록 멀리 떨어진 곳에 가 평민으로 살도록 해라."

여기까지 말한 권기서가 미닫이문을 열고 깊숙이 숨겨둔 노비 문서를 꺼내더니 돌쇠 눈앞에 펼쳐 보이고는 촛불 가까이 가져갔다. 누렇게 바랜 한지는 금세 타오르더니 검은 재로 변해 바닥에 흩어졌다. 그녀의 낯빛이 하얗게 질렸다. 영감마님, 소인이 어떻게…… 놀란 돌쇠 입에서 울음이 새어나오고 그녀의 표정이 순식간에 굳어지며 입술이 파르르 떨렸다. 권기서는 눈을 감고 말이 없었다.

"부디 내 뜻을 받아다오. 하늘 아래 목숨처럼 소중한 게 또 어디 있겠느냐. 아가, 시애비의 마음을 이해해다오. 너도 알다시피 돌쇠라면 어디 가서 무슨 일을 하든 한 가문을 일으킬 만한 자질이 있느니라. 새벽닭이 울기 전에 빨리 일어서거라."

"아버님, 어찌 제게 이러실 수가……."

옥련은 가슴 저 깊은 곳에서 울려나오는 슬픔에 울음을 토해냈다. 권기서 같은 어른이라면 평생 모시고 살 생각이었다. 억울하지도 슬퍼하지도 않으리라 신랑의 상여 앞에서 다짐했었다. 권기서는 비스듬히 돌아앉아 연신 담뱃대를 빨아댔다. 옥련은 감당할 수 없는 슬픔에 울음을 삼키다가 기절하고 말았다. 촛불이 가물거리며 타오르더니 사방이 캄캄한 암흑이었다. 무릎을 꿇고 앉아 있던 돌쇠가 일어서더니 엎드려 절했다. 그러고는 반배를 하고 그녀를 일으켜 세웠다. 겨우 눈을 뜬 그녀는 질긴 울음을 토해내며 아버님, 원망스럽습니다, 를 내뱉었으나 이미 그 목소리에는 힘이 없었다. 그녀는 돌쇠의 팔에 의지해 겨우 일어나 큰절을 올리고는 엎드려 일어날 줄 몰랐다. 권기서가 돌쇠에게 눈짓을 했다. 돌쇠는 그녀를 업었다.

"패물 몇 가지를 넣었으니 한동안 이것으로 호구지책은 될 거다. 옷은 평복으로 갈아입도록 하고."

권기서가 작은 보따리를 내밀자 돌쇠가 받아들고 방을 나왔다. 별당에는 다시 갈 것 없다. 아랫것들 깨기 전에 어서 떠나거라. 권기서의 목소리가 돌쇠의 발걸음을 재촉했다.

산길로 접어들기 전 돌쇠는 그녀를 내려놓고 숨을 돌렸다. 그믐밤이라 깜깜했다. 멀리 어둠 속에 그가 스물여섯 해를 보낸 집들이 시커멓게 웅크려 있었다. 돌연 그 어둠을 뚫고 환한 관솔불이 타오르더니 권기서 영감 댁 마당과 별당에 불빛이 환했다. 곡(哭)소리가 아련히 들려왔다. 곧이어 하인들이 이리저리 마당을 가로지르는 게 보였다. 막쇠 할아범과 종수, 개똥이 아저씨와 유월이 울음소리가 뒤섞여 들려오는 것 같았다.

그녀는 어둠 속에서 타오르는 환한 불을 보았다. 흑, 하고는 다시 울음을 터뜨렸다. 혼인하던 해에 쓰러져 그해를 넘기지 못하고 죽은 신랑 대신 그녀를 사사로이 보살펴준 시아버지 권기서와 앞뜰의 매화 가지며 오동나무 아래서 시문을 읊던 순간들이 푸른 새벽 안개마냥 깊고 넓은 슬픔으로 가슴을 적셔왔다. 다시 오지 못할 시댁이었다. 일어나 다시 절을 올렸다. 그러고는 아련히 들리는 호곡 소리를 뒤로하고 돌쇠 등에 다시 업혔다. 걸어가겠다고 말했지만 몇 걸음 가다가 쓰러지고 엎어지는 그녀를 보다 못한 돌쇠가 들쳐업었다. 무르익은 여인의 살냄새를 맡으며 돌쇠의 가슴은 뛰었다. 바람결에 여인의 분내가 코를 자극했다. 돌쇠는 다시 한 번 뒤돌아보았다. 주위는 캄캄한 어둠만이 그들을 에워싸고 있었다. 그러나 돌쇠는 어둠 속에서도 앞이 환히 보이는 듯 발걸음이 가벼웠다. 별당에 늦도록 등잔불이 타오를 때마다 가슴이 까맣게 숯으로 변하며 잠 못 이루는 밤을 보내곤 했다. 별당 섬돌에 놓인 비단 꽃신을 볼 때마다 활활 타오르는 불길에 자신의 몸을 던지고 싶었다. 결코 이룰 수 없는 관계, 살아생전에는 감히 꿈도 꾸지 못할 여인이었다. 그런데 지금 몇 해를 두고 지켜본 그 여인을 업고 있다니. 돌쇠는 자꾸 누군가 자신의 뒷덜미를 낚아채며 도로 잡아갈까 봐 달리고 또 달렸다. 자유의 몸이 되었으니 자식들 줄줄이 낳아 일가를 이루며 살 희망에 콧노래라도 부르고 싶은 심정이었다. 진달래와 산벚꽃 가지를 꺾어 몰래 갖다 바칠 때의 긴장이 되살아났다. 까맣게 타들어갔던 돌쇠의 가슴에 꽃이 피어나려 했다. 이제 마음의 꽃을 맘껏 바치리라 돌쇠는 입을 꾹 다물었다. 꿈을 꾸는 것만 같았다. 날개를 단 듯 발걸음은 어둠을 헤치며 내달았다. 깜깜한 소나무 숲에는 주먹만 한 별들이 금방이라도 쏟아질 듯 빛을 뿜어냈다. 그녀는 지쳤는지 돌쇠 등에 머리를 기대고 기척이 없었다.

새벽닭이 울 무렵에야 돌쇠는 겨우 성문을 빠져나왔다. 아이고, 이래 일찍 어딜 간다요. 주막 아낙이 하품을 하며 두 사람을 맞았다. 그녀는 보따리에서 옷을 꺼내 평복으로 갈아입었다.

"부, 부인, 하, 한술 떠야지요."

주막집 여자의 시선을 의식해서인지 돌쇠는 그녀를 향해 말해놓고도 쑥스러운 듯 귓불이 빨개져서 헛기침을 했다. 옥련은 수척한 얼굴로 사립문 밖으로 난 길을 따라 멀리 시선을 보내고 있었다. 사내의 목소리, 땀내 나는 사내와 마주 앉아 드는 밥상, 그녀는 체념한 듯 수저를 들었다.

매화꽃 난분분하니…… 권기서는 어느 이름 없는 기녀가 한양으로 떠나는 선비를 배웅하며 지었다는 옛 시조를 읊다가 그만 다음 문맥을 잇지 못했다. 이제 또 누구와 더불어 매화 향을 나누랴, 권기서는 아지랑이 피어오르는 대문 밖을 내다보며 시름에 잠겼다. 싸리빗자루 자국이 선명한 마당에 봄볕이 쏟아졌다. 노랑나비가 꽃을 찾아 날아다녔다. 나비의 유연한 몸짓을 보며 새삼스럽게 며느리 옥련의 단아한 자태가 아른거렸다. 금방이라도 비단 치맛자락 끌며 나비처럼 날렵한 몸짓으로 권기서의 시조에 화답하며 꼬치꼬치 캐물을 터였다. 가문을 생각하지 않은 것은 아니었다. 자신의 대에 이르러 몰락해가는 집안을 일으켜 세울 방법이 없는 것도 아니었다. 그러나 권기서는 심중에 그런 생각을 품었다는 자체에 한숨을 내쉬었다. 먼 친척 중에 벌어진 일들을 권기서는 대충이나마 알고 있었다. 집안에서는 쉬쉬했지만 기제사 후 집안 남자 몇몇이 술을 마시는 중에 그 내용이 오고 갔고 가문과 관련된 일이라 곧 조심스러워하는 분위기로 더는 거론하지 않았다. 비록 술추렴을 하는 중이었으나 그 일의 중대사를 집안 남자들은 알고 있었다.

칠대조에 판서를 배출하고는 무슨 일인지 그 후로는 벼슬에 나가는 이가 없어 미미한 선비 가문으로 겨우 유지를 해오던 터에 장손이 죽자 혼자 된 며느리가 따라서 죽은 사건이 있었다. 나라에서는 열녀문을 세웠고 널리 세인의 귀감이 되었다며 그 집안에 임금이 친히 비단과 쌀을 하사했다. 가까운 혈족 남자 몇몇이 자살을 하도록 도왔다는 말은 그 뒤에 흘러나왔다. 물론 가문의 일이라 집안에서도 조심스럽게 나왔다가 더 이상 재론이 없었다. 나라의 법과 임금을 능멸한 죄는 클 수밖에 없었다. 그렇다 하더라도 그런 생각을 권기서 본인이

했다는 데 스스로 놀랐다. 아들의 사십구재를 치르고 나서 한밤중 별채 마당을 서성이던 며느리를 보고 권기서는 숨이 멎을 것 같은 심적 동요를 느꼈다. 달빛이 흰 소복에 부서져내렸다. 저 아이의 어깨에 지워준 짐이 너무 무거워. 권기서는 자신도 모르게 한탄했다. 권기서는 자신의 내부에 번져가던 고통의 무게를 감당하기가 버거웠다.

어느 순간 자신 안에 드리운 연민의 이면에는 또 다른 고통이 싹트고 있었다. 시시각각 자신을 조여오는 운명의 사슬, 그 단단한 밧줄을 피해갈 수만 있다면. 권기서는 성문 밖 부옇게 밝아오는 하늘을 바라보며 깊은 숨을 들이마셨다.

며느리를 보내고 얼마 뒤 권기서는 체포되었다. 반역 도당을 도왔다는 죄목은 이웃이나 일가 친척 모두 외면하게 만들었고 고택은 퇴락했으며 폐가가 되었다.

폐가가 되었다……. 마지막 문장을 쓰고 나서 나는 한숨을 내쉬었다. 남편의 집안일이긴 하지만 나 역시 시대의 관습에 매여 있음을 부정하기 어려웠다. 권기서의 나이 아직 지천명이 못 되었는데, 그 시대를 감안하더라도 한창 젊은 나이였다. 아비에게 술을 먹이고 대를 잇는 자매 이야기도 경전에 버젓이 전해내려오는 마당에 갇힌 사고에서 벗어나지 못하다니, 편집에서 지우기를 하고 다시 빈 화면과 마주 앉았다.

그리고 권기서의 사랑, 이렇게 시작하고 보니 너무 통속적이란 생각에 다시 제목을 적어나갔다. 매화꽃 난분분하니. 사는 게 다 통속임을 부인하고 싶지는 않았다. 어떻게든 시대를 뛰어넘어 그 두 사람을 연결해주고 싶은 열망이 앞섰지만 마음뿐이었다. 집안, 가문, 체면, 겉치레를 떠나 분명히 권기서와 옥련 사이에는 통하는 게 있었다.

어쩌면 권기서가 좀 더 진보적인 사상을 가졌더라면 그의 사랑이 가능했을까. 어쩔 수 없이 그도 시대의 윤리를 뛰어넘지 못하고 있음은 안타까운 일이었다. 차라리 불을 지르고 두 사람을 피신시킬까. 서녘 하늘에 불그레한 구름이 몰려가고 열린 창문 너머로 봄꽃 향내가 들어왔다. 밖을 내다보자 바람에 꽃잎이 날렸다. 내 안에 아른아른 피어나는 봄 풍경이 그려졌다. 매화, 나비, 수절국…… 컴퓨터 앞에 앉아 자판을 두드리기 시작했다. 원고가 거의 마무리될 즈음 박난실 여사에게서 오늘 떠난다는 전화가 왔다. 그렇게 빨리 가실 줄은 몰랐노라고, 좀 더 계시다가 가시라고 했지만 그녀 마음은 이미 이 땅을 떠나고 있는 듯했다. 인정받기 위해 피눈물나는 노력을 하는 사이 한 생이 가버렸다던 그녀의 말이 내내 가슴에 남아 철렁거렸다.

"좀 편하게 사시지 왜 굳이 먼 남의 나라로 다시 가시려는 거예요?"

"그곳은 내 소중한 청춘의 한때, 인생의 가장 빛나는 시기가 머무는 곳이거든. 나에게도 그런 시절이 있었다는 것, 이 나이에 들어서

니 귀중하기 그지없는 추억일세그려. 자네, 잘 있게. 고마웠네."

수화기가 내려진 후에도 오래오래 나는 저 먼 창밖 하늘을 바라보았다.

꿈꾸는 인생

서늘한 바람이

미숙의 등을 스치고 지나갔다

미숙은 거실로 나와 와인을 한 잔 마셨다

베란다에 나가 그가 피우던 담배를 피웠다

마음이 가라앉는 듯했다

자식을 생산할 수 있는 능력을 스스로 자제하는 거랑

타의에 의해 막혀버린 거랑은 분명히 달랐다

미숙은 그와 그의 아이들을 위해 자신을 봉사한다는

어떤 의미에서는 희생한다는 오롯한 기쁨이 있었다

누군가를 위해 스스로 자신을 희생한다는 것은 삶의 활기와

비밀스러운 낙을 가져다주었다

평생 드러내지 않아도 자신에 대한 당당함과

자부심이 있었다. 그런데 그것이 헛것이었다니

미숙은 갑자기 의욕을 잃었다

며칠 침대에서 일어나지 못하고 시름시름 앓았다

음식물도 입에 대지 않았다

퇴근길에 향옥이 찾아왔다

향옥은 대나무 바구니에 바나나 오렌지 멜론

키위를 담아와 머리맡에

놓고는 아무 말 없이 앉아만 있다가 갔다

향옥이 돌아간 후

미숙은 슬펐다

꿈꾸는 인생

멀리 구불구불 돌아 나간 길들의 과거가 보인다. 황톳길 주위로 짙은 녹색과 다갈색 작물이 가득 출렁이고 버려진 포장마차가 푸른 비닐을 덮어쓴 채 방치되어 있다. 미숙은 승용차를 세운다.

"누가 오나 망 좀 봐줘요."

미숙은 그에게 말하고는 억새가 우거진 길섶으로 들어가 바지를 내린다. 키가 큰 잡풀 사이에 주저앉아 있으니 한 마리 웅크린 짐승 같다. 바지를 추스르고 옆으로 조금 비켜서 미숙은 주저앉는다. 그도 승용차도 보이지 않는다. 풀이 흔들리며 대나무 숲에서 부는 바람이 따라와 이명처럼 귓전에 부서진다.

"왜 빨리 안 오는 거야."

그의 목소리가 바람 속에 섞여 온다. 미숙은 그들이 지나온 길을 내려다본다. 구불구불한 길이 아득하게 뻗어 있다. 어떤 길은 산기슭에 가려 보이지 않지만 다시 길이 나타나 어디인가로 가고 있다. 가장 느린 인생의 한가운데를 통과하는 것 같다. 미숙은 삼십여 년을 함께 산 남편이 자꾸 남 같다. 풀꽃을 꺾어 꽃반지를 해주거나 오븐에 사과 파이를 구워주거나 분위기 있는 커피숍에 데려가거나……. 오래전, 미숙은 그의 소년 같은 감성에 빠져든 적이 있다. 남매를 둔 홀아비가 아닌 새로 사회생활을 시작하는 새내기 같은 신선함이 그에게는 있었다.

"다 환상이지."

미숙은 지나간 시간을 더듬어보려는 듯 눈을 가늘게 뜨고 멀리 펼쳐진 황금빛 들녘에 시선을 주다가 그가 기다리는 곳으로 돌아온다.

"왜 진작 떠나지 못했을까."

"……."

"숨이 차고 무릎관절이 약해졌을 때 여행을 생각하다니."

"……."

"좀 더 젊어서 여행을 했더라면 내 생이 더 윤기 났을 텐데."

"……."

미숙은 남편의 어깨에 기댔던 머리를 들어 그를 바라본다. 약하게 코고는 소리가 난다. 미숙은 혼자 조용히 웃는다. 검붉은 노을이 서쪽으로 천천히 움직인다. 미숙은 어린 신부를 실망시키지 않으려고 밤마다 아령을 들거나 공원을 스무 바퀴씩 도는 그를 생각하다가 쓸쓸해진다. 시간의 흔적 앞에 인간은 무기력할 뿐.

정복당한 자의 묘지 옆에 나란히 누운 정복자 묘지를 본 적이 있다. 아주 오래전 외국 여행길에서다. 그때 미숙은 독신이었고 박사과정을 휴학하고 진로에 대해 고민하던 중이었다. 그의 청혼을 받고 미숙은 생각해보겠노라 틈을 둔 터였다. 묘지석에 새겨진 글귀는 이상하게 미숙의 가슴을 흔들었다. 그와의 결혼을 결정할 수 있게 된 계기였다. 미숙은 훗날 모든 세상의 묘지는 대책 없이 사람을 순진하게 만들거나 위험한 결론으로 유도하는 경계임을 깨달았다.

휴대폰 벨 소리에 그가 눈을 뜬다. 딸 영숙이다. 미숙은 그를 돌아보고는 작은 소리로 영숙이에요, 라고 말하고는 목소리 톤을 높인다. 응, 그래. 잘 잤어. 반찬도 입에 맞아. 별일 없지? 새미가 엎어져 이마에 상처가 났다고? 저런, 조심하지. 그 애 할머니가 알면 섭섭한 소리 좀 들겠구나.

"누구, 우리 손녀 새미가 이마를 다쳤다고?"

통화 중간에 그가 끼어들어 중얼거린다. 미숙은 그렇다고 고개를 끄덕여주고는 다시 휴대폰을 입에 바짝 갖다 댄다.

"얘, 날씨 참 좋다. 진작 젊어서 좀 돌아다닐걸. 힘 다 **빠진** 뒤에 다니려니 좋기는 하다만 피곤하기도 하구나. 너무 아낀다고 아득바득 살지 말고 즐기면서 살아라. 이 나이에 이르니 아쉬운 게 한두 가지가 아니다. 오빠는 소식이 없다고? 하긴 요즘 사업이 다들 어렵다더라. 오빠라고 순조롭겠냐. 그저 지켜볼밖에. 양 서방은 직장 잘 다니고? 뭐 승진 시험 발표 났어? 수석? 내 그럴 줄 알았다. 해낼 줄 알았어. 그럼 지방으로 안 내려가도 되겠구먼. 다시 본사로 들어간다고?

거 잘됐구나. 니 복이다. 내가 볼 때 양 서방은 CEO감이다. 어디 옮길 생각 말고 한 곳에 진득하니 박혀 있으라고 해라. 요즘 동창 모임에 가면 자식들이 스카우트 대상자라고 자랑들 하더라만 내가 볼 때 그거 위험한 거다. 회사로부터 뭔가 얻어낼 생각을 말고 회사를 위해 내가 먼저 기여할 생각을 해야지. 너무 이기적으로 살면 결국 부메랑이 되어 다 돌아오는 게 세상 이치다. 그래, 니는 둘째 계획 없고? 잘 안 된다고? 어째 그러냐. 환경 탓인지 임신이 안 돼 고생하는 사람들도 늘어만 간다더라. 자식 인연도 맘대로 안 되는 거다. 맘 편히 먹고 주시면 감사하고 안 주셔도 감사하고, 그저 그렇게 받아들이면 만사가 무탈한 법이다. 세상에 부모와 자식으로 만나는 인연은 의지로 되는 게 아니다. 전생에 업을 쌓아야 되는 거다."

"무슨 통화가 그리 길어? 전화비 감당 어떻게 하려고 그래?"

옆에서 그가 지청구를 한다. 미숙은 힐끗 곁눈질로 그를 쳐다보고는 다시 귀에 휴대폰을 바짝 갖다 댄다.

"아빠 바꿔줄까? 됐다고? 그래그래, 알았다. 안 그래도 통화 오래 한다고 아까부터 도끼눈이다. 그래, 건강 챙기고, 우리 걱정 말거래이."

미숙은 휴대폰 폴더를 닫으며 한숨을 휴 길게 내쉰다. 자신의 입으로 말해놓고도 그게 자신의 생각인지 머릿속에 든 조상신 생각인지 아리송할 때가 있다. 자식이라…… 미숙은 가슴이 싸아 맵다. 미숙은 어린 두 남매를 건사하며 자기 자식을 포기했다. 성심껏 키워주면 언젠가는 알아주겠지. 아니, 알아주지 않더라도 세상에 대해 보시하는 심정으로 살리라 다짐했고 무엇보다도 미숙에게 향한 남편의 지극한 정성과 따뜻한 마음에 대한 보답이라 여겼다.

그와의 나날들.

돌아보면 시간의 켜마다 상처가 있고 기쁨이 있다. 삼 년까지는 아무 문제 없었다. 삼 년이 지나자 남편의 태도에 변화가 왔다. 미숙은 그날을 잊을 수 없다. 아침상을 차리며 식탁에서 던진 한마디가 문제였다.

"우리, 늦둥이 가질까."

황태국에 밥을 말아 입에 퍼넣던 그가 수저를 멈추고 미숙을 바라보았다. 그 눈에 의아함이 묻어났다.

"자식이 지겹지도 않아?"

"농담 한번 해봤어요."

그는 남은 밥을 미처 다 먹지도 않고 서둘러 일어나 현관문을 열고 나갔다. 미숙은 그날 하루 종일 일이 손에 잡히지 않았다. 식탁 위에 그릇을 치울 생각도 못하고 창밖만 멀거니 내다보았다. 그날 이후 미숙이나 남편 입에서 자식 문제는 더 이상 거론되지 않았다. 불문율처럼. 누군가 먼저 그 일을 꺼내면 겨우 맞물려 있던 윗돌과 아랫돌이 와르르 무너질까 봐 겁내는 것 같았다.

"남쪽 나라 바다 멀리 불러줄래요?"

미숙은 남편을 돌아본다. 그는 묵묵부답이다. 시간이 흐를수록 차량은 더욱 꼬이고 막히고 엉켜버린다.

"당신은 아직 젊어."

"이런 경험 난생처음이지만 두 번 다시 경험 못할 진풍경이야."

"뭐가 그리 즐거운지 모르겠군."

"여보, 좀 너그럽게 받아들여요."

미숙은 남편을 보며 기분 나쁘지 않게 말한다. 외국인 마을에서부터 심기가 불편한 그는 단단히 꼬여 있다. 미숙의 말에 대꾸를 하다가도 시큰둥한 반응이다.

외국인 마을.

표지판에는 그렇게 되어 있었다. 경사진 산자락을 깎아 마을을 조성해놓아서 엉성하기 이를 데 없었다. 군데군데 보이는 돌덩이들이 조화를 이루지 못하고 이방인처럼 나뒹굴었다. 흙바닥 색깔이 갈색에 가까운 어두운 색이어서 주변의 돌들도 어느 정도는 갈색에 가까운 거무튀튀한 색상을 이루어 어색하지 않았다. 그런데 나뒹구는 돌들이 워낙 희게 반짝여서 도드라져 보였다. 영락없는 이방지대 돌이었다. 미숙은 경사면을 따라 승용차 앞머리를 들이밀었다. 백여 미터못 미처 차가 섰다. 길은 외줄기였고 올라가는 차량과 내려오는 차량이 뒤섞여 아수라장이었다. 얌체족이 차례를 기다리지 않고 중간에 빠져서 끼어들기를 하다가 더욱 엉망으로 만들어버렸다. 여기저기서 고함 소리가 터졌다. 미숙은 흥미롭게 지켜보았다. 그래, 난 얼마든지 시간이 있지. 하루 아니라 이틀이라도 기다려줄 테다. 여유가 생겼다. 목적도 목표도 없이 떠난 여행이 그래서 좋았다. 지루함? 그건 몰라서 하는 말이다. 시야에 들어오는 가을의 정취는 보고 또 봐도 지루한 줄 몰랐다. 몇십 년을 도심 한복판 콘크리트 건물 안에서만 살아온 사람에게 시골 공기와 바람과 들녘 풍경은 인생의 보상 같은 것이었다.

평화롭고 아름다운 전원 마을. 사람들은 지나가다가 멋진 풍경에 이끌려 외국인 마을로 접어든다. 그리고…… 미로에 빠진다. 이국풍으로 지어진 건물들과 테라스 발코니에 걸린 앙증맞은 화분들, 멀리서도 제라늄이나 베고니아 화분의 그 붉은 색깔이 주는 느낌은 매혹이다.

한나절을 꼬박 지체한 후에야 겨우 한숨 돌렸다. 차를 **빼려고** 실랑이하던 사람들은 외국인 마을을 들러보지도 못한 채 차 안에 갇혀 지방 관리들을 성토하다가 돌아갔다. 미숙은 별로 화가 나지 않았다. 그냥 그 일을 방관하듯 즐겼다. 차를 길옆에 바짝 세우고는 천천히 주위를 걸었다. 외국인 마을 베란다에 **빨래가** 널려 깃발처럼 나부꼈다. 어느 집 테라스에 뚱뚱한 외국인 여성이 마른 **빨래를** 털었다. 헬로? 그녀가 손을 흔들자 외국인 여성은 집 안으로 얼른 사라졌다. 집집마다 주인 이름이 적힌 문패가 있었다. 대부분 한국 이름이었다. 독일식 일반 주택 양식으로 세워진 건물은 허술해 보였다. 페인트칠된 목재에 균열이 갔거나 뒤틀렸거나 흠이 난 곳도 있다. 테라스에는 붉은 제라늄과 보라색 바이올렛과 베고니아 화분이 놓여 있다. 이국풍의 그 정경은 까닭 모르게 한 시절을 흘려보낸 미숙의 마음을 아프게 한다. 어찌 된 셈인지 그와는 여행다운 여행을 가지 못했다. 어쩌다 한 생이 눈 깜박할 사이에 가버렸다. 붉은 기와, 진초록 지붕, 누런 기와를 얹은 건물에는 바람이 남긴 흔적이 보였다. 삐죽삐죽 돋아난 풀들이 건물을 풍화시키고 있었다.

외국인 마을에서 나와 국도를 달리다가 노을이 지는 언덕에 다다랐다. 서늘한 한기가 몰려왔다. 해가 지기 무섭게 밤이 다가오고 바람이 차갑게 계곡이며 들을 휘젓고 다녔다. 한 장소에 갇혀 하루를 보낸 뒤 그는 단단히 화가 났다. 제대로 알고 찾아오지 그랬느냐고 짜증스럽게 투덜거리더니 입을 굳게 다물었다. 미숙은 별로 서두르고 싶지 않았다. 숙소를 찾지 못하면 그냥 그대로 밤길을 달리거나 어디 민가를 찾아 민박을 부탁할 요량이었다.

어떤 사람에게 짧은 순간의 진실은 평생을 통틀어 깨닫는 것과 맞먹는다. 그의 기분은 아랑곳 않고 미숙은 허밍으로 노래를 부른다. 미숙은 그에게 노래를 불러달라고 조른다. 그의 십팔번인 고향초를 미숙은 좋아했다. 그가 노래를 부를 때는 정말로 푸른 물결이 넘실대는 남쪽 바다를 고향에 두고 평생 떠돌아다닌 자의 말로가 그려진다. 그는 미숙이 감탄할 때마다 싫지 않은 표정이다. 남쪽 나라 바다 멀리 물새가 날고 뒷동산에 동백꽃은 곱게 피었네 뽕을 따는 아가씨들 서울로 가고 정든 고향 정든 사람을 잊었단 말인가. 언제 들어도 가슴에 닿는 노래다. 그의 목소리 또한 괜찮았다. 그는 다른 노래는 할 줄 아는 게 없다고 해서 그런 줄 알았다.

굳게 다문 그의 입에서 노래가 흘러나온다. 사분의 삼 박자. 정확한 트로트 곡이다. 미숙은 너무 놀라 눈을 동그랗게 치뜬다. 그러거나 말거나 그는 노래를 부른다. 감정을 넣어 박자를 늘였다가 줄였다가 하며 제 흥에 겨워 연달아 세 곡을 부른다. 내가 왜 이럴까. 잡초, 고향역…… 한 번도 본 적 없는 남편의 모습이다.

"원래 트로트를 좋아했어요?"

"예전에 제법 불렀지."

"그런데 왜 나를 속였죠?"

"속인 게 아니라 안 불렀지, 말을 안 했을 뿐이고."

"도깨비에게 홀린 기분이네."

"당신이 싫어할까 봐 안 불렀을 뿐이야."

"내가요?"

"당신은 늘 베토벤이나 라흐마니노프나 쇼팽 음악만 듣잖아."

"그래도 그렇지, 어쩜 그렇게 감쪽같이 속일 수 있죠?"

"당신을 얻기 위해서였어."

"참 내, 당신이 나와 함께한 시간 동안 행복했는지 궁금해지네."

"갑자기 왜 까칠해지시나."

"어쨌거나 내 기분 지금 엉망이에요."

그쯤에서 미숙은 열두 고개를 접는다. 삼십여 년 살아온 남자에 대해 이렇게도 모를 수 있다니. 집을 나선 이후 그는 별로 말이 없다.

오후 늦게 출발한 관계로 첫날은 세 개의 휴게소를 지나자 금세 어두 워졌고 모텔에서 하룻밤을 잤다. 영동고속도로와 중부고속도로, 경부와 호남고속도로를 번갈아가며 지나왔다. 산들이 조금씩 낮아졌다. 산이 낮아진 만큼 들이 넓었다.

그녀는 모텔에서 밤새 날짐승의 울음소리를 들으며 엉성한 잠을 잤다. 콘도에서 두 번째 밤을 보내고 다음 날 아침 오래된 절을 찾았을 때 그녀는 실망했다. 학창 시절 동아리에서 엠티를 왔던 곳이라 다시 찾고 싶어 왔는데 예전의 모습은 사라지고 없었다. 새로 조성된 건물이 대부분을 차지했다. 부도 터만이 그곳이 예전의 유서 깊은 절이었음을 알려준다. 신라 시대에 세워진 절을 고려 시대에 증축했으며 조선 중기에 화재로 소실되었다가 근대에 이르러 복원했다는 기록이 남아 있었다. 미숙이 가을 정취에 빠져 있는 동안 그는 별말이 없다.

"어머, 코스모스야. 들국화도 지천이네. 이 꽃향기 좀 맡아봐요."

미숙은 소녀처럼 탄성을 지르더니 갓길에 승용차를 세우고 차창을 연다.

"나이답지 않게 좋아하는군."

미숙은 그의 말에 아랑곳 않고 대기의 바람을, 신선한 공기를, 야생의 꽃향기를 마음껏 들이마신다. 생각 같아선 억새가 흐드러진 밭두렁에 드러누워 흙냄새를, 이름 모를 야생초 향기를 맘껏 흡입하고 싶었다. 그는 무엇인가 골똘히 생각에 잠겨 있다. 미숙은 갑자기 시

무뚝한 표정으로 향내가 짙은 노란 야생 국화를 꺾어 코에 대고 큼큼거린다. 짙은 향기가 콧속으로 스며들어온다.

미숙은 살아오면서 자주 그를 둘러싼 환경과 그녀를 에워싸고 있는 일상으로부터 벗어나는 꿈을 꾸었다. 오랜만에 보는 자연의 정취, 익숙하지 않은 풍경은 가슴 안에 웅크려 있던 막연함과 설렘을 일깨운다. 아이들이 어릴 적에는 먼 곳보다는 주로 가까운 놀이공원으로 소풍을 갔다. 아이들과 보내는 시간은 오롯한 기쁨을 안겨주었다. 영숙이 낳은 손녀는 인형 같았다. 통통한 팔이며 붉은 뺨에는 윤기가 머물렀다. 생명의 푸득임을 보는 듯해 덩달아 기분이 좋아졌다. 그녀는 손녀를 번쩍 들어 안고 뺨에 입을 맞추고 꼭 껴안아줌으로써 마음을 표현했다. 손녀딸이 어질러놓은 집 안을 청소하며 그녀는 사는 게 별것 아니라는 늙은이 같은 생각에 잠기기도 했다.

미숙은 구부러진 시골길과 그 길을 따라 마을의 집들이 모여 있는 풍경에 마음이 차분해진다. 길들여지지 않은 자연은 생명의 활기가 흘러넘친다. 보라색이나 흰색의 이름 모를 꽃들, 들판 한가운데 서 있는 커다란 활엽수 잎사귀의 흔들림, 야생초들, 모든 게 느리게 움직이고 있다. 커다란 새가 날개를 펴고 맞은편 언덕으로 사라진다. 미숙은 잔잔한 평화를 느낀다. 삶에 대해 너그러워질 것 같다. 미숙은 손으로 이마를 가리고는 눈을 가느스름하게 뜨고 그 모든 정경을 꿈꾸듯이 바라본다. 혹시 과거 어느 한순간 그녀가 기억에서 놓쳐버린 영화 속 한 장면이기라도 한듯이. 밭자락에는 늙은 호박이 굴러다닌다. 늙은 호박 주위에는 대추가 익어가고 있다. 그녀는 몇 알 따서 그에게도 주고 자신도 입안에 넣고 오물거렸다. 산자락에는 귀가 얼얼할 정도로 바람이 분다. 인적이 없는 시골길과 들녘의 적요로움은 미숙이 지나온 시간의 켜와 닮아 있기도 하고 전혀 낯설기도 하다.

"만날 사람이 있어."

세워둔 승용차 뒷좌석에서 디지털 카메라를 꺼내려는데 그가 말한다. 미숙은 대수롭지 않게 그러세요, 라고 했고 그는 마을이 보이는 곳으로 천천히 걸어간다. 태워다준다고 해도 혼자 걷고 싶다고 그가 말했으므로 굳이 따지지 않았다.

미숙은 혼자 카메라를 들고 마음껏 풍경을 담는다. 미숙이 담는 풍경은 카메라보다는 그녀의 마음에 고스란히 저장된다. 셔터가 내려지고 찰칵 소리가 나는 순간 피사체는 미숙의 기억 속에 선명하게 남는다. 미숙이 카메라를 가죽 주머니에 넣고 앉아 쉬고 있을 때 꿩 가족이 나란히 도로를 가로질러 걸어간다. 어미 꿩이 앞장서고 가운데에 아기 꿩들이 아장거리며 뒤따르는 정경을 오래오래 지켜본다. 조금 멀찍이서 수꿩이 그들을 따라간다. 미숙은 남편 송진후와 아이들, 그리고 자신을 떠올려본다.

그는 몇 시간째 소식이 없다.

"송진후."

그녀는 혼자 중얼거려본다. 송, 진, 후라고 한 음절씩 또박또박 말을 꺼내고 보니 기분이 한결 밝아진다. 결혼한 후에도 그녀는 버릇처럼 선생님으로 부르다가 호칭을 생략한 채 지냈다. 호칭을 생략해도 별 문제 없었다. 아이들 이름을 대면 그뿐이었다. 그녀는 진후 씨라고 불러보질 못했다. 그가 아무리 그렇게 하라고 시켜도 잘되지 않았다. 대학원 공부를 시작하면서 네 학기를 조교로 그의 곁에 있었으므로 굳어진 호칭을 교정하느라 꽤나 애를 먹었다. 당신은 젊어. 남편으로부터 그렇게 불릴 때마다 띠동갑인 그와의 나이를 연상했다.

미숙은 불안한 심경으로 멀리 계곡 아래로 펼쳐진 정경을 바라본다. 하얀 돌들이 햇빛을 받아 빛난다. 대나무와 산오리나무, 노란 단풍이 어우러져 황금빛과 진홍빛, 갈색을 띠고 있다. 그는 아직 오지 않는다. 불안은 한층 더 짙어진다. 가까운 인근 마을에 오래전에 알던 지인이 살았다는 이야기 끝에 찾아보고 오겠다고, 한 시간만 혼자 쉬고 있으라고 말한 뒤 벌써 네 시간이 지났다. 그러고 보니 미숙은 그 지인이 누구인지 묻지 않았다. 오래 알던 사이. 그처럼 막연한 말이 어디 있을까. 미숙은 휴대폰을 만지작거리며 진즉 휴대폰을 하나 사줄걸 하고 후회를 한다. 젊어서 운전을 하다가 사람을 친 이후 그는 운전대를 다시 잡지 않았다. 살인자가 되기 싫다는 이유였다. 그날 이후 미숙은 운전을 도맡아 했다. 그는 휴대폰도 없다. 교통사고 이후 사람에 대한 피해 의식이 있어서 모르는 번호만 떠도 위축되는 인물이다.

혼자의 시간. 미숙은 고즈넉한 시간이 싫지는 않다. 둥근 묘지들과 잘 정돈된 밭과 논, 낮은 지붕들과 함께 어우러진 영혼의 집들은 삶과 죽음이 멀리 있지 않다는 평범한 진리를 가르쳐준다. 그와의 대화는 언제나 무미건조했다.

"묘지가 참 예뻐요. 서양 묘지는 음산하고 어둡고 뭔가 튀어나올 것 같은데 한국의 묘지는 정겨워요."

"서양 묘지는 드라큘라라도 나올 것 같지?"

"서양 묘지는 교회 지하에 있거나 공동묘지에 돌비석을 세우거나 건물을 세워서 햇볕도 들지 않고 어두워요. 외국인 묘지에 가보면 확실히 우리랑 다르다니까."

"묘지도 그들만의 문화야. 지하에 조상들 무덤을 만들고 그 위에 집을 짓고 사는 사람들도 있는데 뭘 그래."

"여보, 내가 먼저 죽으면 나 햇볕 따스한 언덕에 묻어줄래요?"

"그러지. 당신 옆에 나 그리고 애들 엄마 현숙이도."

"셋이 나란히는 싫어요. 내가 첩 같아서."

"그거랑은 다르잖아."

"그게 그거지. 아이들이 있으니까 당신 옆에 아이 엄마 묻어주고 나는 따로 절에 갖다줘요. 그래야 아이들도 안심할 거고."

"우리 그 얘긴 그만하지."

미숙은 내심 서운했다. 그는 삼십여 년이 지난 지금까지 첫 부인인 아이들 엄마를 잊지 않고 옆자리에 두고 있다. 아무리 바람 피워도 조강지처는 받아줄 거라는 믿음이 존재하는 우리 사회에서 조강지처는 신화이며 모든 남자들의 로망일까. 물론 이해 못하는 바는 아니다. 아이를 낳아 기르고 고생을 함께한 시절의 동지이자 상처와 고통과 청춘의 흔적을 어찌 잊겠는가. 남녀가 만나 아이 낳아 기르며 경제활동 활발할 때 평생 싸울 에너지를 거의 소모한다는데 징그러운 그 세월을 놓지 못하는 것이다. 미숙은 결혼 전 싸울 일이 있으면 무조건 지겠다고 선언한 그의 말을 반은 버리고 반은 믿었다. 돌아보면 별로 싸운 기억이 없다. 서로 조심하고 눈치 보느라 할 말을 삼키며 살다 보니 여기까지 이르렀다. 미숙은 우울해졌다. 묘지 문제는 그전에 한 번 불거졌다. 그는 죽어서도 같이 묻히겠다고 말했다.

"어디에, 당신 선산에?"

"선산 말고 그럼 어디로 가?"

"당신 부인은 어디 모셨는데."

"선산이지. 증조할아버지 할머니 모신 발치에."

"내 옆에 묻히면 당신 부인은?"

"같이, 나란히."

"싫어요. 난 혼자 편히 쉴 테니 당신이나 가족들과 지내세요."

미숙은 그 이야기 끝에 자신의 위치가 어떠한지 확인했다. 죽은 조강지처가 산 그녀의 삶을 관장하는 느낌이었다. 신혼의 단꿈에 취해 있던 그녀에게 그와의 대화는 이른 아침 찬물을 뒤집어쓴 것 같은 기분이었다. 비로소 그녀는 자신이 처한 위치를 확인했다. 엄연한 현실. 미숙이 의식하고 싶지 않은 부분일 뿐이었다. 그도 그 대화가 분위기를 어색하게 했다고 느꼈는지 그 문제는 나중에 생각하자고 말하며 사랑해, 라고 속삭였다. 그의 말이 공허한 울림으로 다가왔다.

무엇이든 처음이 갖는 의미는 강하게 인생을 지배한다. 그와의 첫 결혼인 미숙에게 모든 다가오는 가족관계, 친척들, 환경은 약간의 두려움과 함께 기대감을 안겨줬다. 그는 이미 처음을 경험한 남자였다. '처음'을 경험한 남자와 뭐든 '처음'인 여자가 겪는 일은 공통된 화제에서도 다르게 나타났다. 신혼여행도 그랬다. 긴장과 기대에 부풀어 있는 미숙과 달리 그는 어딘가 모르게 피곤한 기색이었다. 그를 바라보는 미숙의 가슴에 어두운 절망이 언뜻 나타났다 사라졌다.

일백 일 기념.

미숙에게 기념일은 부푼 생의 첫 페이지를 여는 초경과 같은 것이었다. 그는 첫 백일 기념으로 장미꽃과 케이크, 십사케이 커플 반지를 준비했다. 와인 잔을 부딪치며 그는 백일 기념을 끝으로 결혼기념일이 있을 거라고 못박았다. 이백 일이니 삼백 일이니 하는 것은 없다고 선언했다. 미숙은 그의 박력이 멋있어 보였다. 띠동갑 아내를 얻으면서 큰소리치는 그의 이면에 뭔가 꽉 찬 그만의 매력이 있다고 생각하자 듬직했다.

집을 떠나기 며칠 전 미숙은 그로부터 선산 묘지를 이장했으면 좋겠다는 말을 들었다. 멀쩡한 묘지를 왜 이장하냐니까 그는 얼버무렸다. 국도변에는 붉게 익은 감들이 주렁주렁 매달려서 차창 옆을 스쳐

간다. 마트 진열대에서 비싸게 파는 감과 지천으로 널린 감들을 비교해보는데 휴대폰이 울린다. 아들 영교다.

"어머니, 여행은 즐거우세요?"

"즐겁다마다."

"아버지 좀 바꿔주세요."

"애비는 왜?"

"저……."

"어디 잠깐 들르러 갔는데 전해줄게. 말해봐."

"다시 전화드리겠습니다."

전화는 끊어졌다. 미숙은 말 못 할 일이 무엇인가 골똘히 생각했으나 짚이는 게 없다. 조금 후 전화가 와서 받으니 이번에는 영숙이다.

"무슨 일인가."

"그냥 궁금해서요. 즐거우세요?"

"즐겁다마다."

"오빠에게서 전화 안 왔어요?"

"방금 왔더라만."

"네, 엄마도 아시겠네. 오빠가 아버지와 연락이 안 된다고 걱정하더라고요. 오빠는 지금 한시가 급하다고요."

"……."

"그러니 어머니가 아버지에게 말해서 빨리 처분하는 대로 통장에 넣어달라구요."

"처분이라니…… 뭘 말이냐."

"엄마는…… 모르셨어요?"

"……."

"오빠가 알면 난리나겠네. 미안해요, 엄마. 오빠 회사 사정이 나빠서 선산을 팔았대요. 그 일로 아버지랑 엄마가 고향에 가신 줄 알았어요."

그녀는 머리가 어지러웠다. 자기만 모르는 집안일이라니. 심한 배신감에 가슴이 쓰리다. 어렴풋한 의혹이 뚜렷해진다. 이거였던가. 자기 속으로 낳지 않은 자식은 내 자식이 될 수 없다는 말인가. 고향이라고? 제사를 모셔온 후 그가 고향에 갈 일은 없었다. 고향이 막연히 남쪽이라는 말만 들었다. 그의 집에서 바다를 가려면 한 시간이라고 해서 고개를 끄덕였을 뿐 그렇더라도 그의 고향이 이 근처라는 건 상상도 못 했다.

해가 질 무렵 그가 돌아왔다. 미숙은 아무 말 없이 식당을 찾아 운전을 한다. 그는 가타부타 말이 없다. 누구를 만났는지 어떤 일을 했는지 도통 해명이 없다.

"당신 나한테 속이는 거 있어요?"

"없어."

미숙은 급브레이크를 밟으며 갓길에 차를 세운다.

"당신이 나한테 이럴 수 있어?"

그가 의아하다는 눈빛으로 쳐다본다.

"선산을 팔아 아들에게 자금을 대주면서 나한테 속여? 나한테 말하면 반대할 줄 알았어요? 이제 보니 나만 빼고 다 한통속이었어."

미숙은 거기까지 말하고 감정이 치받쳐서 말을 잇지 못한다.

"미안하오."

"미안하면 다야, 이 나쁜 영감탱이."

미숙은 엉엉 소리내어 운다. 급하게 차를 갓길에 정차하고 운전석에서 내려와 길섶에 주저앉아 통곡한다. 그는 조수석에서 내리더니 길옆에 주저앉아 담배를 피워 문다. 미숙은 한참을 울고 나서 비칠거리며 일어나 운전대에 올라앉는다. 시동을 걸고 급하게 차를 출발시킨다. 백미러로 그의 구부러진 등이 보인다. 웅크린 그의 모습이 차츰 작아지더니 멀어진다.

멀리서 개가 짖는다. 저녁 하늘에 별이 떠오른다. 푸른 별빛 속에서 미숙은 어린 시절 영교와 영숙의 반짝이는 눈빛을 본다. 아이들은 예뻤다. 통통한 팔과 발그레한 볼살과 앞니 빠진 치아와 뽀얀 젖살이 앙증맞고 사랑스러웠다. 일찍 엄마를 잃은 아이들은 미숙을 이모, 이모 하며 따랐다. 그가 학술 세미나로 해외에 나갈 때면 그의 아이들을 건사했다. 계란 오믈렛을 특히 좋아하는 영교는 입을 벌리고 떠먹여주기를 바랐다. 그녀는 오믈렛을 밥숟가락에 얹어 아이들 입에 넣어주고는 아이 이뻐, 하며 볼을 살짝 꼬집었다. 식사를 마친 후에는 그녀는 아이들과 노래를 불렀다. 뜸북뜸북 뜸북새 논에서 울고 뻐꾹 뻐꾹 뻐꾹새 숲에서 울면…… 이중창을 시키면 아이들은 장난을 치며 노래를 불렀다. 노래가 끝나면 사탕을 한 개씩 선물로 줬다. 그의 청혼을 받아들일 때 미숙은 아이들의 반짝이는 눈빛을 떠올렸다. 방학이면 그는 아이들을 외갓집에 보냈다. 그를 위해 장모가 불공을 드리고 있다며 자랑스럽게 말할 때 미숙은 부인과 사별한 남자를 만나면 죽은 귀신과 싸워야 한다는 친구의 말을 기억해냈다. 미숙에게 조교 자리를 물려주고 외국으로 유학을 간 친구는 학위 취득을 하고 돌아와 대학에서 강의를 맡고 있다. 친구 향옥은 어쩌다 드물게 만나 밥을 사주었다. 그러곤 호기심이 담긴 눈으로 미숙의 동태를 살폈다. 탐색하는 듯한 향옥의 시선이 부담스러워 미숙은 한동안 그녀를 기피했다. 속상할 때는 전화로 수다를 떨었다. 여성학을 강의하는 향옥은 결혼 후 자식을 친정 부모에게 맡기고 남편과 함께 동반 유학을 갔다. 처음에는 남편 뒷바라지가 목적이었으나 그녀는 악착스럽게 공부를 해서 학위를 취득했다. 정작 그녀 남편은 마무리를 못하고 돌아와 알코올중독자가 되었다. 향옥은 S대 출신인 남편의 간판을 자랑스럽게 목에 걸고 평생 그 간판에 위무받으며 사는 것 같았다. 본인이 집안 경제를 책임지고 힘겹게 혁혁대도 부부 모임에 우아하게 성장을 하고 남편을 옆구리에 끼고 나타나 S대가 지니는 이름에 만족해하며 자부심을 가졌다. 향옥은 절대로 남편 흉을 안 보았다. 그녀의 인생에 있어서 S대는 정체성이었다. 허영심을 만족시켜주고 자존심을 세워주는 척도였다. 그런 향옥도 미숙 일이라면 언제나 여린 마음으로 돌아가 위로를 해주었다.

"장모님 건강이 걱정이야."

그는 늘 그 말을 되풀이했다. 결혼을 하고 얼마 후 그는 미숙에게 장모님께 인사 가야 한다고 말했다. 늘 자기의 안위를 염려해주고 빨리 새장가 들라고 걱정해준다는 이유였다. 미숙은 그럴 때 조용히 그를 보며 타일렀다.

"사람의 말을 곧이곧대로 믿는다는 건 순진한 게 아니라 어리석은 거예요. 심리학적으로 분석해봐요. 내가 인사를 가면 정말 기쁠지 상대방 입장에서 생각해요. 당신이라면 어떡할 것 같아요. 속이 쓰리지 않겠어요? 인간의 속성은 똑같아요."

그는 아무 말 못 했다. 심리학을 복수전공해서가 아니라 보편적인 입장에서 한 말이었다. 그는 그만큼 단순한 구석이 있었다. 향옥은 아이를 가지라고, 콩꺼풀도 삼 년이 한계라고, 이혼 위기 부부들이 헤어지지 못하는 이유가 자식이 있기 때문이라고 누누이 강조했다. 미숙은 마음이 흔들렸다. 더구나 아이들이 외갓집에 다녀온 뒤로는 집에 왜 엄마 사진이 없냐고 물어서 그와 미숙을 곤혹스럽게 했다. 미숙은 그에게 아이들 일과가 바빠지니 외갓집에는 그만 가게 하는 게 어떻겠느냐고 물었다가 그의 쏘아보는 눈빛을 보고는 입을 다물었다. 침대 위에서 섹스를 나누고 사랑한다는 말을 무수히 들으면서 그녀는 남편에게 물었다.

"나는 당신에게 몇 순위야?"

"……."

"유치하게 뭐 그런 걸 묻고 그러냐."

"만약 당신 아이들이 나를 반대했다면 나와 결혼했을까."

"……."

그는 대답을 안 했다. 방금 전 침대 위에서 서로에게 몰두하며 지상에 오직 그녀밖에 없다고 사랑을 말하던 그가 침묵하고 있다. 허전함이 가슴 안으로 지나갔다. 불혹을 넘기고 지천명을 바라볼 때도 향옥은 아이를 가지라고 조언했다.

"너 분명히 후회한다. 내 말 명심해."

향옥의 말에 흔들린 미숙은 그동안 피임에 신경 썼던 일을 일시 해제하고 2세 갖기에 정성을 기울였다. 그는 언제나 최선을 다했다. 섹스가 끝난 뒤에는 사랑해라고 말했으며 머리를 손가락으로 쓸어주었으며 팔베개를 해주었다.

"당신은 아직 청년이야."

그녀가 그의 허리를 안으며 말했다. 그는 만족한 웃음으로 화답을 했다.

"아직도 하느님 사업 끄떡없겠지?"

"……."

"2세 갖는 것 말이야. 아직도 우수한 종족을 생산할 수 있는 능력이 있겠지?"

"물론이지, 한 트럭도 문제 없지."

"우리 클리닉에 가볼까."

"무슨 소리야."

"자연과학적인 당신의 우수한 두뇌와 인문학적인 내 감성을 합치면 분명 천재가 태어날 거야. 나라에 애국하고 말이야."

"꿈 깨. 나 수술한 지 오래됐어."

"수술? 그 문제는 나와 상의해야 하는 것 아닌가요? 그것도 모르고 난……."

"당신과 결혼하고 얼마 후 친구가 하는 병원에서 수술했어, 당신 고생시킬까 봐."

서늘한 바람이 미숙의 등을 스치고 지나갔다. 미숙은 거실로 나와 와인을 한 잔 마셨다. 베란다에 나가 그가 피우던 담배를 피웠다. 마음이 가라앉는 듯했다. 자식을 생산할 수 있는 능력을 스스로 자제하는 거랑 타의에 의해 막혀버린 거랑은 분명히 달랐다. 미숙은 그와 그의 아이들을 위해 자신을 봉사한다는, 어떤 의미에서는 희생한다는 오롯한 기쁨이 있었다. 누군가를 위해 스스로 자신을 희생한다는 것은 삶의 활기와 비밀스러운 낙을 가져다주었다. 평생 드러내지 않아도 자신에 대한 당당함과 자부심이 있었다. 그런데 그것이 헛것이었다니. 미숙은 갑자기 의욕을 잃었다. 며칠 침대에서 일어나지 못하고 시름시름 앓았다. 음식물도 입에 대지 않았다. 퇴근길에 향옥이 찾아왔다. 향옥은 대나무 바구니에 바나나 오렌지 멜론 키위를 담아와 머리맡에 놓고는 아무 말 없이 앉아만 있다가 갔다. 향옥이 돌아간 후 미숙은 슬펐다.

다음 날 향옥은 아침 일찍 죽을 쑤어 왔다. 남편은 향옥을 피해 외출했다. 향옥은 쟁반에 전복죽을 담아 와서 수저를 들려주었다.

"설마 떠먹여달라는 건 아니겠지?"

"고맙다."

"무엇 때문에 고민하는 거야? 배신감? 처음부터 니 남편이 배신한 건 아니잖아. 너의 환상이 깨어진 것뿐이야."

죽을 뜨다 말고 향옥을 노려보았다. 향옥의 눈빛은 담담했다. 어떤 감정의 동요도 없는 투명한 눈빛이었다. 그녀의 눈빛이 미숙의 감정을 누그러뜨렸다.

"우리 엄마는 열일곱 살에 시집 와서 여직 할머니 모시고 살아. 할머니 연세 아흔이야. 엄마는 고희야. 엄마는 며느리 둘을 보았지만 분가시켰어. 할머니는 자기가 감당해야 할 몫이라며 당신 손에서 끝내겠대. 우리 아버지 서울의대 일 기생이야. 생각해봐, 우리 엄마 새댁 시절 할머니 위세가 어떠했을지. 아버진 가부장적인 사고로 꽉 찬 사람이야. 할머니는 아들을 등에 업고 기세등등하고. 눈물 마를 날 없었지만 칠남매 때문에 살았대. 할머니 요즘 아프셔. 엄마도 신경통으로 고생하고…… 한 생을 독재자 남편에 위세등등한 시어머니에…… 우리 엄마 기도 못 펴고 살았어. 한 생이 다 가버렸네. 너는 아직 살 날이 주구장창 남았잖니. 막말로 재혼도 가능하겠다."

향옥의 말에 비로소 미숙이 피식 웃었다.

"그래, 그렇지?"

"그럼, 우리 아직 청춘이야. 남이 안 알아줘서 그렇지."

미숙이 참았던 웃음을 토해내자 향옥이 눈을 흘겼다.

"기집애, 이제 본성 나오네."

향옥이 어깨를 툭 쳤다. 미숙은 나이 들어 가면서 새삼스럽게 남편보다 친구가 더 가깝게 느껴졌다. 속에 있는 말도 흉허물 없이 털어놓을 수 있다. 남들은 남편이 가깝다던데. 미숙은 어째 남편에게 속말을 다 못 하고 살았다. 특히 영교와 영숙의 일에 관해서는 더더욱 그랬다. 본심으로 말을 해도 오해가 싹텄다. 그에게 영교와 영숙은 각자 짝을 만나 둥지를 꾸렸어도 여전히 예닐곱 살에 머문 왕자이며 공주였다. 특히 영숙이 친정에 놀러 오면 그의 시선은 오직 딸에게 가 있다. 외손녀가 칭얼대거나 잘 먹지 않거나 심통을 부리면 지 에미 힘들게 한다고 손녀딸을 나무랐다. 손녀딸을 야단치다가 영숙에게 지청구를 듣기도 한다. 영숙이 집에 오면 이것저것 맛있는 것 좀 해주라고 애 키우느라 비쩍 말랐다고 안쓰러워 혀를 찼다. 그가 유일하게 새벽같이 일어나 아침밥을 할 때는 영숙을 위해서일 때다. 몸살 감기로 오한이 나 드러누워 있을 때도 그는 감기를 쉬면 낫는 그런 종류로 알았다. 감기약 부작용으로 토하고 어지러워 꼼짝 못 할 때도 그는 아침밥 못 먹고 가는 것을 서운해할 정도였다. 연구실에 근무할 때는 그의 그런 모습을 상상도 못 했다. 자상하고 오빠 같고 아버지 같은 사람을 만나 평온한 일상을 누릴 줄 알았다.

차창으로 부엉이 울음소리가 들린다. 나뭇가지에 걸린 검은 비닐이 펄럭였다. 번개가 지나가고 천둥이 소리치고 비가 세차게 쏟아졌다. 핸들을 꺾어 차를 돌린다.

그는 없었다. 버려진 포장마차의 푸른 비닐이 비를 맞고 있을 뿐 주위에는 아무것도 보이지 않았다. 뒷좌석에 둔 우산을 찾아 쓰고 그를 찾아본다. 바람 소리만이 거친 화음을 내며 빗소리와 경쟁하듯 요란하다. 다시 시동을 켜고 지나온 길을 천천히 달린다. 인적 없는 산길에는 빗소리와 바람의 화음만이 들린다. 삼십여 분을 달렸으나 그의 그림자조차 발견할 수 없다. 다시 노을이 지던 언덕으로 달린다. 차를 세우고 그 근방을 찾아본다.

"당신이에요?"

헤드라이트 불빛 속에 희부연 물체가 보인다. 그였다. 그가 길에서 비켜난 나무 밑에 주저앉아 웅크려 떨고 있다. 승용차를 세우고 한참이나 그를 노려본다. 그에게 우산을 씌워주고는 일으켜 세운다. 가방에서 여분으로 가져온 옷을 꺼내 갈아입게 했다. 그는 말잘 듣는 아이처럼 시키는 대로 옷을 갈아입고 조수석에 얌전히 앉아 있다.

"당신은 젊어."

그가 뜬금없이 내뱉는다. 화를 지그시 누르고 그를 쳐다본다. 그의 푸른 입술이 떨고 있다. 포도 주스 병을 따서 한 모금 마시고 그에게도 준다. 그는 덜덜 떨면서 포도 주스를 마시더니 다시 당신은 젊어를 중얼거린다.

"도대체 무슨 말 하는 거예요. 걱정했잖아요."

"걱정…… 이라고?"

그가 돌아본다. 눈에는 핏발이 서 있다.

"난 다, 당신이 떠날 줄 알았어. 언제 떠날까, 그 생각을 하며 살았지, 삼십 년이야. 돌아보니 삼십 년 동안 당신이 떠날까 봐, 나와 내 아이들을 두고 가버릴까 봐 불안했어."

"……."

그랬던가. 미숙은 그가 언제나 죽은 부인을 잊지 못해 장모를 챙기고 처남을 챙기고 아이들에게 집착하는 줄 알았다. 언제나 가슴 한켠이 텅 빈 것처럼 허허로웠다. 삼십 년 동안.

그를 만나던 스물일곱 살.

그의 나이 서른아홉 살.

빛나는 생의 정점이었다. 그리고 삼십 년의 시간. 너무 많은 것을 놓치고 살았다. 시간의 켜켜에 빛나는 생의 선물이 주어졌지만 그것을 볼 줄 몰랐다. 까막눈이었다. 그를 둘러싼 환경, 사람들, 동창들, 친척들. 그와 맞추어 사느라 미숙은 열두 살 나이를 건너뛰어 그와 비슷한 시간대를 살았다.

부부 모임에 가면 은퇴한 그의 지인들이 화려한 백수 생활을 누리고 있다고 너스레를 떨지만 언젠가부터 화백(화려한 백수) 출신은 모임 날짜를 잡기가 무섭게 시간이 널널하다고 새벽부터 만나 산행을 하자고 제안하는 일이 잦았다. 부인들은 손주 자랑에 여념이 없어 미숙은 그들의 이야기를 지루하게 들어 넘겼다. 어쩌다 미숙의 안부를 물을 때면 영숙과 영교 이야기를 슬쩍 건드리며 지나갔다. 잘 지내는 지 갈등은 없는지 탐색하는 눈빛이었다. 미숙은 영숙이 엄마, 엄마 잘 따른다며 문자에 찍힌 러브마크 사진을 보여주기까지 했다. 멤버 중 백수가 늘어나자 대화도 달라졌다. 미숙은 그들과 더불어 십 년을 건너뛰어 산 것 같았다. 친구들이 자식 교육으로 골머리를 앓을 때 그의 지인들이 손주 자랑에 여념이 없는 그 틈바구니에서 미숙은 우울했다. 어디에도 끼일 수 없는 시간이었다.

"그래서 못 믿었나요. 몰래 선산을 팔아 아들에게 줄 만큼."

"미안해. 당신이 이해해줄 줄 알았어."

"절대 이해 못 해요."

"할 말이 없군. 당신은 아이를 낳아보질 않아서……."

여기까지 말한 그가 아차 싶었는지 돌아본다. 가슴 깊은 곳에서 쿵하는 소리가 들린다. 아랫입술을 깨물며 미숙은 시동을 켜고 액셀러레이터를 급하게 밟는다. 그가 겁먹은 눈으로 손잡이를 움켜잡는다. 휴대폰 울리는 소리가 나고 어둠 속에서 바람 소리와 빗소리가 귓전을 빠르게 스쳐간다. 그와 그녀가 지나온 길들의 과거가 빗길에 씻기고 있다.

햇빛, 쏟아지다

남자는 아지랑이가 피어오르는

골목 끝 길이 끝나는 곳에서

부옇게 번져오는

대기의 열기에 벌써 숨이 막혔다.

정오가 가까워오면 먹자골목을 낀

상가 주변에는 마늘과 양파와 매콤한

냄새가 뒤섞여 떠다녔다.

오늘 아귀찜은 매운 맛이 평소보다 더 강하게 났다.

인심 좋은 주방장이 말린 햇고추를 아끼지 않고 쓴 모양이라고

남자는 생각했다. 낙지볶음과 자장면 소스와

굵은 멸치 우린 냄새도 날아왔다. 남자는 요리가 취미였다.

물론 혼자가 되어 아들을 거둬 먹여야 하는

처지 때문에 음식 만들기에 신경을 쓰긴 했다.

음식을 만들어 학교에서 돌아온 아들이 밥상보를

들추고 먹는 장면을 상상하는 것만으로도

남자는 삶에 생기가 돌았다.

그것은 삶의 의미이자

결핍된 인생을 살아가는 자신 같은 사람에게

아주 귀중한 체험이었다.

인근의 학원과 은행, 관청에서 쏟아져 나온

사람들이 분주하게 발걸음을 옮기며

식당가를 기웃거렸다.

햇빛, 쏟아지다

　밝고 빛나는 햇볕 속에서 하얀 샌들을 신은 여자가 걸어왔다. 남자는 여자의 가는 종아리를 훑어보며 낯을 찡그렸다. 여자는 손에 보자기를 들고 건물 안으로 들어가는 중이었다. 스커트 자락이 아슬아슬하게 허벅지를 덮고 있었다. 보온병이 보자기 묶음 위로 비쭉이 솟아 있었다. 건물 바깥에 놓인 평상에는 방금 속초댁이 가져다준 컵에 물이 흥건하게 흘러내렸다. 미숫가루에 꿀을 넣은 거라며 속초댁은 말했다.

　오전 열 시의 주택가는 적요했다. 상점들은 굳게 닫혀 있었고 드문드문 문이 열린 곳은 셔터가 반쯤 올라가 있거나 물이 뿌려져 있거나 아침잠이 없는 상인이 인도에 물건을 내다놓는 중이었다. 남자는 아침을 먹기가 바쁘게 도망치듯 집을 빠져나와 언제나처럼 노인정 앞 사거리가 훤히 내다보이는 자리의 그늘 밑에 앉아 지나가는 행인의 모습을 훔쳐보고 있었다. 벌써 속이 헛헛해졌다. 한창 웰빙바람인가 뭔가 불더니 선식이 몸에 좋다며 아침 식단을 모두 바꾸어버린 세희의 얼굴이 떠올랐다. 외국 출장이 잦은 아들이 집을 비우는 바람에 일 년에 반은 혼자 지내야 되는 세희가 안 그래도 무슨 말을 꺼내기만 하면 가슴이 내려앉았다. 어느 날 갑자기 트렁크에 옷을 가득 채워 집을 나갔던 세희의 일은 두고두고 남자의 가슴에 바윗덩이를 얹어놓았다. 친정에 좀 다녀오겠어요. 보온통에 밥 있고 국은 전자레인지에 데워 드세요. 세희가 똑바로 쳐다보며 말을 할 때 가슴속 남자의 바위가 기우뚱 움직이며 흔들린 것 같았다. 물론 다음 날 곧 돌아왔지만 남자는 되도록이면 세희가 하자는 대로 군말없이 따르는 편이었다. 마흔 넘어 얻은 아들이 세희를 데려왔을 때 남자는 콧날이 시큰했다. 혼자 된 뒤 재혼도 마다하고 아들 하나를 키워 장가보내고 나니 남자는 할 일을 다한 느낌이 들고 늙어버린 기분이었다. 그날부터 남자는 정말이지 아무것도 할 수 없었다.

여자가 지나갔다. 여자의 옆모습은 정면으로 볼 때와 전혀 달랐다. 앞가슴이 유난히 높게 솟았고 앞섶의 단추가 두 개 풀어져 있었고, 뭔가 화가 난 듯 거친 걸음걸이로 빠르게 멀어져갔다. 여자의 균형 잡힌 두 다리가 가물가물 남자의 시야를 어지럽혔다.

남자의 어지럼증이 검은 샌들을 신은 여자의 하얀 종아리 때문인지 골목에서 풍겨 오는 매콤한 아귀찜 냄새였는지 분간이 서질 않았다. 남자는 한때 젊은 여자의 기다란 다리나 높은 굽만 쳐다봐도 숨이 턱 막히고 어지러웠던 경험을 갖고 있다. 아들이 세희를 처음 인사시켰을 때 그녀의 허벅지가 드러나는 다리와 가늘고 뾰족한 뒷굽 구두를 보는 것만으로도 쿵쿵 가슴이 심하게 뛰고 정신이 아득해졌다. 스테이크 접시를 앞에 놓고 어떻게 고기를 썰었는지 기억이 희미했다. 남자는 붉은 루주를 칠한 세희 입속으로 고기 토막이 들어가는 것을 힐끔힐끔 훔쳐봤다. 대부분의 고깃점을 덜어 세희 접시에 덜어주는 것으로 남자는 아들의 여자에 대한 흔쾌한 긍정 표시를 한 셈이다. 이후 남자는 식탁에서 세희와 마주 앉는 시간이 늘어나자 처음 본 세희를 만난 날의 기억에 사로잡혀 제대로 수저를 놀릴 수 없었다. 세희의 등장은 부드럽고 신선한 바람이었다. 세희가 하늘하늘한 여름 커튼을 바꿔 달 때 남자는 흐르는 물이 어떻게 바위를 뚫는지 이해할 수 있었다. 봄이 꽃향기를 몰고 오듯 오랜 세월 여자라곤 없던 집 안에 꽃향내가 떠다녔다. 한동안 남자는 어지러웠다. 세희의 희고 가느다란 손가락이 지나간 싱크대는 깔끔했으며 집 안 구석구석 윤이 났다. 일주일에 두 번 도우미를 불러 집 안을 관리하던 때와는 차원이 달랐다. 남자의 삶에도 윤기가 나는 것 같았다. 여자라고는 얼씬거리지 않았던 집 안에 분위기가 살아나자 남자의 가슴에 알 수 없는 먹구름이 덮이기 시작했다. 잊고 살았던 지난 시간이 웅크려 있다가 어두움을 뚫고 기지개를 켜는 것 같았다. 아내 정은이 떠난 뒤 모든 욕망의 출구를 폐쇄시키고 이때껏 살아온 남자의 시간에 균열이 가고 있었다. 세희의 등장은 기쁨이고 희열이면서 고통이고 절망이었다. 지나간 모든 시간의 켜에 정은과 풀지 못한 감정의 소용돌이가 일어나며 남자는 가슴이 턱 막히는 순간을 자주 경험했다. 고요한 남자의 삶에 들이닥친 예상치 못한 파동에 스스로 혼란스러워하며 이미 오래전에 지워버린 상처를 들추어냈다.

아내였던 여자 정은.

두 번 다시 회고하지 않을 이름이었다. 남자는 의사와 상담을 하면서 어둡고 칙칙한 내면 깊이 정은이 있었다는 것을 인식하고서야 시도 때도 없이 들이닥치던 가슴이 막히는 증상에서 조금은 벗어날 수 있었다.

남자는 아지랑이가 피어오르는 골목 끝 길이 끝나는 곳에서 부옇게 번져오는 대기의 열기에 벌써 숨이 막혔다. 정오가 가까워오면 먹자골목을 낀 상가 주변에는 마늘과 양파와 매콤한 냄새가 뒤섞여 떠다녔다. 오늘 아귀찜은 매운 맛이 평소보다 더 강하게 났다. 인심 좋은 주방장이 말린 햇고추를 아끼지 않고 쓴 모양이라고 남자는 생각했다. 낙지볶음과 자장면 소스와 굵은 멸치 우린 냄새도 날아왔다. 남자는 요리가 취미였다. 물론 혼자가 되어 아들을 거둬 먹여야 하는 처지 때문에 음식 만들기에 신경을 쓰긴 했다. 음식을 만들어 학교에서 돌아온 아들이 밥상보를 들추고 먹는 장면을 상상하는 것만으로도 남자는 삶에 생기가 돌았다. 그것은 삶의 의미이자 결핍된 인생을 살아가는 자신 같은 사람에게 아주 귀중한 체험이었다.

인근의 학원과 은행, 관청에서 쏟아져 나온 사람들이 분주하게 발걸음을 옮기며 식당가를 기웃거렸다. 남자는 뒷주머니에 넣어둔 지폐를 만지작거렸다. 세희가 남자의 구두를 닦아 꺼내놓으며 찔러 넣어준 만원이었다. 점심 때우고 놀다 오라고 하는 것 같아 남자는 아무 말도 안 하고 지폐를 꺼내 물끄러미 들여다보았다.

남자는 마른 입술을 적셨다. 주머니에 손을 넣어 접힌 지폐를 주물럭거렸다. 그때 맞은편 중국집 문앞에 앉은 늙은 여자와 눈이 마주쳤다. 남자는 고개를 돌렸으나 늙은 여자는 뚫어지게 쳐다보았다. 남자는 그 시선이 거북했다. 늙은 여자는 앞치마를 두르고 있었고 바닥에는 호박 서너 개와 미나리, 파, 풋고추, 상추 따위의 야채가 소담하게 놓여 있었다. 늙은 여자 역시 사람들의 발자국을 쫓고 있었다. 아직 개시를 못한 듯했다. 늙은 여자의 야채 더미는 초라할 정도로 볼품없었다. 다 팔아도 만 원이 될까 싶은 것들이었다. 남자는 부스럭거리며 일어나 늙은 여자 앞을 지나 중국음식점 계단을 밟고 올라가려는 중이었다. 호박 좀 사 가시우. 늙은 여자의 목소리가 귀에 꽂혔다. 흘낏 뒤돌아보았다. 늙은 여자는 무표정하게 남자를 바라보았다. 남자는 낯을 찡그리더니 중국집 문을 열고 들어섰다. 중국식 전통 복장을 입은 여자가 데스크에 앉아 있다가 남자와 눈이 마주쳤다. 여자의 입꼬리가 살짝 올라가며 길들여진 웃음을 날리더니 다시 장부에 눈이 갔다. 향수 냄새가 코를 찔렀다. 박하향 같기도 하고 올리브 비누 냄새 같기도 했다. 유난히 향수 냄새를 많이 맡는 날이었다. 세희의 화장대 위에 놓인 향수병이 스쳐갔다. 급하게 외출을 하느라 빼꼼이 열려 있던 세희 방 문을 닫아주려다 남자는 성큼 발을 들여놓았고 그 후 가끔 그 방을 들어가보았다. 백합, 장미, 라일락, 바이올렛, 전나무 향들. 오종종하게 세워져 있는 향수병들은 개봉하지 않은 것들이 대부분이었다. 그러나 이상하게도 남자의 코끝에는 그 향수 냄새가 나는 것 같았다. 세희가 보라색 계열의 스카프를 두르고 나갈 때, 언뜻 옅은 향냄새가 난 것 같았다. 울면을 시켜 먹는 남자에게 카운터를 보던 여자가 다가와 기웃대더니 미소를 살짝 뿌리고는 가버렸다. 젓가락에 국수 가닥을 감던 남자는 얼마 전 밤에 받은 전화를 떠올리곤 입맛이 달아났다. 갸한테 무슨 일이 있나 싶어서요, 며칠 전 전화를 하다가 끊어버려서……. 바꿔주실 수 있나요? 세희 모친은 몹시 조심스러워했다. 남자는 얼떨결에 동창 만나러 가서 아직 돌아오지 않았다고 둘러댔다. 자신도 왜 그런 거짓말을 했는지 도통 모를 일이었다. 그날 밤 자정이 지나도록 세희는 돌아오지 않았다. 남자는 거실 벽에 붙은 시계를 쳐다보다가 밤을 꼴딱 새웠다.

출장 중인 아들의 입국이 늦어지는 이유도 남자를 불안하게 했다. 회사 사정이 있겠거니 하면서도 한 달 출장이 길어져 석 달이 되고 다시 반년을 넘어서자 남자는 조금씩 불안해지기 시작했다. 아들의 출장이 늦어질수록 세희의 얼굴을 똑바로 쳐다볼 수가 없었다. 남자는 며칠 전 밤의 일을 떠올렸다. 한밤중 울음소리가 나서 귀를 기울이자 세희 방에서 들릴락말락한 가느다란 울음이 새어나오고 있었다. 새벽 네 시쯤 되었을까. 그때부터 남자는 잠을 이루지 못하고 뒤척여야만 했다. 문을 열고 나가서 무슨 일이냐고, 어디 아프냐고 물어보고 싶은 마음을 꾹꾹 눌러 담은 남자는 되도록이면 세희가 일어난 시각 이후에 기침을 하려고 했으나 그것도 맘대로 되지 않았다. 도무지 허리가 아파서 누워 있을 수가 없었다. 젊어서는 잠이 꿀맛처럼 달기만 하더니 죽을 날이 얼마 남지 않은 늙은이에게 눕는 게 왜 그리 힘이 드는지 알다가도 모를 일이었다. 몇 번 끄응, 힘을 주고 돌아눕기를 하다가 남자는 힘겹게 일어나 이불을 개어 장롱에 넣었다. 창문으로 동녘 햇살이 스며들고 있었다. 외출복으로 갈아입은 남자는 세희가 깰세라 조심조심 방문을 닫고는 밖으로 나왔다. 도로에는 노란 조끼를 입은 환경미화원이 빗자루를 들고 거리를 쓸고 있었다. 천천히 보도블록을 밟으며 남자는 문이 굳게 닫힌 거리의 상점들을 바라보았다. 사거리를 지나 먹자골목에는 24시 영업을 하는 콩나물해장국집이 있었다. 남자는 술을 마시고 속이 쓰린 젊은 날의 기억을 떠올렸다. 꼭 그때처럼 속이 쓰린 느낌이었다.

남자는 자다가 깨는 버릇이 있었다. 그것은 오랜 지병이었다. 정확히 그게 언제부터인지 기억할 수 없지만 정은이가 그를 떠난 뒤부터일 것이다. 남자는 지금도 습관처럼 옆자리를 더듬었다. 벌써 오랜 시간이 흘렀건만 아내 정은의 잠버릇이며 적당히 살이 오른 배와 허벅지를 만질 때 두 팔로 목을 감아오던 그녀의 태도는 현실과 과거속에 살아 있음을 일깨워주었다. 가장으로서 가정을 꾸린다는 것의 의미를 그때는 잘 몰랐다.

울면의 맛은 담백했다. 조갯살이 탄력 있는 것으로 보아 새벽 수산

물 시장에서 공수해온 듯싶었다. 뭐니 뭐니 해도 음식점이 잘되려면 그저 재료가 신선해야 된다는 것을 남자는 알고 있었다. 어쩌다 점심한 끼를 먹기 위해 머릿속으로 메뉴를 몇 번이고 바꾸다가 선택한 음식점에서 성의 없는 반찬이 나오거나 음식 맛에 전혀 공들인 흔적이 없으면 화가 났다. 적어도 식당을 해서 남의 돈으로 벌어먹고 살려면 최소한 기본기는 갖춰야 된다고 믿었다. 노력도 안 하고 돈을 벌겠다는 건 사기라고 생각했다. 그러고 보니 세희와 식탁에서 얼굴 마주보고 밥 먹어본 지가 꽤 됐다. 아침은 선식 한다고 간단히 컵을 들고 우유 마시듯 하고 점심은 밖에서 해결하고, 저녁은……. 남자는 그 대목에서 말문이 콱 막혀버렸다.

계산을 치르고 식당에서 나오자 눈이 부셨다. 햇볕은 청춘의 절정기였다. 거리와 가로수에 뜨거운 열기를 맹렬하게 쏘아대고 있었다. 늙은 여자는 아직도 아까 본 모습 그대로 앉아 졸고 있었다. 지나가는 행인을 쳐다보는 것도 지쳤는지 그녀의 처진 어깨는 더욱 오그라드는 것 같았다.

"호박 한 개에 얼마요."

남자가 헛기침을 하고 묻자 늙은 여자가 화들짝 놀라며 자세를 바로하고 앉았다.

"영감님이 사시게요."

"한 개에 얼마냐니까."

남자는 다소 짜증스러운 목소리를 내뱉었다. 늙은 여자가 얼른 검은 비닐에 호박을 넣어주며 천오백 원이라고 말했다. 남자가 중국 식당에서 거슬러받은 돈을 펼쳐보고 오천 원짜리를 건네자 늙은 여자는 잔돈이 없는데 쑥갓 하나 더 사 가라고 말했고, 남자는 음흉스럽게 물건 더 팔아먹으려고 수작 부린다고 생각했다. 남자는 아니면 말고, 라며 돈을 주머니에 집어넣으려 하자 늙은 여자가 차, 찾아본당께요, 그러고는 땟국물이 흐르는 앞치마 주머니를 뒤적거리더니 십 원짜리와 백 원짜리 동전이 뒤엉킨 무더기에서 은빛이 나는 동전을 골라냈다.

한심한 놈.

남자는 아들의 행위가 괘씸했다. 젊으나 젊은 세희를 두고 해외 출장으로 세월을 허비하는 건 또 뭐란 말인가. 출국을 며칠 앞두고 아들 방에서 울려나오던 세희의 울음소리를 생각하면 아직도 심장이 덜렁거렸다.

"나를 잊는 게 당신에게도 도움이 될 거야."

"도대체 왜 그래? 여자가 생겼어?"

"여자는 무슨."

"애정이 식었다는 건 알고 있었어. 그렇지만 이렇게 일방적으로 뒤통수 때리는 건 비겁해."

"진작 말하고 싶었어. 차마 말이 나오지 않았을 뿐이야."

"이건, 테러야, 폭력이라구. 그럼 사랑도 없이 여지껏 살았단 말이야? 맙소사!"

"당신도 짐작하고 있었을 거야. 다만 인정하고 싶지 않을 뿐이지."

어쩌다 엿듣게 된 아들과 세희 말에 남자는 적잖이 충격을 받았다. 결혼 후 십여 년이 지났지만 그동안 아들 부부는 남자가 보기에도 잉꼬부부였다. 저물녘 손을 잡고 산책을 하거나 영화관에 갈 때도 아들의 팔짱을 낀 세희의 표정은 윤기 있고 밝아 보였다. 다만 아이가 없다는 게 조금 걸릴 뿐이었다. 출장에서 돌아온 아들에게 아직 소식 없냐고 물었을 때 아들의 일그러지는 얼굴을 보았다. 제대로 뒷감당도 못할 자식 낳으면 뭐해요. 손주 꿈은 접으세요. 퉁명스럽게 내뱉는 아들의 말에 남자는 아무 대꾸도 못 하고 방으로 들어와버렸다.

아내 정은이 남자의 다리를 붙잡고 매달릴 때 모른 척 눈감아주고 싶었다. 그때 정은을 용서하고 받아들였다면 남자와 아들의 인생은 좀 더 윤택했을까. 남자는 눈을 지그시 감고 정은의 볼과 매끄러운 피부를 떠올려보았다. 정은의 얼굴은 가물가물했다. 정확하게 기억나지 않았다. 키가 작았는지 컸는지, 통통했는지 날씬했는지, 눈이 컸는지 작았는지, 도통 기억할 수가 없다. 그러나 그녀의 부드럽고 윤기 나는 팔과 허벅지, 탱탱한 배의 촉감만은 끈질기게 살아남았다. 다 먹고살자고 한 일인데, 남자는 후 한숨을 길게 내쉬고는 정은의 일을 털어버리려 고개를 흔들었다.

행여 엄마의 빈자리를 힘들어할까 봐 남자는 아들에게 온 신경을 썼다. 학부모 모임이 있는 날에는 되도록이면 참석을 했다. 담임선생과 상담도 하고 아들아이가 발표하는 것을 지켜보며 나름대로 충실

하려 애썼다. 학예회나 공개수업 발표회 때 남자는 여자들이 모여 수
군거리는 것을 들었다. 애 엄마가 없나 봐요. 그러게. 에구, 청승이
지. 이혼했다나 봐요. 여자 친척도 없나? 여자들의 수군거림은 거기
서 그치지 않았다. 아이는 풀이 죽어서 집에 왔다. 울면서 올 때도 있
었다. 그럴 때마다 남자는 입을 꾹 다물고 어두운 거실에서 불도 켜
지 않은 채 밤을 새웠다. 끊었던 담배에도 손을 다시 댔다. 싱글 대디
가 된다는 게 그때만 해도 생소했다. 정은을 수소문해서 다시 데려오
고 싶은 마음이 간절했다.

정은을 찾아내기란 쉬웠다. 몇 번이고 그녀가 사는 건물 앞에서 발
길을 돌렸다. 아들의 온몸이 불덩이로 펄펄 끓어오르던 밤, 응급실
간이침대에서 아들은 비몽사몽간에 엄마를 찾았다. 새벽녘에야 아이
는 간호사의 손을 꼭 잡고 겨우 잠들었다. 급성 폐렴이었다. 기침을
하길래 감기약을 지어 먹였고, 괜찮은 것 같기에 안심했다가 본 낭패
였다. 아들이 어린이 병실로 옮긴 날 남자는 결심을 하고 정은을 찾
아갔다. 그녀는 삼층 빌라의 옥상 임시 건물에 살고 있었다. 옥상에
는 빨랫줄이 늘어져 있고, 사내 것으로 보이는 사각팬티와 양말, 러
닝셔츠, 감색 작업복과 여자 속옷이 걸려 나부꼈다. 구석에는 화분
여러 개가 나란히 햇볕을 받고 있는데 채소가 자라고 있었다. 가지런
한 연두색 상추가 흔들렸다. 남자의 마음도 흔들렸다. 이상했다. 노
란 꽃이 핀 쑥갓이 흔들리자 남자의 마음이 파르르 떨리기 시작하며
싸늘한 무엇이 스쳐 지나갔다. 그것이 외로움이었는지, 긴 시간 혼자

상처를 삭여온 아픔이었는지, 혹은 고독이었는지 모르지만 남자는 그 순간 자신의 내면에서 일어나는 감정의 변화를 아주 냉정하게 지켜보고 있었다.

정은과 함께 사는 사내가 외출하는 것을 보고 정은이 나오기를 기다렸다. 차마 문을 두드릴 용기는 없었다. 자존심이랄까. 한때 사랑했고, 그녀의 모든 것을 안다고 느꼈음에도 자존심이 고개를 쑥 치미는 것은 어쩔 수 없었다. 피우던 담배를 내던져 밟아 끄고 한 발자국 내딛으려는 순간 남자는 유난히 배가 도드라진 정은의 몸을 보았다. 숄을 두른 정은의 몸은 둔중했고 뒤뚱거렸다. 남자의 낯빛이 일그러지며 주먹을 움켜쥐었다. 다리는 후들거렸고 아무것도 보이지 않았다. 어지러웠다. 남자는 담장에 기대어 그 자리에서 꼼짝하지 않았다. 겨우 그 정도였나. 그렇게 살려고 배신했어? 남자는 정은의 행색에서 궁핍함을 발견할 수 있었다. 도무지 이해할 수 없었다.

그러고는 두 번 다시 찾지 않았다. 아들이 열 살 때 일이니까 벌써 이십 년이 훌쩍 지나갔다. 한눈팔지 않고 아들을 혼자 몸으로 키워냈고, 아들이 결혼하자 살 집을 장만해줬지만 아들은 굳이 모시고 살겠다고 했다. 무엇보다도 세희가 순순히 그러겠다고 해서 내심 기특하게 여겼다. 그런데 요즘 들어 차라리 혼자 살걸 하는 후회가 시시때때로 찾아들었다. 즈들끼리는 조용히 싸운다고 하지만 한집에 살면서 귀밝은 남자가 모를 리 없었다. 아는 척하기도, 외면하기도 어정쩡한 시간이었다. 그렇지만 지척에 며느리를 두고 사는 것도 괜찮았다. 가끔 젊은 시절의 자신을 돌아볼 수 있어서 좋았다. 세희가 두르고 나가는 스카프, 향수 냄새, 하이힐 구두, 모든 게 경이로웠다. 세희가 외출하고 없는 날이면 남자는 신발장의 구두를 죄 끄집어내었다. 그러고는 구두약을 꺼내어 정성스럽게 닦았다. 세희가 신는 구두 뒤축은 뾰족하고 높았다. 만져보고 또 만져봐도 신기하기만 했다. 세희의 발은 작았다. 이백삼십 정도 될까. 구두 굽 높이는 십 센티미터가 넘는 것 같았다. 가늘고 높은 구두를 신고 꼿꼿하게 걸어가는 세희의 모습을 상상하는 것만으로도 가슴속에 연녹빛 물이 차오르며 쿵쾅거렸다. 남자는 싱긋 웃었다. 고 작은 구두를 신고 어쩌면 그리 잘 걸을 수 있는지 신통하기만 했다.

아직 손주가 없는 것만 빼고 남자는 자신의 인생이 그리 실패는 아니라는 데 위안을 삼았다. 집 안에 아기 울음소리라도 넘쳤다면 남자는 자신에게 주어진 생을 충실히 살았다고 자신했을 터였다. 지난번 잠시 다니러 온 아들과의 언쟁이 있은 후에야 남자는 아들과 세희와의 사이가 심상치 않음을 직감했다. 못난 놈. 남자는 한숨을 길게 쉬고는 담배를 꺼내 물었다. 그런데도 별다른 움직임을 보이지 않는 세희가 불안했다. 세희는 아들을 사랑하는 걸까.

당신은 나를 사랑하기나 해요? 정은이 남자에게 물었던 말이다. 하루 종일 가족을 위해 뼈빠지게 일하는데 사랑 타령이나 한다고 윽박질렀던가. 그때는 정은이 원망스러웠다. 꼭 그 말을 입으로 내뱉어야 한다니, 도무지 적성에 맞지 않았다. 이날 이때껏 누굴 위해 일해왔는데 그딴 한가한 소리나 나불거린단 말인가. 남자는 화가 나서 한바탕 정은을 몰아세웠고 그날 이후 그녀가 변해갔다는 것을 어렴풋이 알 수 있었다. 백 번 천 번 죽었다 깨어나도 정은을 사랑하는 마음 변함없는데 정은은 자꾸 남자에게 확인하려 들었다.

　남자는 그 후에도 정은이 불룩한 배를 내밀고 옥상 간이의자에 앉아 화분의 상추를 솎아내는 꿈을 꾸곤 하였다. 자잘한 화분에는 상추, 쑥갓, 고추, 방울토마토가 자라고 있었고 상추만 해도 짙은 자줏빛에서부터 연두색이며 종류가 다양했다. 앙증맞은 야채를 기르며 정은은 옥상의 임시 건물에서 표정없는 얼굴로 그것들을 솎아내는데 몰두하느라 남자를 발견하지 못했다. 다행이었다. 정은의 불룩해진 배를 확인한 그날 밤 어린이 병실에서 잠든 아이를 내려다보며 속울음을 삼켰다. 그러고는 밖으로 나가 포장마차에서 새벽까지 소주를 마셨다. 가끔 정은의 부른 배가 떠오르면 남자는 폭음을 했다. 술에 취한 남자는 여자를 샀고, 허무한 기운을 쏟아냈다. 몇 년 동안 되풀이된 남자의 일과였다. 때때로 여자가 접근을 해오기도 했지만 남자는 안방에 들일 생각은 추호도 없었다. 그런 일도 세희가 오고부터는 끊었다. 사랑이 배제된 만남은 언제나 허망하기 그지없었다. 사랑하지 않는 여자를 안는다는 것은 허망함의 극치였다.

　현관문을 열자 집 안이 어두웠다. 벽을 더듬어 스위치를 누르고 집 안에 들어섰다. 냉기가 고여 있는 실내는 오랫동안 사람이 살지 않았거나 불을 피운 흔적이 없어 보였다. 남자는 부엌에 들어가 검은 비닐을 벗기고 호박을 씻었다. 압력솥에는 밥이 한줌 남아 있었다. 감자를 꺼내 깎고 파를 다듬고 마늘을 깠다. 그러고는 뚝배기에 물을 붓고 된장을 풀고 다시마와 멸치 가루를 넣었다. 물이 끓는 동안 감자와 양파와 호박을 썰어 넣었다. 거품이 일어나며 된장국이 끓기 시작했다. 냄비에 씻어 안친 밥물이 적당히 끓었을 때 남자는 뚜껑을 덮고 시간을 계산했다. 결혼하기 전 혼자 살 때 늘 해먹던 방식이었다. 양은 냄비에 찌개도 끓이고 쌀을 씻어 밥도 하고…… 혼자 사는 방에 정은을 데려와 밥을 해준 적이 있었다. 정은은 밥과 된장찌개가 맛있다며 남자가 살림을 잘하면 여자가 피곤하다던데, 라는 말을 했다. 걱정 말라고 부엌일은 신물나게 할 만큼 해봐서 하기도 싫다고 당신이 해주는 거라면 무엇이든 맛있게 먹겠다고 남자가 말했고 정은은 맑은 눈을 깜박이며 빤히 쳐다본 일이 어제 일처럼 살아나 기억을 흔들었다. 기억은 파편처럼 남자의 심장을 찔러대곤 했다.

세희는 오지 않았다. 밤 아홉 시 뉴스가 시작되는 것을 보며 남자는 찌개를 한 번 더 데웠다. 밥은 식어버렸다. 아홉 시 뉴스가 끝나도록 세희는 돌아오지 않았다. 남자는 겉옷을 꿰어 입고 밖으로 나갔다. 골목은 어두웠다. 모퉁이 돌아오는 길에는 가로등이 깨어졌는지 더욱 짙은 어둠이었다.

골목은 인기척 하나 없이 고요했다. 자정을 넘긴 시각이라 어쩌다 으슥한 골목 안까지 비쳐들던 헤드라이트 불빛도 뜸했다. 그날 밤 세희는 돌아오지 않았다. 남자는 잠을 이루지 못했다. 이십여 년 전 늦도록 돌아오지 않는 정은을 기다리며 분노에 떨던 감정은 남아 있지 않았다. 기분이 차분하게 가라앉았다. 모든 게 아들놈 탓이었다. 새파랗게 젊은 여자를 혼자 긴 시간 보내게 하다니, 아들은 무얼 위해 사는 걸까. 이 모든 게 아들 놈 탓이었다. 변명의 여지가 없었다. 어두운 거실에 나와 남자는 담배를 두 대 연거푸 피웠다. 밤벌레 소리가 새벽까지 이어졌다. 고양이 울음소리도 들렸다. 아침이 되어서야 남자는 한숨 눈을 붙였다. 남자는 평소와 다름없이 외출을 했다. 그 사이에라도 돌아와 있을 세희가 민망해할까 봐 하루 종일 밖에서 소일했다.

늦은 저녁 혹시나 하고 집 안에 들어선 남자는 실망감에 기운이 빠졌다. 물을 끓여서 찬밥을 말아 먹고는 사돈댁에 전화를 넣어야 되나 말아야 되나 망설이다가 지난밤과 마찬가지로 밖으로 나갔다. 그때 발자국 소리가 났다. 남자는 침을 삼켰다. 사내 목소리가 났다. 웃는 소리는 세희였다. 남자는 남의 대문 옆 나무 기둥 뒤로 몸을 숨겼다. 발자국 소리가 가까워지자 남자의 가슴이 심하게 요동쳤다. 사내와 세희의 어깨가 거의 닿을 듯 나란히 걸어오고 있었다. 가까이 오던 그들의 발걸음이 멈춰섰다. 남자는 무슨 일인가 귀를 세우고 그들의 움직임을 주시했다. 어둠 속에서 두 사람은 한참 동안 움직이지 않았다. 가로등을 제때 달지 않은 공무원을 원망하며 남자는 숨소리를 낮췄다. 어두워서 잘 보이지 않으나 남자는 온갖 불길한 상상을 했다. 가슴이 벌렁거리고 심하게 맥박이 뛰었다. 사내가 세희더러 잘

자라고 인사하는 소리가 귀에 꽂혔다. 세희는 그 자리에 한참 서 있다가 사내가 골목 모퉁이로 사라지자 아주 천천히 하이힐 굽을 또각거리며 집 안으로 들어갔다. 남자는 한 시간가량 밖에 있다가 조용히 현관문을 열고 방으로 들어갔다.

세희는 가끔씩 늦어졌다. 아무리 늦어도 외박만 아니라면 남자는 봐줄 수 있다고 생각했다. 집 안은 적막이 감돌았다. 아들이 돌아온 것은 세희가 사내를 만나고 석 달이 지났을 즈음이었다. 세희의 태도는 전과 달라진 게 없었다. 아들의 와이셔츠를 다림질하고 넥타이를 골라주며 아침 식탁을 차렸다. 평온한 일상이었다. 남자는 한편으로는 세희의 행위가 괘씸했으나 그보다는 아들의 행위가 더 괘씸했고 잘못이 크다고 믿었다. 아들은 별다른 일이 없으면 저녁 먹을 시간에 퇴근했다. 그날 세희는 외출해서 늦도록 돌아오지 않았다. 아들은 평소와 마찬가지로 저녁 시간에 퇴근해서 샤워를 하고 거실에 앉아 텔레비전 채널을 돌리고 있었다. 남자는 아들과 자장면을 시켜 먹고 일찌감치 방으로 들어왔다. 이 사람, 늦네요. 뭐 친정에 볼일이 있다고 하던가. 남자는 둘러댔다. 아들은 시사주간지를 뒤적거리거나 신문을 보다가 소파에 그냥 드러누워 잠이 들었다. 남자는 벽시계를 쳐다보았다. 자정이 지나고 있었다. 조바심에 종종거리던 남자는 살그머니 현관문을 열고 밖으로 나왔다. 하늘은 흐렸고 골목은 어두웠다.

발자국 소리가 났다. 직감적으로 세희라는 걸 알아차렸다. 세희가 구두 굽을 또각거리며 다가왔다. 술냄새가 났다. 향수 냄새도 섞여서

났다. 남자는 주먹을 꼭 쥐었다.

남자는 어두운 골목에 쭈그려 앉아 담배를 꺼내 불을 붙였다. 요즘의 세희를 보며 아내 정은을 생각하는 날이 많아졌다. 분노도 미움도 남아 있지 않았지만 아릿한 통증 같은 게 어딘가에 웅크려 끊임없이 그를 괴롭혔다. 기억은 잔인했다. 인간에게 기억이 없다면 세상은 그만큼 평화로울 거라고 엉뚱한 상상을 하기도 했다.

아들은 거실 소파에 드러누워 잠이 들었고, 욕실에서 세찬 물줄기 소리가 났다. 아들이 무슨 생각을 하며 사는 건지 도무지 알 수 없어 답답했다. 세희를 볼 때마다 오래전 정은을 향해 치솟던 분노가 되살아나는 것 같아 괴로웠다. 돌연 아들의 고함 소리가 들렸다. 남자는 직감적으로 올 게 왔다는 생각으로 숨을 죽였다. 거실로 나갔다. 밖에서 비쳐드는 가로등 불빛에 거실이 희미하게 윤곽을 드러냈다. 실내에는 냉기가 흘렀다. 안방문이 조금 열려 있고 불빛이 새어나왔다. 세희의 울음소리였다.

"난 당신이 내 운명인 줄 알았어. 유학 수속을 밟아놓고 출국 날짜를 기다리는데 하필 그때 당신이 나타났잖아. 아버지는 당신을 보고 확신 같은 게 있었대. 적어도 이 사람이라면 딸을 책임지겠구나 하는."

"……."

"그때 당신이 다시 나타나지만 않았다면 내 인생은 달라졌을지도 몰라."

안방 문틈으로 세희의 울음이 쏟아져나왔다. 아들의 표정을 볼 수는 없었지만 남자는 그 순간 젊은 날의 자신을 돌아보았다. 핏줄은 닮는 것인가. 부자지간에 여자 하나를 다스리지 못해 이런 현상이 벌어지다니. 남자는 주머니를 뒤적거려 담배를 찾았다. 담배는 건강에 해로워요. 세희의 한마디에 담배를 끊으려 안 보이는 곳 어딘가에 담뱃갑을 두고는 찾다가 포기했던 일이 며칠 전 일이었다.

"내 마음은 오래전에 너를 떠났어. 눈치챘겠지만."

"진작 솔직하게 털어놨어야지, 이게 뭐야."

세희가 울음을 멈추고 아들에게 되쏘았다.

"당신은 비겁해. 나 핑계대지 마. 여자 문제라는 것 알고 있어. 당신이 욕실에 들어간 사이 걸려온 전화, 기억 나? 그녀에 대해 알아봤어. 당신이 카드 명세서를 직장으로 받다가 이메일로 받을 때부터 이미 우리 사이는 강을 건너간 거지?"

"니가 거기까지 추적할 줄은 몰랐어. 걱정하게 해서 미안해."

"걱정이 아니라 상처야. 나에게 상처를 줬어. 당신이 원한다면 더 이상 붙잡지 않겠어. 마지막으로 물어볼게. 정말 나에게 돌아오기 힘들어?"

"돌아오기 힘들어."

"그럼 됐어. 나도 껍데기를 붙잡고 살고 싶지는 않아."

남자는 거기까지 듣고 안방 문을 열어젖히려다 멈춰 섰다. 정은에게 했던 일을 아들이 되풀이하고 있었다. 남자는 현관문을 열고 밖으로 나왔다. 골목 모퉁이에 쭈그려 앉아 남자는 한숨을 길게 내쉬었다. 긴 시간이 흘렀다. 부옇게 새벽이 열렸다. 현관문은 열려 있고 거실과 안방 등이 환하게 켜져 있었다. 세희가 이불 보자기를 싸고 있고 아들은 옷가지를 싸고 있었다. 남자는 아들을 노려보았다. 아들은 슬그머니 고개를 돌렸다. 남자는 방문을 소리나게 닫고 들어와 머리를 감싸쥐며 아들에게 소리쳤다.

"니, 니가 어떻게 그럴 수 있어! 애비 혼자 너를 어떻게 키웠는데 니가 이래도 되는 거야?"

"그건 아버지도 마찬가지예요. 나에게서 어머니를 빼앗아갔잖아요."

"그땐 그럴 수밖에 없었어."

"아버지가 얼마나 권위적인지, 얼마나 숨 막히게 하는지, 어머니는 숨 쉬기 힘들어서 나갔을 거예요."

남자는 차마 아들에게 정은에게 애인이 있었다는 말을 할 수가 없어 아랫입술을 지그시 물고는 담배를 꺼내 불을 붙였다. 그 배신감은 헤아릴 수 없는 고통으로 남자의 인생을 지배했다. 가계부 쓰는 일을 점검하고 통장 관리를 남자가 하며 절약을 노래한 일만으로 정은이 남자를 배신했다고는 생각하지 않았다. 정은은 한사코 그런 일이 없다고 했지만 남자는 정은이 친정에서 첫사랑 상대를 만났다는 것을 친척을 통해 전해들었다. 거기에서 끝났다면 그리 심각한 문제로까지 가지는 않았을 것이다. 나중에야 남자는 아내 정은이 만난 상대가

결혼을 약속했으며, 월남전에서 사망 통지서가 날아왔고, 그 후 행정
서류상의 오류로 통지서가 잘못 온 상대라는 것을 알았다. 알고 나서
남자는 그 일을 묵과할 수 없었다. 정은은 단지 한 번 만난 것뿐이라
고, 두 번 다시 만나지 않겠다고 말했지만 남자는 믿기 어려웠다. 정
은에게 향하는 남자의 적의는 나날이 커져갔고 나중에는 스스로도
감당이 안 돼 폭력을 썼다. 눈에 보이는 물건이 있으면 무엇이든지
집어던졌다. 공포에 짓눌려 울던 어린 아들도 눈에 들어오지 않았다.

남자는 자신의 양심과 가치관을 종교적 잣대처럼 지키며 살아왔
고, 언제나 정은과 아들에게 떳떳하다고 자부했으며 세상이 아무리
험악하다 하더라도 자신에게만은 그런 일이 일어나리라는 것을 상상
할 수 없었다.

"그래, 애비 탓이다. 그렇지만 세희 인생은 어떻게 되는 거냐."

"세희는 잘 살 거예요. 의외로 강한 면이 있으니까. 인간은 망각의
동물이잖아요. 아버지가 어머니를 잊은 것처럼."

"못난 놈, 배은망덕한 놈, 기껏 한다는 소리가 애비에게 못질이나
하다니."

남자는 아들을 노려보다가 현관문을 쾅 닫고는 밖으로 나왔다. 햇
볕이 따가웠다. 눈이 부셨다.

남자는 아들을 알았다. 여자가 있어서가 아니라 내면에 웅크린 상
처 때문이라는 것을. 여자를 핑계대는 것은 단지 세희와의 관계를 정
리하기 위함이라는 것을 알고도 남자는 아무런 도움을 세희에게 줄

수 없음이 안타까웠다. 좀 더 아내 정은에게 곰살맞게 굴고 따뜻하게 대해줬더라면 달라졌을까. 알 수 없는 일이었다.

남자가 이번 일을 어떻게 수습하나, 어떻게 아들을 설득하나 미처 고민할 사이도 없이 이삿짐 차가 들이닥쳤다. 건장한 체구의 사내 셋이 집 안을 휘젓고 다니더니 순식간에 짐이 실려졌다. 짐이라야 이불 보따리와 옷가지, 그릇 따위 생활에 필요한 세세한 품목이었고, 그나마 남자가 쓰던 싱글 돌침대를 옮길 적에 건장한 체구의 사내 둘이 이마에 맺힌 땀을 손등으로 훔쳤을 뿐 모든 게 빠르게 진행되어갔다. 예정에 있었던 일이라는 듯.

남자는 세희를 찾아보았다. 보이지 않았다. 남자는 부엌 베란다 세탁기에 기대어 울고 있는 세희를 발견하고 그대로 돌아섰다. 업이라고 생각했다. 자신이 정은에게 한 업을 아들이 그대로 대물림해서 하고 있다니. 사필귀정이었다. 불교의 가르침을 믿지는 않지만 남자는 나이가 들어가면서 인과응보니, 인연이니 하는 말에 막연히 수긍을 하던 터였다. 뿌린 대로 거둔다는 말이 있듯이 사람은 자신이 저지른 일에 대해 그 당대가 아니라하더라도 후대에 반드시 되돌림을 받게 되어 있었다. 윗대조에 자살한 조상이 있으면 그 후대에 또 자살하는 후손이 생긴다는 대학교수의 강연을 들은 적이 있었다. 심리학을 전공한 사람이었는데 업 사상에 관심이 있다고 했던가. 업 사상을 깊이 들어가면 인연법과 닿게 되고 곧 자신이 뿌린 대로 거둔다는 데까지 이른다는 말을 들을 때만 해도 대수롭잖게 받아들였다. 그런 복잡한

내용이야 모른다 하더라도 남자는 인간의 운명이니 사주니 하는 말
들을 믿고 싶어졌다. 돌아보면 살아온 시간 켜켜이 힘들지 않은 때가
없었지만 스스로의 힘으로 살아온 것 같지 않았다. 보이지 않는 운명
이 그를 이리저리 끌고 다녔다는 생각을 지울 수가 없었다.

이삿짐 차에 시동이 걸렸다. 아들은 일찌감치 승용차에 앉아 남자
를 기다렸다. 세희는 끝내 나타나지 않았다. 서서히 승용차가 미끄
러졌다. 검게 선팅된 차 유리문 밖으로 짙은 가로수 잎들이 늘어져서
무심하게 흔들렸다. 햇볕이 낮은 다세대 주택의 지붕과 골목에 쏟아
져내렸다. 피크닉을 가기에 좋은 날씨였다.

영원의 도시

그의 설명이

여행객들이 눈빛을 빛내며

기둥을 만져보고 쓸어보고 하며 기둥 앞에서 사진을 찍는다

기둥과 기둥 사이에 삼백 년 혹은

천 년이 존재하는 거리감은 아무리

이해를 하려 해도 낯설다

한바탕 소란이 이어지고 소란이 잠잠해지면 다시

다음 공간으로 이동하는 일의 순환. 그는 눈을 감고

대성당이나 왕궁의 복도를 걸어가는 자신의 모습을 떠올려본다

사람들의 눈빛이 호기심으로 반짝거릴수록 사람들의 표정이

경이에 차오를수록 그는 점점 지루하고 시들어간다

목마른 나뭇잎이 늘어지듯 축 늘어진다

도시에는 두 개의 세계가 공존한다

오래전에 물러났다고는 하지만

이슬람과 가톨릭이 서로 치고 받으며 산 흔적이 곳곳에 남아 있다

비용 때문에 헐어버리지 못하고 이슬람 사원 안에

그대로 둥지를 튼 가톨릭 제단이나 벽돌

이중 구조 아치형 기둥

들고 남의 역사가 고스란히 남아 있는 현장에서

그는 자신 안에 남아 있는

두 세계가 늘 충돌함을

느낀다

영원의 도시

그는 손목시계를 들여다본다. 지금쯤이면 기술자가 집에 도착해서 하수관을 살피고 있을 시간이다. 어쩌면 아직 도착하지 않았는지도 모르겠다. 그가 이곳에서 이해하지 못할 일 중 한 가지는 약속 시간을 제대로 지키지 않는 사람들의 느려터진 태도다. 지구 반대편 지중해를 끼고 있는 오래된 도시, 대성당 성물실(聖物室)에서 그는 관광객의 이동을 도와주며 초조한 마음으로 시간을 가늠한다. 생전 이름도 들어본 적 없는 이방인의 도시 톨레도에서 한국인에게 기대어 먹고 산 지 십이 년. 때때로 그는 자신이 한심해서 우울해지기도 한다. 고향과 집을 떠나 남의 나라에 살면서 여전히 한국인이 주는 돈으로 한국에 기대어 사는 자신이 한심하다 못해 절망스럽다. 관광객들은 추기경이 입었던 비단 의류를 전시한 방에서 한참 꾸물대고 있다. 그로서는 약간의 한숨을 돌릴 짬이다. 어두운 복도 회벽을 따라 카메라 불빛이 짧은 시간 번개처럼 퍼졌다가 다시 어두워지기를 반복한다.

카메라 셔터 터지는 소리를 들으며 그는 성물실 천장을 올려다본다. 사람들이 온몸에 천을 둘둘 휘감은 채 둥둥 떠 있는 둥근 천장은 화려하고 밝은 색상으로 시선을 끌지만 그의 눈에는 천사들과 인간이 노닥거리는 수준으로밖에 보이지 않는다. 언제 노닥거릴 시간이 그에게 있었던가. 한국에서 백수로 지내다가 도피하듯이 떠나온 세상에서 그는 눈으로 보이는 것들과 처음 겪는 풍물을 담으려고 언제나 긴장의 고삐를 바짝 죄었다.

"야, 거기엔 한국인이 한 명도 없어. 곧 관광객이 몰려올 거야. 대충 얼렁뚱땅 설명해도 알 게 뭐냐. 다 하게 돼 있어."

그라나다에서 관광 가이드를 하는 사촌 형은 별거 아니라는 투로 그를 구슬렸다. 사촌 형은 현지 관광회사와 손잡고 한국인을 대상으로 하는 관광 가이드를 한 지 오 년밖에 안 되었는데도 오래 그 일을 한 장인처럼 능숙했다.

"구렁이 담 넘어가듯 하면 돼."

사촌 형을 따라다닌 지 삼 개월이 되었을 무렵 형은 식당 한켠에 앉아 지배인과 현지어로 이야기를 나누다가 그를 보고 눈을 찡긋 감으며 소곤거렸다. 가만히 들어보면 사실 긴 문장이 필요한 건 아니었다. 살아가는 데는 아주 짧은 명사 몇 가지만 기억하면 되었다. 호텔 예약과 식당 예약, 관광지 단체 티켓 끊기 정도는 두 달 만에 혼자서도 할 수 있었다. 문제는 변수였다. 소주를 몰래 숨겨 와서 먹고는 왕궁 뜰이나 공원에서 추태를 부리다가 경찰이 출동하는 경우였다. 이럴 때는 능숙한 그들 언어를 안다 해도 민감한 문제였다. 경찰이 술 마신 관광객을 마약 소지자로 오해하면 정말 난감한 사태를 불러온다. 영사관에 전화를 하고 현지 직원이 달려와 사과를 하고 보증을 선 후 사인을 하고 풀려나는 일을 겪을 때면 당장 때려치우고 싶을 정도로 울화통이 터진다. 도대체 소주는 어떻게 들여 오는지 귀신이 곡할 노릇이었다. 알고 보니 종이팩 소주를 사서 가방에 넣거나 품에 지니고는 들켜도 드링크라고 하면 아무도 의심을 하지 않는 허술한 보안이 문제였다. 함께 일하다 중국 쪽으로 간 동료에 의하면 한국인은 식당에서 꼭 소주를 안주 삼아 식사를 해야 여행을 잘했다고 생각한다는 거였다. 빌어먹을 소주라니.

사람들은 아직 아무도 오지 않는다. 아치형 기둥, 천년이 넘은 대리석 벽면, 비로드 천에 싸인 금박 장식을 입힌 초기 복음서에 이르기까지 낯선 경험 앞에서 호들갑을 떨며 감탄사를 터트리는 그들을 보는 것도 지루해져서 그는 하품을 길게 한다. 시간을 알려줘도 제대로 지키는 사람이 없는 현상을 이해하리라 마음을 비운다. 하수도관을 뚫으러 오는 기술자보다야 한국인의 행동이 더 빠르니 말이다. 그는 세탁기를 돌리다가 전원을 끈 채 두고 온 게 자꾸 발뒤꿈치에 난 티눈처럼 걸린다. 걸을 때마다 조금씩 통증이 신호를 보낸다. 오래된 도시? 겉으로야 좋겠지. 그는 사무실에서 근무하는 화이트칼라나 대학교수보다 벽돌공이나 페인트공, 혹은 전기 기술자가 수입이 훨씬 높은 이유를 알지 못했는데 살다 보니 자연스럽게 이해가 되었다. 천 년, 혹은 이천 년 된 도시가 얼마나 많은 균열을 메우고 또 땜질하며 긴 시간을 견뎌왔는지를 체험하고 있는 중이다. 말이 좋아 구도시지 안을 들여다보면 전부 기술자들의 손으로 버티고 지탱하는 도시가 바로 그가 살고 있는 곳이다.

"이 기둥과 바로 옆의 기둥 사이에는 삼백 년의 시간이 존재합니다. 또 저기 붉은 기둥과 푸른 기둥은 세워진 연대가 천 년이나 차이가 납니다. 기둥 하나에 몇백 년에서 천 년, 혹은 이천 년씩 차이가 나니 비교해보세요."

그의 설명에 여행객들이 눈빛을 빛내며 기둥을 만져보고 쓸어보고 하며 기둥 앞에서 사진을 찍는다. 기둥과 기둥 사이에 삼백 년 혹은 천 년이 존재하는 거리감은 아무리 이해를 하려 해도 낯설다. 한바탕 소란이 이어지고 소란이 잠잠해지면 다시 다음 공간으로 이동하는 일의 순환. 그는 눈을 감고 대성당이나 왕궁의 복도를 걸어가는 자신의 모습을 떠올려본다. 사람들의 눈빛이 호기심으로 반짝거릴수록 사람들의 표정이 경이에 차오를수록 그는 점점 지루하고 시들어간다. 목마른 나뭇잎이 늘어지듯 축 늘어진다.

도시에는 두 개의 세계가 공존한다. 오래전에 물러났다고는 하지만 이슬람과 가톨릭이 서로 치고받으며 산 흔적이 곳곳에 남아 있다. 비용 때문에 헐어버리지 못하고 이슬람 사원 안에 그대로 둥지를 튼 가톨릭 제단이나 벽돌, 이중 구조 아치형 기둥, 들고 남의 역사가 고스란히 남아 있는 현장에서 그는 자신 안에 남아 있는 두 세계가 늘

충돌함을 느낀다. 몸은 십 년 넘게 먹어온 빵을 아직도 이물질로 착각하고 있어서 신선한 농장의 우유조차 소화가 잘 안 돼 매번 쏟아버리기 일쑤다. 아침마다 갓 구운 빵의 이스트 향보다 김치찌개를 그리워하는 자신의 몸 어딘가에는 두 세계가 싸우다가 입은 상처가 곪아터져 웅크리고 있을지도 모른다.

그는 다시 한 번 시계를 들여다보며 이번 여행객들은 시간을 좀 끄는 정도가 아니라 풀밭에 풀어놓은 망아지들 같다는 생각을 한다. 얼마나 구석구석을 비집고 다니는지 일행이 다 모이려면 늘 삼십 분을 넘기기 일쑤다. 자유여행을 한다면 모를까. 스물두 명 일행의 하나하나가 조금씩 시간을 늘여 쓰면 마지막에는 버스 기사가 돌아갈 시간이 임박해서 조바심이 난다. 밤 여덟 시 이후에는 운전을 제도적으로 금지하는 법률에서 이 나라가 노동자들이나 소외된 계급을 얼마나 챙기는지 알 수 있다. 물론 그가 속한 지역은 그나마 근로자의 노동 시간에 대한 규제가 조금 느슨한 편이다. 서유럽은 아홉 시를 넘기면 고속도로 운행이 금지되고 버스 기사의 노동은 스톱이다. 어기면 벌금이 아니라 영업장 폐쇄다. 그는 언제나 버스 기사 눈치를 봐야 하는 자신이 한심하다. 때로는 자신의 처지를 이해 못 하는 여행객들이 원망스럽다가도 그들 덕에 이만큼 말 설고 음식 설고 기후 선 나라에서 먹고 살았지 싶어 마음을 다잡곤 한다.

그는 촘촘하게 걸린 그림들을 훑어본다. 처음에는 그도 교과서에서 보던 화가의 그림들을 만나 관심이 가긴 했다. 고야, 반다이크, 벨

라스케스, 리베라, 루벤스, 엘 그레코……. 구성이나 배치를 일부러 외면한 듯한 액자 그림들은 창고 안에 갇힌 유품처럼 빼곡하게 성물방을 차지하고 있어서 희소가치를 잠시 잊게 만든다. 그 그림들은 먹고살기 힘든 화가들이 사제나 대주교에게 돈을 받고 판 그림이거나 계약에 의해 그린 작품이라서 종교적인 배경이 대부분을 차지한다. 아름다운 그림 뒤에 가려진 감춰진 진실은 결코 아름답지 못하다. 그림 값을 올려받기 위해 흥정을 하고 또 하며 소송까지 불사했던 화가나 개인 통장을 다 헐고도 돈이 부족해서 여기저기 돈을 추렴했던 사제나 그가 이해하지 못할 부분은 너무나 많아서 가끔 가톨릭과 융합하지 못하고 아프리카로 떠난 유대인의 철학자와 행정가와 도자기 장인들을 떠올려본다.

도시에는 특이하게 유대 골목이 있다. 화려한 문양의 타일과 좁은 골목을 끼고 형성된 하얀 벽, 그 벽을 타고 흔들리는 붉은 제라늄 꽃과 초록 고사리들은 분수의 물줄기가 춤추는 것처럼 세월의 경계를 타넘으며 아슬아슬 춤을 춘다. 유대 철학자들과 행정가들은 수준 높은 교육과 가치관으로 도시를 건설하고 재정비하며 세금을 거둬들여 그들의 독특한 정치를 이식했다. 밝고 화사한 타일 문양에는 지중해의 태양빛과 하늘색이 새겨졌다. 그들이 살고 있는 땅에서 나는 백토와 붉은 흙으로 도자기를 빚어 굽고 벽돌을 찍어 집을 지었으며 풍부한 대리석으로 사원의 벽과 기둥, 심지어 목욕탕과 골목을 장식했다. 가톨릭 상인과 귀족, 부자들로부터 거둬들인 세금은 이슬람의 문화를 꽃피우는 데 중요한 요소가 되었다. 개종하려는 일부 가톨릭 부유층의 시도는 번번이 좌절되었다. 세금이 줄어드는 것을 염려한 이슬람 정치권에서 이를 막은 것이다. 종교보다도 현실적인 실리를 택한 이슬람 정치가들은 칠백여 년의 영광과 풍요를 누리며 도시를 지배했다. 긴 시간 숨죽이며 웅크리고 있던 저항 세력은 도시를 탈환하려는 끈질긴 시도를 포기하지 않았다. 핏줄 속에 내려오는 먼 조상들로부터 전해내려오는 문화는 벗어던지려 해도 어쩔수 없이 이고 가야 하는 태생적인 것이었다.

그는 자신 안에 남아 끈덕지게 달라붙어 있는, 버릴 수 없는 유산이 존재함을 시간이 흐를수록 체득한다. 십 년이 넘은 시간, 일부러 외면하고 피하기만 했던 한국인들에게 조심스럽게 다가가기 시작한 것이다. 십 년의 공백은 단박에 무너져버렸다. 유학생 킴이 운영하는 식당에서 그는 모국어를 쓰지 않았고, 한국 관련 어떠한 뉴스나 정치적인 이야기를 금지했으며 현지어로 주문과 계산을 끝내고는 더 이상 근접할 여지를 남기지 않았다. 그랬던 그가 처음으로 킴에게 말을 한 게 오 개월 전인가, 식당 현관 벽에 걸린 액자 사진을 보고 나서였다. 연미복에 나비넥타이를 맨 사진 속의 킴은 웃고 있었다. 앞치마를 두른 채 음식 접시를 나르는 킴도 웃고 있었으나 뭔가 달랐다. 똑같은 웃음이었지만 사진과 현실 속 킴의 표정에서는 미세한 차이가 느껴졌다. 그는 킴에게 호기심이 생겼다.

"사진이 멋있게 나왔네요."

“하하, 오래전 사진입니다.”

“같이 찍은 사람들은 친구들인가 보죠?”

“네, 같이 음악을 공부했던 사람들입니다.”

“이 사람들과 지금도 만나나요?”

“글쎄요, 서로 길이 달라서…….”

“그렇겠지요. 요오기 맨 오른쪽 사람은 가끔 한국 텔레비전에서 본 것 같군요.”

“그 친구, 잘나갑니다. 음대 다닐 때는 제일 처졌는데, 워낙 유복한 집안이라 팍팍 밀어줬겠지요.”

“운도 따랐겠지요.”

“그럼요, 뛰는 놈 위에 나는 놈, 나는 놈 위에 운 좋은 놈이라는 말도 있잖아요.”

“하하.”

킴은 재미있는 사람 같았다. 그는 음식이 맛있다며 칭찬하는 여자 관광객의 말에 함박웃음을 머금고 행복해하는 킴의 얼굴을 떠올렸다. 인간이 그렇게 작은 일, 말 한마디에 행복해할 수 있다니, 참 시시한 동물 같기도 했다. 좀 더 거창하고 뭔가 근사한 일도 아니고 아주 작은 말 한마디에 행복해하다니, 그는 엘 그레코 그림을 들여다보며 쓰디쓴 미소를 날렸다. 성직자에게 돈을 더 뜯어내려 소송을 불사했던 화가도, 높이 첨탑을 올리려 그 시대 온갖 과학적인 지식과 기술을 동원했던 건축가도 이제는 역사 속의 한 점으로 남아 있지 않은

가. 가끔 그는 한국 관광객을 안내하여 오래된 공원 묘지를 갈 때마다 낯선 땅, 이국에서 쓸쓸히 잊혀져가는 자신의 모습을 상상한다. 사라져간 문명처럼 사라져가는 시간과 그 시간의 틈새에 아주 작은 먼지로서 존재하는 자신을 누가 기억이나 하겠는가. 그 생각을 하면 외로웠다.

모든 것은 사라진다. 유대 골목이 그렇고, 화려한 문양의 도자기 타일 공장이 그렇고 솜씨 좋은 화가나 장인들 또한 잠시 한 시대를 살다가 어느 날 잊혀지는 존재가 되고 만다. 자신이 가족들에게 잊혀졌듯이. 아내는 먼 과거 속의 인물로 그 안에 살아 있다. 아내의 냄새, 목소리, 얼굴……. 그녀의 실체는 사라져간 유물일 뿐이다. 미라와 같은 아내의 존재는 과거의 기억 속에서 희미하게 남아 있다. 그녀의 잔소리, 그녀의 체취, 그녀의 피부를 실감하지 못하는 그도 또한 미라와 다를 게 없다.

공중목욕탕과 도자기 공예, 빵집, 작은 정원들, 여관…… 중세에도 존재했던 유대 공동체가 무너진 자리는 복원되어 관광지 명소가 되었고 도시 재정의 일부를 책임지는 장소가 되었으니 역사의 아이러니다.

그는 지루한 듯 복도 쪽으로 시선을 준다. 아무리 화려하고 아름다운 문양이면 뭣하는가. 매일 본다고 생각하면 그것은 결코 대단하다거나 아름다울 수 없는 것이다. 이제는 때려치우고 이 나라에서 정착해 살아야지, 라고 맘 먹다가도 막상 현지인들과 부딪히며 그들의 농담을 이해 못 할 때 그들의 신앙을 이해 못 할 때 그들의 느긋함을 받아들이지 못할 때는 자신이 이방인임을 다시 한 번 깨닫게 되는 것이다.

전화가 올 때 되었는데 아직 잠잠한 걸 보니 하수관 일이 끝나지 않은 것 같다. 그래도 이번에 온 안토니오는 세 번째 만난 인물이다. 단골로 가는 야채 가게 주인이 소개해줘서 그나마 알게 되었다. 야채 가게 주인은 그가 배추나 마늘, 고춧가루를 찾기도 전에 벌써 알아보고 손을 들어 흔들며 "꼬레아"라고 소리친다. 야채 가게 주인 세바스챤은 외아들이 신부(神父)가 되어 인도로 갔는데 그를 볼 때마다 아들 생각이 난다며 친절하게 대해준다. 인도와 한국을 거의 비슷한 공간으로 인식하는 것 같다.

깜박 잠이 들었나 보다. 귀에 낯익은 말소리가 뒤섞여 시끄럽게 파고든다. 시계를 보니 약속 시간보다 사십여 분이나 지나 있다. 화를 내기에는 너무 지쳐서 그는 아무 말 없이 발걸음을 옮긴다. 관광객들이 앞서거니 뒤서거니 따라온다.

"제단 병풍의 재질은 아빌라 지역의 낙엽송으로 만들어졌지요. 섬세하고 아름다운 조각상들은 고딕 양식으로 만들어졌으나 이미 그 시대 유행하기 시작한 르네상스 영향을 받았다고 할 수 있어요."

그는 사람들을 한 바퀴 휘둘러본다. 모두 귀를 세우고 눈은 그의 입을 쳐다본다. 젠장, 지금 뭘 하고 있는 거지? 그는 대충 얼버무리고 창을 통해 쏟아지는 빛의 줄기에 시선을 준다. 높은 천장과 높다란 벽에 난 채광창에서는 지중해 햇볕이 풍부하게 쏟아져 들어와 내부를 환하게 밝혀준다. 어딜 가나 달려 있는 채광을 위한 창에는 스테인드글라스 기법의 화려한 색상과 문양이 새겨져 있어서 햇볕을 받아 물결처럼 흔들리며 굴절하는데 그 밝은 빛은 비루한 현실을 잊게 만드는 묘한 마력을 지니고 있다. 르네상스? 고딕? 그는 자신이 지껄이면서도 무슨 뜻인지 알 수 없기는 마찬가지다. 사촌 형을 따라다니며 얻어들은 정보를 뭉뚱그리고 인터넷으로 한국의 서점에서 주문한 여행 정보 책 내용을 버무려서 얼렁뚱땅 시간을 때우는 셈이다. 관광객들은 심각하게 생각하지 않는다. 여행을 한다는 기분에 취하고 이국의 풍물에 취해 역사 유적이나 문화에 대해 그다지 진지하지 않다. 보이는 그대로 느끼고 경험하는 것으로 만족하면 되는 것이다.

이 나라 사람들은 밥 먹고 매일 기도만 한 것일까. 가는 곳마다 성당과 수도원이 널려 있다. 이해는 간다. 전장에 나간 지아비나 자식을 위해 간절히 기도하거나 수시로 바뀌는 정권과 내전, 침략과 피난, 온 정신으로는 살지 못할 핍진한 삶의 이면을 들여다보면 그 정도는 이해 못 할 바가 아니다. 평화로운 시대를 맞아 이제는 그들 유적이 관광객을 불러 모으며 재정의 상당 부분을 지탱한다니 환난의 역사도 아무 의미 없는 희생은 아니었나 보다.

왕궁이나 광장, 대성당에는 무수한 조각상이 입체감을 드러내며 시선을 받고 있는데 중심 인물을 요약하자면 천사 아니면 예수와 성모마리아, 성인들의 조각상이다. 병풍 조각상에서 흥미를 끄는 인물은 예수와 함께 십자가에 못박혔던 두 도둑이다. 그들은 죽음의 순간에 예수와 함께 있었던 것으로 구원을 받는데 그림은 이러한 성서 내용을 토대로 만들어졌다.

대성당에서 나오자 뜨거운 지중해 남부의 햇볕이 쏟아진다. 모자를 쓰거나 선크림을 짙게 바르거나 선글라스를 쓴 관광객들이 버스에 올라탄다. 그는 마이크를 잡고 오래된 다리며 성벽, 구도시 장인들 이야기를 하는데 코 고는 소리가 들려 잠시 말을 멈춘다. 피곤할 만도 할 것이다. 이른 아침부터 밤 시간까지 끌고 다니며 비슷비슷한 성당과 첨탑, 왕궁, 광장을 돌아보며 행군했으니 지치기도 할 것이다. 며칠 지나면 다 잊어버릴 풍경이라도 관광객들은 많은 것을 짧은 시간에 보는 것으로 여행을 잘했다고 착각한다. 피곤에 절어 졸면서도 긴 시간 버스에 흔들리면서도 지루한 올리브나무 숲을 질리게 보면서도 빡세게 일정을 진행하면 한꺼번에 많은 것을 봤다는 것과 돈 아깝지 않은 관광을 했다고 만족해한다는 것을 오랜 가이드 경험상 보아왔다. 관광객에게 많은 것들을 소개하고 보여주는 것은 어쩌면 아주 손쉬운 방법일 수 있다. 이 도시에는 오래된 것이 널려 있어서 도무지 그 끝을 알 수 없으니 말이다.

사이프러스 나무들이 오래된 성곽을 둘러싸고 있는 풍경을 보며 그는 예약한 한식당으로 전화를 건다. 예약시간보다 대략 사십 분 정도 늦어 양해를 구하는 내용이다. 식당 주인 킴은 유학생 신분으로 이탈리아에 왔다가 공부를 접고 같은 유학생 출신 부인을 만나 고국으로 돌아가기를 포기한 인물이다. 로마에서 아르바이트를 하며 살다가 휴가차 왔던 톨레도에 반해 그대로 주저앉았다고 했다. 그가 생각하기에 과연 이 도시에 반할 만한 구석이 있는지 의문이지만 어쨌거나 유학생 킴은 오래된 도시를 좋아하는 것 같다. 그도 로마에 잠시 다녀온 적이 있지만 썩 매력적인 도시는 아니었다. 어딜 가나 무너져내린 성벽이 있고 파헤쳐진 유적이 있으며 때묻은 동상이 서 있거나 낡은 건물에서는 묵은 냄새가 났다. 콜로세움이나 지하 무덤에서는 천 년 전 묵은 바람이 그의 목덜미를 휘어감는 듯해서 서둘러 돌아 나온 기억이 새삼스럽게 떠올랐다.

한식당 입구에서 앞치마를 두른 킴이 허리를 깊이 숙이며 관광객을 맞아준다. 현관문에서 안으로 들어가는 복도 옆 벽면에는 액자 사진이 걸려 있다. 나비넥타이에 연미복을 입은 네 명의 남자가 어깨동무를 하고 찍은 사진이다. 그는 허리를 숙이고 자세히 들여다본다. 사진 속에 킴의 얼굴이 있다. 매번 볼 때마다 새롭게 다가온다. 뭐랄까, 앞치마를 두르고 친절한 미소를 머금은 채 달착지근한 목소리로 관광객의 부름에 응답하는 킴을 보다가 검은 연미복에 나비넥타이 차림의 킴은 아무래도 낯설다. 지금보다 젊은 시절의 모습이라 얼른 보면 잘 알아보지 못하겠지만 그는 처음부터 킴의 얼굴을 찾아냈다. 한때 잘나가던 바리톤 성악가 킴이 왜 남의 나라에 주저앉았는지 모르겠지만 어쨌거나 식당 주인으로서 킴은 성실하다. 부지런히 한국 관광객을 위해 김치를 날라다주고 콩나물을 날라주는 킴이 그는 반갑고 고맙고 심지어 위로가 되기까지 한다. 남의 나라에 와서 웃음을 잃지 않고 즐겁게 일할 수 있는 사람이 얼마나 될까. 킴도 한때는 가축 전염병이 돌아 유럽 전역에 비상이 걸리고 공항마다 방역 때문에 수속이 까다로워지자 관광객이 끊겨 일 년여를 고생한 적이 있다. 그도 마찬가지이긴 하지만 킴은 부인과 싸우고 헤어질 위기에서 다시 시작한 케이스다. 부인이 견디다 못해 친정이 있는 한국으로 들어가려 보따리를 싸놓자 선교사로 온 한국인 목사 부부가 달려와 설득하며 주저앉혔다고 했던가. 식사 시간은 언제나 그렇듯 화기애애, 분위기는 절정에 다다른다. 기름진 음식과 빵을 먹다가 매콤한 한국식 육개장을 먹으니 다들 허겁지겁 밥을 퍼 넣는다. 일인당 팔 유로, 한국 돈 일만 원 꼴이지만 이곳에서는 제일 싸고 소박한 밥상이다. 웃음소리와 수저 부딪히는 소리, 잡다한 말소리에 이어 한국에서 공수해 온 믹스 커피를 종이컵에 담아 제공하자 식당 안은 환호성이 터진다. 김치 접시는 일찌감치 깨끗이 비워졌고, 모든 반찬 그릇은 죄다 비었다.

"맛있게들 드셨습니까."

"네, 정말 맛있었어요."

식당 주인 킴이 관광객을 둘러보며 묻자 지체 없는 대답이 돌아온다. 식당 문을 나서기 전 그는 다시 한 번 나비넥타이를 멘 사진 속의 킴을 들여다본다. 관광객 중 눈치 빠른 여자가 그의 어깨 너머로 함께 사진을 들여다보다가 어머, 사장님 아니세요? 어쩐지 목소리가 멋

있더라, 어쩌구 하며 설레발을 친다. 킴이 허허 웃으며 뒤통수를 긁는데 그의 귀에는 공허한 웃음소리로 들린다.

스케줄을 마치고 호텔에 도착한 시간이 오후 여덟 시다. 방 배정이 끝나자 그는 서둘러 바(BAR)로 내려가 커피 한 잔을 주문해 마시며 안토니오에게 전화를 한다.

"알로?"

"알로."

통화는 쉽게 이루어졌고 하수관 공사는 잘 끝났으며 난방이 들어오는 히터 접속 면의 녹슨 부분을 더 보완해야겠다는 말을 듣고 통화를 끝낸다. 피곤이 한꺼번에 몰려온다. 그는 불현듯 이날 오후 모임이 있다는 사실을 기억해내며 서둘러 가방을 어깨에 메고 택시를 탄다.

이 목사 집에 도착하자 영사관 직원 이 부장이 먼저 와 있다. 이 부장이나 그나 종교가 있는 것은 아니다. 같은 한국인 선교사가 먼 나라에 와서 신자 하나 없이 몇 년씩 버티는 게 안쓰러워 그냥 방문하곤 한다. 예배 시간에는 그와 이 부장 단 둘뿐인 적이 많을 정도로 현지 선교는 거의 완패라고 볼 수 있다. 이 목사 부인이 김치 부침개를 와인과 곁들여 내온다. 발사믹 식초와 올리브유를 뿌린 샐러드도 곁들였다. 이 목사는 각자의 유리잔에 와인을 따라주고는 건배를 한 후 목을 축인 뒤 말문을 연다. 삼 년 만에 실패를 자인하고 고국으로 돌아간 동료 목사 이야기를 하는 이 목사의 목소리가 축축하게 떨려 나온다. 정말 힘들어요, 하는 표정으로 이 목사가 어두워진 창밖으로 시선을 돌린다. 이 목사가 울고 싶어 한다는 것을 그는 알아챈다.

"김 형, 요새 형편은 괜찮지요? 몇 년 전만 해도 한국인 보기 힘들었는데 작년에 삼만 명이 들어왔고 올 상반기에 벌써 오만 명이 들어왔으니 이십만 명은 금방 넘어설 것 같은데……."

"그렇죠 뭐, 저야 한국인이 늘어날수록 좋긴 하죠."

이 부장이 분위기를 바꾸려고 그의 근황을 묻고 그는 건성으로 대답한다. 그는 이 부장의 이름도 집도 모르고 그에 관해서 아는 게 없다. 다만 얼마 전 집에 부른 전기 기술자와의 실랑이 건으로 경찰에 불려갔을 때 영사관 직원이 달려왔고 그때 도움을 준 이가 이 부장이다. 이 부장으로 불러달라고 해서 그렇게 부를 뿐 아는 거라곤 아무것도 없다. 이 부장은 유령의 인물이다. 아니 어쩌면 이 부장은 정보원일지 모른다. 각 나라의 영사관 직원 중에 순수 외교 인력은 얼마나 될까. 대부분은 스파이 신분을 숨기고 있고 모두 알면서도 묵인할 뿐이다.

"세계에서 잉글리시 다음으로 많이 쓰는 언어가 스페인어죠. 스페인어 인구를 헤아려봐요. 라틴아메리카는 이제 막 자본주의에 눈을 떠가는 나라들이야. 민주화와 자유주의 무역에 눈을 뜨는 쿠바나 아르헨티나, 볼리비아, 파라과이…… 우리나라는 라틴계를 너무 홀대했어요. 그들과 수교하고 잘 지내려면 언어야. 학교에서 제2외국어 필수 과목으로 지정하기만 해도 절반의 성공인데 말이죠."

이 부장이 불만 섞인 음성으로 와인 잔을 기울인다. 그의 직급을 알 수는 없지만 참사관쯤 되지 않을까. 그는 이 부장이 한국 외교관이 아니라 마치 스페인 외교관 직원인 것처럼 느껴졌다. 이 목사는 내내 말이 없다. 침묵의 틈바구니에 목사 사모의 음성이 끼어든다.

"제가 노래 한 곡 부를까요."

그 순간 그와 이 부장이 눈을 마주친다. 음울한 분위기를 깨트리려는 그녀의 속 깊은 의중이 담겨 있음을 그는 간파한다. 이 목사 부인이 한국 가곡 〈고향의 노래〉를 부른다. 국화꽃 져버린 겨울 뜨락에 창 열면 하얗게 무서리 내리고 나래 푸른 기러기는 북녘을 날아간다. 아아아 이제는 한적한 빈들에 서 보라. 고향집 눈 속에선 꽃등불이 타겠네. 고향집 눈 속에선 꽃등불이 타아아겠네. 이 부장과 그가 손뼉을 치며 브라보, 브라보를 연발한다. 찬송가가 아닌 게 얼마나 다행인지 그는 새삼스럽게 이 목사 부부를 존경스러운 눈빛으로 쳐다본다.

돌아오는 밤길에 그는 자꾸 아아아 이제는 한적한 빈들에 서 보라를 도돌이표로 부르며 휘청 흔들리는 몸을 건물 벽에 기댄 채 숨을 깊게 들이마신다. 아내와 전화 통화한 지도 아득하다. 삼 년 전인가 아이가 아프다고 병원에 가야 하는데 돈이 부족하다고 전화를 한 이후로 소식이 끊겼다. 전화번호는 그대로인데 받지를 않는다. 아내 말로는 저녁 시간대 아르바이트를 한다고 하지만 그것조차도 어디까지가 사실인지 알 길이 없다. 그는 십 년 동안 동양인이라면 무조건 외면해왔다. 이 목사가 운영하는 교회에 나간 지는 얼마 되지 않는다. 이 부장이 교회에서 만나자고 해 가긴 갔으나 종교하고는 거리가 멀었다. 이 부장 역시 다신교도라 자처하며 목사 앞에서 거리낌 없이 떠들어대곤 하나 정작 그가 무신교인지 특정 종교가 있는지조차 모른다.

　선교에 실패한 동료 목사 이야기 끝에 절망과 체념이 담긴 눈빛으로 먼 어둠을 응시하던 이 목사의 얼굴이 자신의 마음과 겹쳐진다. 우울한 이 목사의 이야기는 누구의 이야기도 아닌 남의 나라에서 그토록 싫어하던 한국이라는 나라, 그 땅에서 온 한국인을 통해 연명을 해야 하는 자신의 처지와 닮은 듯해서 끔찍하게 느껴질 뿐이다. 이슬람 세력을 축출하기 위해 칠백 년 동안 숨죽여 기다리며 싸웠던 가톨릭 세력이다. 훨씬 더 전에는 로마제국이 거쳐갔고, 그전에는 고트족이, 다시 가톨릭에서 이슬람교로, 이슬람교에서 가톨릭으로 바뀔 동안 대지는 폐허가 됐고, 폐허 위에 일으킨 왕국이다. 먼 동양에서 온 신교, 프로테스탄트 목사가 이러한 천 년의 시간을 뚫고 안착하기에는 만만치 않은 역사다. 그 시간은 너무 먼 거리이고 견고한 성벽이다. 야심찬 포부를 안고 찾아온 이국에서 신앙이라는 열정 하나만으로 견고한 성벽을 깨뜨린다는 것은 순진한 발상이거나 이들의 태생적 뿌리에 대해 방심한 결과일 수도 있다. 이 목사의 결의는 삼 년이 안 돼 무참히 깨진다.

　메마른 바람이 뺨을 스치며 지나간다. 그는 건조한 바람을 코로 깊이 흡입하며 세탁기 안에서 젖은 채로 말라갈 빨래를 떠올리다가 한숨을 내쉰다. 지난여름에는 빨래를 돌리다가 합선된 전기선으로 인해 그냥 두고 일을 나갔다 낭패를 본 일도 있다. 버스로 사흘을 이동한 거리였기에 그의 빨래는 곰팡이를 피워내며 적당히 말라가고 있었다. 빨래는 고스란히 쓰레기통에 버려졌다. 그는 야채 가게 세바스찬이나 빵집 아저씨, 정육점 주인의 넉넉한 풍채를 떠올리며 기분이 한결 나아졌다. 그가 돼지고기 백 그램을 주문하자 처음에는 안판다고 하던 정육점 페드로 씨는 한참 그를 쳐다보더니 비곗살을 뭉텅 베어서 비닐에 싸주었다. 아마 삼백 그램은 넘을 무게였다. 그는 비계를 썰어 쉰 내 폴폴 나는 김치를 넣고 푹 끓였다. 밥이 없어서 덤덤한 빵을 손으로 뜯어 먹으며 김치찌개를 먹고 나서 포만감인지 잃어버렸던 맛의 기억인지 모를 나른함이 몰려왔고 그대로 달콤한 잠을 잤다.

그는 느끼한 올리브유가 아직도 입에 맞지 않아 병뚜껑을 열 때마다 툴툴댄다. 들기름이나 옥수수기름을 프라이팬에 두르고 두부를 구워 배추김치에 싸먹던 습관이 이제는 아득한 옛 기억이 되어버렸다.

"페르돈, 놀로쎄(미안해요, 잘 모릅니다)."

그는 혼잣소리로 페르돈, 놀로쎄를 중얼거렸다. 처음 이곳에 왔을 때 경찰이나 여행사, 교통 안내원이 뭐라고 떠들어대는 소리를 알아듣지 못해 무조건 페르돈, 놀로쎄를 말했다. 그들은 이상한 눈빛으로 그를 쳐다보았다. 두려움에 질린 그는 낯선 사람이 가까이 다가오는 게 싫어서 시선을 돌렸다. 현지어에 적응이 되자 그는 지난 시간 자신이 입에 줄창 달고 살던 그 문장이 부끄러웠다.

— 당신은 어느 나라에서 왔습니까?
— 당신은 혼자입니까.
— 안녕하세요.
— 당신을 알게 되어 기쁩니다.

그는 상대의 아주 작고 사소한 질문들을 떠올리며 히죽히죽 웃는다. 바보 같은 대답을 한 자신의 어이없음보다도 너무나 작고 사소한 질문들이기 때문에 더 기가 막혔다. 벽을 짚으며 좁은 골목을 걸어 나오는 등 뒤로 더운 바람의 열기가 끼쳐온다. 몇백 년간 이어지는 시에스타(낮잠 풍습)로 인해 서유럽 국가들과 달리 밤늦은 시각까지 도심지에 불이 환하지만 오후 여덟 시 이후에는 대부분 상점의 셔터 문이 내려져 있다. 적당한 노동과 적당한 휴식, 아무리 가난하고 배가 고파도 죽을 만큼 일하지 않는 국민성을 그로서는 이해할 수 없지만 긴 시간으로 보면 나쁜 것만은 아닌 것 같다. 자신이 휴식할 때 남들이 일해야 문제가 되지 똑같이 일하고 똑같이 휴식하는 제도는 공평하다 못해 휴머니즘 차원에서라도 권장할 만한 것이다. 그는 다국적 기업에서 진출한 마트의 불빛을 본다. 유일하게 밤늦은 시각까지 남아 있는 영업용 불빛이다. 저 불빛만 아니라면 밤의 도시는 짙은 어둠 속에 유령 도시처럼 떠 있을 것이다. 공항에서 자기네 나라말을 당당하게 소리칠 수 있는 몇 안 되는 나라에 속해 있으면서도 이슬람 문화가 곳곳에 남아 있는 이 기이한 도시에서 그는 지난 십여 년의 시간을 되돌려본다. 문명은 폐허 위에서 꽃피는 법이다. 오래오래 천 년 이천 년, 썩지 않고 남아 있다면 그야말로 끔찍할 것이다. 그 끔찍한 문명을 보기 위해 전 세계에서 다양한 인종들이 이 도시를 찾아온다. 먼 바다 건너, 지구 반대편에 사는 한국에서도 해마다 수많은 사람들이 오래된 문명에 경배하러 끊임없는 발걸음을 하는 것이다. 미라가 된 석관, 공동묘지 석관묘를 붙잡고 슬픔을 가누지 못하는 여인의 조각상, 죽어서도 뜨거운 지중해 햇빛을 받으며 미라로 살아가는 영혼들의 도시에서 그는 요즘 들어 부쩍 힘들어한다. 단지 자연적인 환경 탓에 석조 건축양식이 도시를 지탱할 뿐인데 그것을 보고 환호하는 여행객들은 시간이 흐르면 까마득한 전생의 기억 속에서나 그 흔적을 찾을 수 있을까. 무덤과 더불어 살아가는 사람들은 밀려오는 이방인들이 신기해서 친절한 미소로 보답해준다.

호텔로 돌아온 그는 세탁기 안의 빨래가 걱정되었으나 하루쯤 더 지나는 거야 괜찮을 거라 믿으며 프런트 소파에 털썩 주저앉는다. 택시가 끊어지면 더 곤란했다. 안내 데스크 컴퓨터 앞에 앉아 있던 직원은 꾸벅꾸벅 졸고 있다. 식당으로 통하는 안쪽 의자에 흑인 여성이 앉아 있는 것을 그는 그제서야 발견한다. 여인의 나이는 짐작할 수 없으나 서른 후반이나 마흔 초반으로 보였다. 둥글고 커다란 귀고리에 오른쪽 손목에는 팔찌를 꼈고 왼손목에는 시계를 찼으며 머리에는 검은 털실로 짠 모자를 쓰고 있다. 초록색 바탕에 희고 노란 나뭇잎 무늬의 원피스를 입은 그녀는 주황색 스카프를 어깨에 두르고 팔에는 두툼한 니트를 걸쳤다. 탱탱하게 탄력이 느껴지는 몸에서는 팽팽한 긴장이 느껴졌다. 유난히 튀어나온 엉덩이가 육감적으로 보여 그는 슬그머니 시선을 돌리다가 그녀와 눈이 마주쳤다.

"하이."

"하이."

"웨어 아유 프롬(어디서 오셨습니까)?"

"프롬 세네갈(세네갈에서 왔습니다)."

"스테이 히어(여기서 묵습니까)?"

"예스, 오케이?"

"오케이."

그는 여인이 시원시원하게 대답해서 기분이 밝아졌으나 더 이상할 말이 없었다. 그녀가 빠른 불어로 뭔가 말을 했기 때문에 알아들을 수가 없었다. 흑갈색 피부에 검은 눈동자를 가진 그녀는 아름다웠다. 고갱의 그림 〈타히티의 여인들〉에서 방금 걸어 나온 여인 같았다. 그는 그녀 곁을 맴돌며 뭔가 말을 하고 싶었지만 그녀의 빠른 불어에 질려서 짧은 영어 실력도 얼어붙었다. 그는 현지 언어로 몇 마디 질문을 했으나 그녀가 양쪽 어깨를 으쓱 올렸다 내리며 못 알아들는 시늉을 했기 때문이다. 취기 때문일까. 그는 처음으로 흑인 여성이 아름답다는 것을 알았고, 커다란 엉덩이와 가슴과 두툼한 입술마저도 여성적인 매혹으로 다가와서 스스로 놀랐다. 그는 그녀 앞에 놓인 커다란 밤색 가방과 그 가방끈에 매달린 노란 우산을 힐끔거리며 짧은 영어 문장을 입 속에서 굴렸다.

"투 레잇(오래 기다렸나)?"

"노 프러블럼."

조금 후 덩치가 큰 흑인 남성이 자동으로 열리는 현관문을 밀고 들어서자 여인의 눈빛이 반짝였다. 여인이 일어서자 흑인 남성이 다가와 서로 포옹하더니 엘리베이터를 타고 위층으로 올라가버렸다. 그는 아쉽고 허전한 심경으로 일층 복도 안쪽에 있는 숙소로 들어간다.

그는 침대 위에 벌렁 드러누워 어두운 창밖을 내다본다. 가로등이 희미하게 떠 있는 도로 위에는 검은 나무 그림자가 일렁이고 있다. 어둠 속에서 문이 열린다. 그는 놀라서 몸을 일으키려 하지만 침대에 붙박인 채 꼼짝할 수 없다. 소리를 질렀으나 목젖에 탁 걸려서 목소리가 나오지 않는다. 검은 그림자는 손가락을 입에 갖다 대며 조용히 하라는 몸짓을 한다. 그는 공포에 질려 검은 그림자가 다가오는 것을 바라보고만 있다. 등허리에서 진땀이 솟아나고 몸은 마비되어 마네킹 조각 같다. 향수 냄새가 확 끼쳐온다. 익숙지 않은 향료. 그는 그림자가 여인이라는 것을 느낌으로 알아챈다. 본능은 이미 이

성적인 지각보다 한 수 위였다. 도대체 뭘 하려는 거지? 강간? 으, 말도 안 돼! 그는 서서히 다가오는 그림자의 덩치에 호흡이 멎으며 눈을 감는다.

"세네갈?"

그는 방금 전 인사를 나누었던 세네갈에서 온 여자라는 것을 그제 서야 알아챈다. 공포의 강도는 약해졌지만 그는 볼에 부딪히는 금속성의 차가운 감촉에 칼이 아닌가 싶어 목을 이리저리 돌려보지만 여전히 꿈쩍할 수가 없다. 금속성 물체는 둥글고 커다란 귀고리였다. 그는 저항해보려 몸을 움직여보았으나 육중한 상대 여자의 무게에 눌려 손끝 하나 움직일 수 없다. 여자의 두툼하고 투박한 입술이 돌연 그의 입술을 덮쳐와서 그는 숨을 쉴 수가 없다.

"읍, 읍, 읍."

그는 숨이 멎기 직전 눈을 크게 뜨고 허공을 노려본다. 희미한 가로등 빛이 얇은 아사 커튼을 뚫고 실내를 비춰주고 있다.

"휴우, 꿈이었구나."

그는 팬티가 젖어 있음을 알고 기분이 언짢았다. 하필이면 세네갈 여자를 만나다니, 그는 여자를 안아본 지 오래되었다는 생각에 가늘고 길게 한숨을 쉰다. 옷을 벗어던지고 세면대에서 얼굴을 씻어내고 다시 침대에 드러눕는다. 잠이 달아난 지는 오래. 그는 잠들 수가 없다. 옆방에서는 여자들의 목소리가 들려오고 화장실 물 내리는 소리, 캔 뚜껑 따는 소리가 들려온다. 그는 침대 머리맡에 있는 스탠

드를 켜고 내일 일정을 확인한다. 수도원 방문이 예정되어 있다. 그는 예약 전화를 했던가, 잠시 기억을 되돌리나 도무지 기억이 나지 않는다. 아무려면 어때. 수도원이 공사 중이라고 둘러대면 그뿐, 도시는 흔해빠진 게 유적이고 유물이니, 갈 곳은 널려 있다. 돈과 시간이 없어서 못 갈 뿐 어디든지, 심지어 옛 우물터나 꽃의 거리로 안내하면 될 것이다. 그는 까만 볼펜으로 수도원 기행을 길게 지운다. 한번은 도시 외곽 허허벌판에 관광객들을 데려다놓고 이천 년 전에 도시가 있었던 곳이라고 둘러댄 적이 있다. 여기저기 널브러진 대리석 벽돌 조각, 아무렇게나 나뒹구는 사암 돌덩이, 잎이 넓고 키가 큰 야생 나무들, 화려하고 붉은 색깔의 꽃송이…… 관광객들은 아무 의심 없이 이천 년 전의 공기와 바람과 느낌을 온몸으로 흡향하며 팔을 벌리고 그 자리에서 빙빙 돌며 감격해하지 않았던가. 하기야 구도시 어디든지 유적 아닌 곳이 없고 오랜 인간의 발자취가 남아 있으니 발견되지 않은 흔적을 좇아 미리 답사를 해보는 것도 의미가 있을 것이다.

유적지는 미지의 행성이다. 미지의 행성에 도달한 순진한 여행자들을 끌고 다니며 사기 행각을 벌이는 일은 아주 쉽고도 지루한 일이다. 어차피 그들은 진지한 여행자들이 아니라 그냥 관광객일 뿐이다. 그는 일행들을 데리고 다니다가 피곤하거나 말을 잘 듣지 않으면 대충 얼렁뚱땅 시간을 때우고 만다. 골목을 끼고 있는 대성당에 들어가 입구 벽에 걸린 그림 한 점 보여주고 짧은 설명을 곁들이고는 다음 장소로 이동하라고 재촉하면서 천천히 골목을 걸어 나오는 일의 되풀이……. 그런 일에는 이제 이골이 나 있다. 그는 자신의 일에 회의가 든다. 그렇게 시간 때우는 일을 다반사로 해왔다. 골목을 돌아 나가면 어디서나 마주치는 수도원이나 성당 건물들. 이름 모를 화가 그림이라도 설명을 그럴듯하게 늘어놓으면 사람들은 진지하게 알아듣는다. 그림이나 음악, 건축양식과는 담 쌓고 살아온 그의 이력은 관광 안내자 십 년 만에 달변가에 눈치 백 단 고수가 되어 있다. 그가 지껄이는 모든 정보들은 인터넷을 조금만 들여다보면 누구나 아는 내용들이다. 그러나 현지에서 직접 눈으로 보고 들으면 단박 분위기가 달라진다. 몇 번이고 이 일을 때려치워야지 맘을 먹다가도 한국에 돌아가 치열한 생존경쟁의 물결에 발을 딛기가 겁이 나 그의 결심은 슬그머니 주저앉는다. 보따리를 열두 번도 넘게 쌌다 풀었다 하는 사이 그는 중년이 되어 있고 아내는 떠났으며 이러지도 저러지도 못한 채 이국의 도시를 유랑하고 있다.

그에게 도시는 적당히 이용해먹기 딱 좋은 공간이다. 어디에나 널려 있는 오래된 건물들, 어디에나 걸려 있는 그림들, 어디에나 오밀조밀 골목길에 놓인 타일 조각이나 꽃 화분들, 조상 대대로 전해내려온 가내 수공업 공방들. 정말이지 아주 고맙고 단조로운 풍경들이다.

창이 부옇게 밝아온다. 호텔 카운터에 모닝콜을 부탁했으니 지금쯤 다들 일어나 준비하느라 야단법석이리라. 그는 대충 양치를 하고 겉옷을 챙겨 입고 볼펜과 일정을 프린트한 종이를 꺼내 들고 거울 앞에 선다. 어깨에 사선으로 길게 늘여 멘 소가죽 가방을 다시 한 번 체크하고 복도로 나가니 벌써 프런트에는 커다란 여행 가방을 끌고 나와 기다리는 사람이 있다.

"굿모닝."

"굿모닝."

누군가 걸어온 말에 대답을 하며 그가 돌아보니 세네갈 여자가 캐리어를 끌고 식당 문 앞에 앉아 있다가 반갑게 웃는다. 그는 돌연 몸이 뻣뻣해지며 그 자리에 우뚝 멈춰 서서 인사를 받는 둥 마는 둥 허둥댄다. 조금 후 복도가 소란해지며 저마다 그에게 한마디씩 인사를 한다. 식당으로 들어가니 안쪽 구석 테이블에 세네갈 여자가 흑인 남자와 앉아 식사를 한다. 입맛이 없어 원두커피를 한 잔 들고 창 옆에 앉아 있는데 시선이 자꾸 세네갈 여자에게로 향하는 걸 어쩔 수 없다. 그녀는 흑인 남자와 마주 앉아 뭔가 이야기를 나눈다. 세네갈 여자의 옆모습을 힐끔 훔쳐보며 그는 일어나 식당을 나온다. 카운터에서 계산을 마치고 일행이 나오기를 기다린다.

스물두 명 일행이 그의 지시를 기다린다. 그들 앞에는 크고 작은 여행 가방과 배낭이 길게 줄을 맞춰 놓여 있다. 다소 들뜬 표정으로 그들은 오늘 하루에 대한 기대감에 차 있다. 피로가 가득한 얼굴이지만 눈빛은 빛나고 표정은 밝다. 그는 목동이 된 기분이 들며 그 순간 신선한 풀이 가득한 들판으로 양들을 안내하고 싶은 강렬한 욕망이 끓어오른다. 그의 어린 양이 된 관광객들이 그의 부름에 커다란 여행

가방을 끌고 모여 선다. 그는 마치 사제라도 된 듯 다소곳이 그에게 순종하는 어린 양 떼를 뒤에 세우고 앞장서서 씩씩하게 호텔 문을 나선다.

커피 한잔할래요?

이십 년……

이십 년을 갇혀 산 남자가 자신의 속내를

드러내자 당황스러웠다

누군가의 묵직한 과거사를 듣는 일은 그만큼의 무게가

자신을 누르는 것 같아 힘겹다

어쩌면 틈새를 보였는지도 모른다

반쯤 열어놓은 창문을 세게 열었다 닫는다

천장에 매달린 형광등이 깜박거리다

점멸한다. 형광등의 흰 빛이 내부를 환하게 밝혀놓은

건물 안에서 하루 종일 바깥 풍경을 볼 수 없는

사람들이 형광등을 닮은 표정을 하고 오고 가는 사람들의

발길을 쳐다본다. 검정색 복장을 똑같이 입은

직원들 표정은 마네킹같이 굳어 있다

피로한 기색이 역력하다

실내 유리문을 사이에 두고

스포츠용품 매장과 식물원과 커피 바리스타

강의실이 있다. 노란색 바탕에 빨간 글자로

치킨이라 새겨진 간판은

그 공간이 커피 바리스타반만이

아닌 다른 강의실 용도로도

쓰인다는 것

말해준다

커피 한잔할래요?

그가 보이지 않는다. 늘 맨 먼저 문을 열고 들어와 가볍게 고개를 숙이고는 구석 자리에 앉아 조용히 시간을 보내던 사람이다. 그런 그가 보이지 않자 이상한 기분이 든다. 행주와 커피 분량을 미리 비닐봉지에 나누어 담았는데 오늘은 수강생 모두에게 돌아갈 수 있도록 재료를 넉넉히 준비하여 일일이 종이봉투에 담아 입구를 봉했다. 수강료는 재료비에 따라 책정되므로 재료비에서 남겨먹는다는 인상을 심어줄 필요는 없다. 에스프레소 뽑는 방법을 시연하고 나서 각 팀별로 시간과 젓기를 다르게 하여 변별력을 주고는 한숨 돌린다.

"선생님, 이것 좀 드셔보세요."

첫 번째 팀이 추출한 커피를 잔에 따라준다. 먼저 향을 맡아보고 커피 추출액을 한 입 물고 혀로 굴린 다음 천천히 목 안으로 삼킨다. 유난히 신맛이 난다. 에티오피아 시다모 커피는 신맛이 특징인데 이번 커피는 볼리비아 카라나비산이다. 똑같은 양과 물과 시간을 주어도 손맛에 따라 커피 맛은 달라진다. 한 탁자에 네 명씩 다섯 팀, 모두 스무 명의 수강생이 내 강의를 듣는다. 오래전 아르바이트하던 커피 가게 사장의 배려로 일찌감치 바리스타 교육을 받아 자격증을 따둔 게 나에게는 다행이라면 다행이다. 요근래 수강생이 부쩍 늘어났다. 직장인 남성부터 이십 대 여학생, 나머지는 오십 초반의 여성이 대부분으로 연령대가 다양하다. 백화점 문화센터에서 바리스타 반을 운영한다고 했을 때 이력서를 제출하면서도 나이가 조금 걱정이었다. 마흔 중반 기혼녀를 원하는 직장은 눈 씻고 찾아보아도 어렵기 때문이다. 회원이 줄어들거나 일정 인원에 미치지 못하면 그 강의는 폐강되고 직장을 잃을 수밖에 없지만 나로서는 다른 대안이 없었다. 다행히 요 삼 년간 커피 붐을 타고 급속도로 성장한 커피점 산업에는 아직도 성장할 수 있는 동력이 남아 있었다.

진하게 볶은 커피콩을 부드럽게 갈아 템핑하는 작업은 손의 힘주기가 맛을 좌우한다. 팀별로 커피 끓이는 시간을 일 분씩 간격을 두고 추출하라고 일러준 다음 돌아가면서 맛을 본다. 진한 커피를 선호하는 편이지만 오늘은 캐러멜 마키아토가 당긴다. 가끔 스타벅스에 가서 혼자 캐러멜 마키아토를 시켜 먹는데 그런 날은 비가 오거나 바람이 심하게 불거나 우울한 날이다. 원두커피를 달고 사는데도 그런 날이 있다. 커피를 진하고 달콤하게 마시고 싶은 날이면 드리즐를 많이 해달라고 주문한다. 손님 요구대로 제대로 뽑아주어서 세계적인 브랜드를 갖고 있는 기업이 어떻게 성장했는지를 가늠하게 된다.

수업이 끝났는데도 그는 오지 않았다. 도구들을 선반에 올리고 나서 머그잔을 데운다. 예열을 하면 아무래도 금방 식지 않고 식감이 좋다. 컵에 바닐라 시럽을 깔고 우유와 커피, 캐러멜 마키아토를 넣어 시럽을 드리즈해서 몇 모금 마시는데 유리문이 열리고 가죽 점퍼를 입은 남자가 실내를 두리번거린다. 의아한 눈빛으로 쳐다보자 그가 꾸벅 인사를 하고는 점퍼 안주머니에서 지갑을 꺼내더니 신분증을 보여주며 경찰이라고 한다.

"경찰요?"

"전두석 씨가 여기 나온다고 해서."

"왜요. 무슨 일이 있나요?"

"그자는 보호관찰 중입니다. 석 달째 종적을 감춰서 찾고 있던 중이었어요. 나오면 연락 좀 해주시겠어요? 협조 부탁드립니다."

경찰이 명함을 꺼내주며 돌아서 나간다. 나가면서 다시 한 번 실내를 한 바퀴 훑어보는 경찰의 눈빛이 날카롭다. 명함에는 휴대폰 전화번호가 찍혀 있고 강남경찰서 형사과 경위 신중섭이라 찍혀 있다. 명함을 선반에 올려놓고 캐러멜 마키아토를 마시는데 미지근한 온기가 나른한 시간처럼 혀끝에 닿는다. 전두석 씨에 관해 좀 더 자세히 물어볼걸 하는 후회가 밀려든다. 수강생들의 사생활에 대해서는 일체 묻지 않는다. 그들이 무슨 일을 하건 어떤 집에 살건 알 필요가 없지만 경찰이 다녀간 후에 은근히 신경이 쓰인다. 오전반 수업에는 가정주부나 자영업을 하는 사람이 많다. 분위기는 자유롭고 편안한 편이다. 그야말로 부담감이 없어 좋지만 긴장감이 확연히 떨어져 수업 분위기가 약간은 어수선하다. 저녁반 수업을 위해서는 도구들을 다시 한 번 확인해야 할 필요가 있어서 꼼꼼히 체크한다. 세 번째 팀에서 커피 머신을 대충 마무리하고 간 흔적이 보인다. 마른 행주로 물기와 커피 찌꺼기를 닦아내고 행주를 모아 삶는다. 물이 끓는 동안 드립 커피를 준비한다. 인도네시아산 만돌린 커피는 제멋대로 생겨서 로스팅할 때마다 모양이 달라진다. 지구온난화는 새들이나 동물들에게만 영향을 끼치는 게 아니라 커피 산지의 지형을 바꿔놓고 있다. 커피 시장은 이제 아프리카에서 동남아, 라오스 등지로 넓어져고 최근에는 중국 윈난성의 광활한 구릉 지대에 커피 상인들이 몰리고 있다.

비누 거품이 뽀글뽀글 올라와서 흰 행주가 들쑥날쑥 요동을 친다. 가스레인지 불을 줄여놓고 드립 커피를 한 잔 마시는데 전화벨이 울린다. 충청도로 내려간 친구 이름이 뜬다.

"잘 지내지?"

"나야 그렇지 뭐."

"아직도 혼자 지내니?"

"그런 너는?"

서로 안부를 묻다가 깔깔대고 웃는다.

"시골 촌구석에서 외롭지 않니?"

"말해 뭐해. 밤마다 바늘로 허벅지 찌르며 지내지 뭐."

"그 동네는 건강한 수컷이 없나?"

"있긴 하지만, 뭐 내가 무섭나 봐. 같이 술을 마시고는 나중에 보면 다들 도망가더라고."

"그러게 내숭 좀 떨지 그랬어."

"누구를 위해?"

"나 참, 내가 졌다."

중년의 여자는 말이 헤프고 웃음도 헤프고 겁이 없는 편이다. 주변 친구들을 보면 남편과의 내밀한 침실 얘기를 거침없이 한다. 친구는 판타지 소설을 써서 인터넷에 올리기도 하고 사보 칼럼이나 지방 신문의 단골 투고로 그냥저냥 먹고 산다. 그런 일이 경제에 도움을 준다니 의아하기는 하지만 고정 독자도 있고, 포털을 운영하는 측과 계약을 해서 일정 수입이 보장된다고 하니 믿을 수밖에. 해마다 신춘문예에 응모하여 최종심에도 올랐던 친구였다. 십 년이 넘게 그 일을 반복하다가 어느 날 그녀는 시골로 가버렸다. 친구들과의 연락도 그녀 쪽에서 끊어버렸는데 나에게는 가끔 전화를 한다. 아마도 내 처지가 그녀와 닮았다고 느꼈는지 아니면 다른 이유가 있는지는 모르겠다. 남편과 헤어진 연유에 대해서는 말이 헤픈 그녀도 일체 입을 다물었다. 대학생 딸과 고등학생 아들을 둔 그녀는 기숙사를 운영하는 학교에 아이들을 보내놓고 혼자 지내는데 주말이나 방학에 아이들이 와서 지내다 가는 것을 무척 자랑스러워한다. 재혼을 안 하고 혼자 지내니까 아이들이 눈치 볼 필요 없이 편안하게 엄마 집을 들락거린 다며, 아이들에 대한 애정을 과시하곤 하는데 가끔 억지스럽게 들리기도 해서 니가 행복해야 애들 인생도 행복한 법이라고 말을 하나 귀담아듣는 눈치가 아니다.

오래전, 전화 통화 중에 울먹이며 힘들게 살아온 이야기를 하던 그녀의 이미지는 이제 어디에서도 찾을 수는 없지만 침묵하는 그녀의 이면에 대해 굳이 알려고 하지 않았다. 누구나 자신만의 삶이 있고 타인이 모르는 어두운 구석 한두 가지쯤은 있기 마련이며 그것은 아무도 대신할 수 없는 생의 무게이고 인생의 비밀이기 때문이다. 그녀가 혼자 삭이기 힘든 문제라면 언젠가 속을 털어놓겠지 했는데 어영부영하다가 세월이 흘러버렸다. 이제는 궁금하지도 않고 오히려 그녀가 진지한 이야기를 꺼내 들고 몇 시간씩 그 무게를 나누어 지자고 할까 봐 겁이 날 지경이다.

백화점에서 나오니 오후의 햇볕이 짱짱하게 피부를 투과해 들어온다. 눈이 부시다. 오후 수업이 있는 날이면 아무것도 손에 잡히지 않고 마음이 번잡하여 커피 가게에 들어가 커피를 사 마시곤 한다. 일종의 직업의식이라고 스스로를 세뇌시키면서. 주변을 둘러보니 새로 생긴 커피점이 눈에 띈다. 체인점을 별로 좋아하지 않던 차에 체인점과는 거리가 있어 보이고 새로 오픈한 가게라 호기심이 일어난다. 그집 커피 맛은 어떤지 늘 궁금하기 때문이다. 에스프레소를 주문하자 진동 호출기를 준다. 주위를 둘러보니 실내에는 손님이 아무도 없다. 종업원 두 사람이 노닥거리며 웃고 떠들다가 주문을 받고는 무성의하게 호출기를 내던지듯 주고 간다. 달랑 혼자인데 갖다 주면 안 되나, 조금은 불쾌한 기분이 들고 손님 대접을 못 받는 것 같아 기분이 마뜩찮다. 셀프라고 써붙여놓기는 했지만 배려라고는 전혀 없는, 사 먹든지 말든지 수준이다. 탁자가 흔들리며 진동 호출기가 뜨르르르 울려댄다. 하얀 에스프레소 잔을 들여다보니 십오 밀리그램 정도밖에 안 되는, 아주 극소량이다. 싱글 에스프레소 한 잔이면 삼십 밀리그램이 기본이다. 한 입에 홀짝 들이켠다 해도 너무 적은 분량이다. 보통 에스프레소를 한 입에 홀짝 털어 넣는 원샷이라고 알고 있는데 서너 번에 걸쳐 나누어 마시는 게 기본이다. 어디서부터 그런 유래가 시작되었는지는 모르지만 폭탄주나 원샷을 좋아하는 술 문화에서 비롯된 게 아닌가 하는 엉뚱한 상상을 한다.

돈이 아깝다는 생각을 하며 일어서려는데 낯익은 얼굴이 유리문을 밀고 들어온다. 나는 그만 저도 모르게 주저앉고 만다. 전두석. 그가 여긴 어쩐 일일까. 낮반 수업을 빼먹으면서 보이지 않더니 커피숍이라니, 의아한 표정을 감추고 그를 쳐다본다. 그가 진동 호출기를 들고 자리를 찾아 두리번거리더니 눈이 마주친다. 그의 두 눈이 잠시 커지는가 싶더니 옆자리에 가서 앉는다.

"여기는 어쩐 일이세요?"

"아, 예에. 그저."

오늘 수업에 빠진 이야기는 꺼내지도 못하고 그의 움직임을 지켜본다. 약간 마른 체형에 검은 피부와 어두운 눈빛은 어딘가 아픈 사람의 인상을 풍겨서 수강생 중에는 아무도 그의 옆자리에 가지 않으려 한다. 그래도 팀별로 실습이 이루어지므로 직접 언급하여 팀에 합류시킨다. 경찰이 왔다 간 이야기를 할까 하다가 그만두고는 자리에서 일어서려던 일조차 잊어버리고 엉뚱한 이야기를 꺼내고 만다.

"같이 앉아도 돼요?"

"……."

그의 대답을 듣지도 않고 옆자리로 옮겨 앉는다. 지난 주 수업에서 그는 커피 맛을 정확하게 집어내어 놀란 일이 있어서 그가 예민한 사람이라는 것을 알 수 있었다. 볼리비아가 원산지인 재료를 준비하여 나누어준 후 시연을 시켰더니 커피 맛을 본 그의 입에서 과일 향이 나며 사과 및 오렌지 맛이 난다고 했는데 아무도 그것을 발견하지 못했었다. 아프리카나 남미에서 나는 커피 중에는 과일향이 나는 커피가 있는데 신선도가 최상일 적에 더 향이 배가되므로 일반 커피점에서 그런 향을 기대하기란 쉽지 않다.

바닐라 카페라테를 마시려다 말고 그가 쳐다보며 묘한 표정을 짓는다. 나는 그의 표정을 미안하다고 나름 해석하고는 괜찮다고 말한다. 그가 고개를 숙이더니 라테를 입에 대고 향을 음미하며 마신다.

"낮에 형사가 다녀갔어요."

"……."

나도 모르게 얼떨결에 나온 말이다. 그는 들었는지 못 들었는지 반응이 없이 라테를 마신다. 그러다가 눈을 똑바로 쳐다보며 불쑥 말을 한다.

"입맛도 그렇고 후각이 예민한 편이에요. 조금만 덜 예민했어도……."

"후각이건 청각이건 예민한 건 장점 아닌가요."

"그렇긴 합니다만, 그게 저 같은 사람에게는 전혀 해당되지 않습니다."

"……."

"……."

"무슨…… 사연이 있나 보죠?"

그와의 침묵이 부담스러워 나도 모르게 말을 한다는 게 그만 진지한 분위기가 되어버렸다.

"아내에게서 낯선 사내의 냄새를 맡았다면 그건 선물이 아니라 벌인 거죠. 매번 늦게 들어오는 아내의 옷이나 핸드백, 심지어 머리카락에서는 늘 낯선 남자의 냄새가 묻어 왔어요. 아내는 아니라고 부정했지만 결국 사실로 드러나자 저는 이성을 잃었어요. 아내를 미행했는데 모텔에 놈이랑 같이 들어가는 걸 보고 눈이 뒤집혔죠. 변두리 외곽 지대 새로 지은 모텔이었어요. 주변에 농가 주택 창고가 있었고, 창고에는 농기구들이 보관되어 있었는데……. 제가 죽일 놈이죠. 검찰과 경찰에서는 계획된 범행이라 몰아갔고, 아내의 증언 또한 불리했죠. 이십 년이었어요. 이십 년 만에 세상 밖으로 나오니 모든 게 달라져 있었죠."

"……."

"삼십 대와 사십 대를 고스란히 갇혀 살았죠. 사람들 만나기가 겁이 나요. 커피는 자격증을 따려는 게 아니라 뭐라도 해야 할 것만 같아 등록했죠."

그의 얘기를 들으며 유리창 밖 지나가는 사람들의 실루엣을 멍하니 내다보고 있었다. 삼십 대와 사십 대. 청춘의 절정기……. 인생에서 가장 빛나는 한 시기를 그는 타의에 의해 갇혀 살다가 겨우 반쪽의 자유를 되찾았다. 그의 이야기를 듣는 내 표정이 무심했던지 재미없죠, 라고 그가 기어드는 소리로 묻는다.

"아니에요, 좀 놀랐을 뿐이에요."

"지지리 운도 없고 복도 없는 놈이죠."

"아, 네에."

자신의 속내를 한꺼번에 쏟아내더니 그는 다시 라테를 마시는 일에 열중한다. 약간은 주위가 산만해 보여서 나 또한 불안정하게 앉아 벽면에 부착된 사진을 쳐다본다. 사진 속 배경은 남국의 햇볕을 받고 자란 활엽수들이 코발트빛 하늘을 배경으로 줄지어 서 있는 해변이다. 바닷물빛과 하늘의 푸른빛이 어우러진 수평선은 경계가 맞닿아 있고 흰구름이 넓게 퍼져 있다. 밤하늘을 배경으로 사막 언덕 위에 뜬 붉은 달의 사진도 강렬하다. 사진들 옆으로 카드가 걸려 있는데 영문으로 된 짧은 문장이 새겨져 있어서 전체적인 분위기는 젊은 층이 선호할 만한 카페다. 사진 밑으로 커피 자루가 서너 개 세워져 있는데 볶지 않은 커피콩도 있고 세척을 안 하고 엉성하게 볶아 은피가 남은 아프리카산 커피도 있다. 자루에는 에티오피아, 자마이카, 볼리비아라는 영문 글자가 박혀 있다. 농약을 안 친 유기농 커피는 티베트나 페루 산골 마을에서 소규모로 재배되어 우리나라에 들어오기도 하는데 공정거래 무역은 거의 재배 농가와 가난한 나라를 도와주려는 취지가 있다. 커피 모양은 소박하지만 제대로 된 가격을 주고 가난한 제3세계 국가를 돕고 소비자는 건강한 식품을 사 먹을 수 있는 거래이다. 아마도 가게 주인은 커피 애호가이거나 커피에 대해 어느 정도 식견이 있는 사람이다. 종류별로 직접 원두를 사서 볶는다는 것은 애정이 없이는 어렵다.

구석 허공에 달린 텔레비전에서는 〈고향이 보인다〉가 재방송되고 있다. 노인들이 마을 느티나무 밑에 모여 사회자의 인도에 따라 재담을 나누는 장면이 나온다. 등장인물들은 주로 고희 연세 안팎인 노인들이다. 노인 부부들이 불려 나와 지나간 시간을 회고하는 장면에서 머리가 하얗게 센 할머니가 시집살이 이야기를 하다가 눈물을 훔치는 장면이 나오고 그 옆에 뻘쭘하니 서 있던 할아버지가 다가와 사회자의 지시에 따라 손을 잡더니 안아준다. 방금 전까지 눈물을 훔치던 할머니 표정이 환해지며 배시시 웃는다. 박수 소리가 요란하다. 어떤 노부부는 자식에게 안부를 전하는데 자식 이름을 다 외우지 못해 말을 잇지 못하자 사람들이 웃는다. 열두 명 자식을 낳아 키우느라 힘들었다는 할머니는 가난해서 먹고살 길이 없었다면서 수줍게 말을 한다.

"할머니, 먹고 살기 어렵다면서 우째 애만 낳았슈."

"어쩌다 보니 그렇게 됐슈."

사회자의 말에 할머니가 대답하자 한바탕 웃음 파도가 일어난다. 노인 부부는 끝까지 손을 꼭 붙잡고 있다. 그 세월이 되도록 한 생을 같이한다는 것은 어떤 의미일까. 젊어서는 속을 썩였어도 끝까지 함께한 노부부는 늙어 소꿉동무 같은 분위기를 풍긴다. 어떤 할머니는 먼저 저세상으로 간 영감 이야기를 하다가 눈물을 보인다.

텔레비전 장면을 보다가 그도 역시 텔레비전에 시선이 머물러 있음을 발견한다. 어느 순간 그와 눈이 마주쳐서 황급히 눈길을 돌린다. 그때까지도 들어오는 손님이 없고 한산하다.

"낮에 빠진 것, 저녁 시간에 나오셔도 돼요."

자리에서 일어나며 그에게 말하고는 유리문을 밀고 나온다. 그는 그 자리에 그대로 앉아 있다. 속이 더부룩한 게 커피 때문인지 텔레비전 장면 때문인지 아니면 한 사람의 인생에 드리운 어두운 비밀을 들은 때문인지 분간이 안 되는 채로 거리를 걷는다. 자동차들이 빠르게 지나가는 도로 가장자리를 걸어가며 토하고 싶은 것을 눌러 참는다. 약국에 들러 소화제와 청심환을 한 병 산다.

힘들고 어렵던 시절을 함께 나누던 노부부가 떠오르며 머릿속이 텅 비어버린 것처럼 아득해진다. 고생했던 과거를 더듬어 보듬고 어루만지고 쓰다듬으며 추억할 수 있는 평생의 동반자, 노인이 되어 그 경험을 자랑하는 사이가 있다는 건 잘 살아왔다는 증표다. 아랫배는 처지고 허벅지는 가늘어지고 눈은 침침해진 뒤에 푸르던 젊음을 이야기할 수 있으면 보상받은 인생인 것이다.

허청허청 걷다 보니 백화점 정문이다. 돌아서려다가 전기 콘센트를 빼놓았는지 스위치를 껐는지 기억이 가물거린다. 문을 밀고 안으로 들어가자 따뜻한 기운이 훈훈하게 몸을 감싼다. 따뜻해지니 걸음이 더 느려진다. 천천히 식물 화분이 즐비한 꽃가게와 스포츠용품점을 지나 문화센터 안내 데스크 쪽으로 걸어가는데 긴 나무 의자 위에 피부색이 거뭇거뭇한 외국인들이 나란히 앉아 오고 가는 사람들을 쳐다보고 있다. 여름에는 냉방이 잘된다는 이유로 겨울에는 난방이 잘된다는 이유로 아시아계, 제3세계 나라에서 일자리를 찾아 온 외국인들로 백화점이 북적대는 현상은 어제 오늘의 일이 아니다. 그들은 삼삼오오 모여 앉아 담소를 나누거나 저녁 무렵이 되면 커다란 비닐 봉투에 생필품을 사서 돌아가곤 한다. 그들이 올리는 매출은 해마다 늘어나서 백화점 측으로서는 현금 수입을 안겨주는 그들을 홀대할 이유가 없다.

거뭇거뭇한 피부의 근로자들과 이파리가 넓은 화분이 즐비한 화원은 신혼여행을 갔던 동남아 해변을 언뜻 떠올릴 만큼 배합이 잘 어울리는 구조다. 매장 밖 넓은 홀 가운데를 차지한 화원에는 꽃을 판다기보다는 푸른 잎 식물을 전시해놓은 듯 다양한 식물군이 들어차 있어서 그 옆을 빙 둘러서 놓인 의자와 간혹 어정거리는 외국인들의 모습이 흡사 외국의 어느 시골에 들어와 있는 듯하다.

십 년째 이곳에서 일을 한다는 화원 여자는 꽃과 나무들 속에서 긴 시간 일을 해서인지 꽃들과 나무의 말을 알아듣는 듯했다. 식물과 한 생을 지낸 사람이라면 그는 분명 식물들의 언어를 알아들을지도 모른다. 화원 여자는 깨끗한 수건으로 나뭇잎을 닦아주며 아이를 어르듯 종종 말을 걸었다. 너도 이 안에 갇혀 고생이구나, 나처럼. 햇볕을 한 뼘도 못 쬐고, 어이구 쯧쯧. 나무가 여자의 말을 알아듣고 잎을 흔들었는지는 알 수 없으나 주인이 말을 할 때면 미세하게 이파리가 흔들렸다. 천장 어디엔가에서는 끊임없이 온풍기 바람이 쏟아져 나온다. 온풍기 바람 영향인지 화원 여자의 따뜻한 말 때문인지 나뭇잎들은 가끔 잎을 흔들며 전시된 정물이 아닌 살아 있음을 드러내는 것 같았다. 백화점이 들어온 지는 이십 년이다. 화원 여자는 백화점이 들어설 때부터 이 일을 했다고 자랑인지 푸념인지를 늘어놓았다.

"바람도 없는데 먼지가 쌓여요."

그녀는 젖은 걸레를 들고 다니며 이파리를 닦아주곤 한다. 식물과 오래 살아온 그녀 눈에만 먼지가 보이는 걸까. 지나갈 때마다 푸른 잎 식물들은 윤기를 머금곤 했는데 그녀 손에는 언제나 걸레가 들려 있다.

커피포트와 커피 머신은 전기선이 연결된 채로 마무리가 덜 되어 있다. 커피 머신을 덮어놓은 보자기를 열고 기계를 다시 한 번 점검한다. 가끔 무엇에 씌인 것처럼 아무것도 치우지 않고 보자기를 덮어 놓은 채 퇴근하기도 하는데 그런 날은 호르몬제를 깜박 잊고 먹지 않앉거나 오래전 과거를 기억하는 지인으로부터의 전화를 받은 날이 틀림없다. 마흔 초반의 나이에 폐경이 왔다는 의사의 진단에 처음에는 의아했고 받아들이기 힘들었다. 푸석한 머리카락과 윤기 잃은 피부만으로는 설명할 수 없는, 불안정한 심리와 불면의 밤들이 스쳐 지나갔다. 폐경이 일찍 오는 경우가 있으며 식물성 호르몬제 투여를 통해 몸의 균형을 잡아주는 게 좋다는 의사의 말을 따르기로 했다. 지나간 과거는 나에게 아무런 의미가 없다고 스스로 최면을 걸지만 시간이 흐를수록 지나간 과거의 의미가 자꾸 영역을 넓혀서 다가온다.

이십 년…… 이십 년을 갇혀 산 남자가 자신의 속내를 드러내자 당황스러웠다. 누군가의 묵직한 과거사를 듣는 일은 그만큼의 무게가 자신을 누르는 것 같아 힘겹다. 어쩌면 틈새를 보였는지도 모른다. 반쯤 열어놓은 창문을 세게 열었다 닫는다. 천장에 매달린 형광등이 깜박거리며 점멸한다. 형광등의 흰 빛이 내부를 환하게 밝혀놓은 건물 안에서 하루 종일 바깥 풍경을 볼 수 없는 사람들이 형광등을 닮은 표정을 하고 오고 가는 사람들의 발길을 쳐다본다. 검정색 복장을 똑같이 입은 직원들 표정은 마네킹같이 굳어 있다. 피로한 기색이 역력하다. 실내 유리문을 사이에 두고 스포츠용품 매장과 식물원과 커피 바리스타 강의실이 있다. 노란색 바탕에 빨간 글자로 치킨이라 새겨진 간판은 그 공간이 커피 바리스타반만이 아닌 다른 강의실 용도로도 쓰인다는 걸 말해준다.

마대 자루에 담긴 커피를 분류해놓고 작은 병 여덟 개를 탁자에 나란히 세워둔다. 앞치마를 두르고 유리문을 꼭 닫고 알루미늄 냄비에 백 그램 분량의 커피를 볶는다. 노릇노릇 커피콩이 익어가자 나무 주걱을 빠르게 놀려 바닥을 저어주는데 환기통으로 미처 빠져나가지 못한 연기가 허공을 채운다. 커피콩이 타닥타닥 타들어가며 소리를 내기 시작하는데 커피알 하나하나의 각각 튀는 소리가 고요한 오후를 소란으로 몰고 간다. 고소한 냄새와 숯이 타는 냄새가 뒤섞여 후각을 자극하자 가라앉았던 기분이 조금 풀리며 그제서야 나만의 방에 오롯이 혼자 있는 듯 안정감이 찾아온다. 노릇노릇 볶아진 커피를 손잡이 달린 체에 쏟아 까불자 은피가 벗겨진 검은 껍질이 후드득 날린다. 볶은 커피콩을 첫 번째 병에 붓고 뚜껑을 닫은 후 두 번째 원두를 볶는데 유리문 열리는 소리가 난다.

"아직 시간이 안 됐는데요."

"……."

기척이 없어 돌아보니 전두석 씨가 엉거주춤 서 있다.

"아직 시간이 이른데……."

"요 앞 화원에 왔다가 계신 것 같아서……."

전두석 씨 손에 선인장 화분이 들려 있다. 빨갛게 꽃이 핀 선인장 가시들이 앙증맞다.

"선인장이 예쁘네요. 앉아서 기다리세요."

"……."

"앗! 이런, 이런."

전두석 씨를 신경쓰다가 그만 커피콩이 새까맣게 타버렸다. 잠깐 방심하면 몇 초 만에 타버리는데 초보자들이 흔히 저지르는 실수다. 콩이 타면서 그 뜨거운 열기가 옆 콩에 번져서 같이 타버리기 때문에 한두 개가 타들어가면 금세 새카맣게 변해서 손을 쓸 수가 없다. 새까맣게 탄 커피콩을 개수통에 쏟아버린 후 냄비를 휴지로 닦아낸다. 그린색이 도는 신선한 커피콩을 자루에서 꺼내 다시 알루미늄 냄비에 넣고 볶느라 실내에 연기가 가득하다. 전두석 씨가 기침을 콜록대면서도 그냥 자리에 앉아 있어서 여간 신경이 쓰이는 게 아니다. 그렇다고 나갔다가 시간 되면 오라고 말하기도 어려워서 침묵한 채 일에 매달리는데 뒤꼭지에 와닿는 그의 시선이 부담스럽기만 하다. 그의 존재를 무시하는 게 아니라 커피콩을 볶는 일은 집중을 필요로 하는 작업이다.

네 번째 커피콩을 볶아내고 나서 채반에 담아 까불기를 하고 병에 담는데 팔이 뻐근하다. 나무 주걱을 쉴 새 없이 움직였더니 팔뿐만 아니라 허리 어깨 다리까지 묵직하다. 의자에 주저앉으며 후우 한숨을 내뱉자 전두석 씨가 입술을 달싹이며 뭔가 하고 싶은 말이 있는 눈치다.

"저도 해보면 안 될까요?"

"그러실래요?"

미처 그 생각을 못 했다는 듯이 나는 얼른 대답을 하고는 그에게 간단히 커피콩 볶는 법을 설명한다.

"먼저 전도열이 빠른 깊은 알루미늄 냄비에 커피콩 오십 그램 정도를 볶아보세요. 성공하면 수량을 더 늘려서 볶죠. 나무 주걱으로 타지 않게 저어주는데 첫 단계는 미디엄 로스팅이에요. 첫 번째 노릇한 정도는 약배전이라 하는데 제가 다 볶았고요, 중배전, 강배전이 남았는데 좀 진하게 볶아야 돼요. 약하게 볶을수록 신맛이 강해져요. 요즘은 일부러 신맛을 내기 위해 약배전으로 볶기도 해요. 그렇지만 오늘 저녁에 쓸 재료는 강하게 볶아야 하는 것들이죠."

그는 고개를 끄덕이더니 나무 주걱을 빠르게 움직인다. 뒤에 앉아 있는 내 존재는 잊은 듯 그는 커피콩 볶는 일에 온 정성을 기울인다. 열이 높을수록 커피색이 진해질수록 그는 긴 냄비 손잡이를 쳐들고 나무 주걱을 움직인다. 매캐한 연기가 허공에 가득 흩어졌지만 밖으로 통하는 유리문을 열 수가 없다. 여는 순간 연기와 냄새는 화원뿐 아니라 의류 매장이 있는 옆 매장으로 퍼질 것이고 고급 스포츠의류 매장에 막대한 손실을 끼칠 것이다. 환풍기는 돌아가는데 빠르게 솟구치는 연기를 감당하지 못해서 환기팬이 헛돌고 있는 느낌이다. 연기가 나거나 말거나 냄새가 옷에 배거나 말거나 그는 짙은 흑갈색으로 볶은 커피콩을 내밀며 감별해달라는 듯한 표정을 짓는다. 한두 개 태운 것을 빼면 골고루 잘 볶아졌다. 자신감을 회복한 그가 이번에는 더욱 커피콩 볶는 일에 몰두한다. 덕분에 조금 쉴 틈이 생겼다. 책상 위에 올려놓은 그의 휴대폰이 뜨르르 울린다. 휴대폰은 끈질기게 울어댄다. 상대방은 아마도 이쪽에서 받지 않으니 약간 신경질적인 태도로 신호를 보내는 것 같다. 전화기 소리를 못 들었는지 그는 작업에만 몰두한다. 들었다 하더라도 받을 수 있는 상황이 아니다. 잠시 한눈을 팔다가는 금세 새카맣게 태워버릴 것은 자명하니까. 그는 나무 주걱 돌리는 데만 집중하고 있다. 그의 스마트폰을 앞으로 당겨서 들여다본다.

공순분.

여자 이름이다. 그러다가 소스라쳐 놀라고 만다. 공순분이 어떻게 전두석 씨에게 전화를 하는 걸까. 내가 아는 그녀와 혹시 다른 공순분일까. 세상에는 같은 이름을 가진 이가 많다. 혹시 내가 알고 있는 그녀와 동일인일까. 혼란스러운 심경으로 그의 등허리를 쳐다보는데 그는 자기 외에는 다른 사람은 없는 듯이 그 일에 몰두하고 있어서 오히려 그가 이 강의실의 주인 같고 내가 이방인 같은 느낌이 든다.

전기포트에 물을 끓이고 드립 커피 준비를 한다. 매끈하고 잘 영근 브라질 산토스 커피를 꺼내려다가 블루마운틴을 준비한다. 고급 호텔에서 주로 애용하는 자메이카산 커피라 대중들이 소비하기에는 비싼 편이다. 쓴맛과 신맛, 다양한 맛이 적절히 배어 있는, 향과 맛이 풍부한 커피다. 로스팅 포인트는 맛을 좌우한다. 커피는 좋아하지 않으면 가까이할 수 없는 당신이다. 물론 어쩌다 한두 잔 마시는 일은 누구나 할 수 있지만 평생을 통틀어 커피를 가까이하고 즐기기엔 우리의 문화가 너무 짧다. 쓰고 떫고 신맛이 강한 커피를 노인이 될 때까지 애용하기란 쉽지 않다.

　아주 가끔 산골에 들어가 커피를 재배하며 나만의 커피 농장을 일궈 볼까, 하는 생각을 오랫동안 했었다. 강릉이나 제주도에서 일부 애호가가 재배하는 것을 빼면 아직은 커피나무를 분양한다거나 재배하는 곳은 없다. 기후 탓이라 둘러대는 전문가들의 말을 너무 철석같이 믿어서일 것이다. 유럽의 전유물이라 할 수 있는 블루베리 열매가 국내에 들어올 때도 그랬다. 우리의 토양과 기후에는 맞지 않는다고 하여 선뜻 나서서 재배할 엄두를 못 냈던 식물이다. 그런데 지금은 신문이나 잡지 혹은 인터넷에 블루베리 분양 광고가 넘쳐나고 시골에서 농부가 직접 재배한 열매는 백화점에서 비싼 값에 판매되고 있다. 백화점뿐만 아니라 마트, 심지어 시장에서도 유럽에서나 볼 수 있던 블루베리 열매를 쉽게 살 수 있으니 식물의 운명이란 아무도 예측할 수 없다.

　일본 아오모리 커피 마을에서 연수를 할 때 농장 주인인 노인의 집념에 감동한 적이 있는데 그 노인으로 인하여 산골 마을은 온통 커피나무뿐이었다. 이제 커피는 광활한 땅을 가진 중국의 자원이 눈독을 들이며 윈난성에서 본격 재배하기 시작했다. 한 삼 년만 버틸 수 있다면 나는 기꺼이 산골 오지로 들어가 커피를 재배할 것이다. 그런데 삼 년은커녕 일 년도 버티지 못할 경제 수준이고 보니 하루하루 현실에 얽여 시간이 흘러가는 대로 삶이 주어지는 대로 흘러가는 인생이 되어버렸다.

"다 볶았는데 잘되었는지 모르겠네요."

그가 이마에 땀을 닦으며 탁자 맞은편에 털썩 주저앉는다. 그는 눈치채지 못했겠지만 나는 그가 커피콩을 볶는 동안 세심하게 관찰을 했다. 생업이 달린 일인데 아마추어에게 맡겨놓고 허투루 할 수가 없었다. 실수 없이 제대로 해냈다는 것을 알았지만 시치미를 뚝 떼고 그를 똑바로 쳐다보며 말했다.

"정말 잘하셨어요. 초보자는 몇 번이나 실수하기 쉬운데 솜씨가 있나 봐요."

"……."

그의 표정이 환해지며 눈빛이 빛난다. 그의 표정과 태도에서 해냈다는 자부심이 감지된다. 커피 드리즈를 한 후 두 개의 머그잔에 가득 따라서 그의 앞에 밀어준다. 그가 잔을 들고 냄새를 맡는다.

"고소하네요. 뭐랄까, 풍미가 느껴져요. 참깨를 볶은 것 같은 맛이 납니다."

그러면서 한 모금 마시더니 가만히 음미한다. 커피를 꿀꺽 삼키는 그의 입가에 잔잔한 미소가 번진다.

"블루마운틴이에요."

"아, 네."

"전화가 왔었어요."

그는 내 말에 아랑곳 않고 다시 커피를 마신다.

"공순분이라는 이름이었어요."

잔을 쥐고 있던 그가 대답을 안 하고 가만히 있다. 잘못 들었나 싶어서 다시 말하려는데 그가 고개를 쳐들고 빤히 바라다본다. 그의 눈을 마주 바라보는데 복잡하고도 불안정한 눈빛이다. 당혹스럽게 흔들리는 그의 눈빛을 마주하기가 부담스러워 슬그머니 시선을 돌린다.

"제 친구 중에도 그런 이름이 있어요."

"……"

"혼자 아이들을 키우며 어렵게 살아가는 친구죠. 아이 아빠와는 어떻게 헤어졌는지 통 말을 안 해서 모르지만 고생 많이 했어요. 안된 친구죠."

"……"

"……"

"누구나 자기가 한 일에는 대가가 따르기 마련이지요. 현재 살고 있는 모습은 과거, 혹은 전생에 자신이 한 일의 업보입니다. 그러므로 지금 고생한다고 동정하지는 마십시오."

"인과응보라는 말씀이군요."

"뿌린 대로 거두기 마련이지요."

"그런 것과 상관없이 잘 먹고 잘사는 사람들도 있잖아요."

"그건 하나만 알고 둘은 모르는 말씀입니다. 당장 지금 현재만 보니까 그렇지요. 현재 겪는 일들은 과거에 그러한 원인이 있었던 일이고 현재의 일은 미래의 결과로 나타납니다. 그러니 한 치 오차도 없이 사람은 자기가 한 일은 그대로 돌려받습니다."

그가 결의에 찬 어조로 말을 하는데 뭔지 모르지만 경직된 느낌이 든다. 그것보다도 그가 공순분이라는 이름을 듣고 과도하게 흥분하는 것 같아 오히려 내 쪽에서 의혹이 생겨난다. 분명히 그 이름과의 석연치 않은 인과관계가 있을 것 같았다.

"전화 온 분이 여성분이죠. 이름을 보니까 그런 것 같네요."

"왜 궁금합니까."

"어쩐지 선생님과 인연이 있는 사람인 것 같아서요."

"인연도 보통 인연이 아니지요."

"혹시…… 사랑하던 사이였나요?"

내 질문에 그가 물끄러미 쳐다본다. 그러더니 가라앉은 목소리로 설명을 한다.

"열렬히 사랑하다가 또 그만큼 미워한 사람이죠."

"……."

"한때 백년해로하기로 약속했던 사람이었어요. 그런데 나를 감옥에 처넣은 여자예요."

"무슨 뜻인지……."

"그 여자는 악마예요. 한때 나를 사랑한다고 수없이 약속하고는 처절하게 배신했죠. 작가를 꿈꾸던 여자였어요. 글 쓰는 일이 자기 뜻대로 되지 않자 밤마다 술에 취해서 들어왔지요. 아이들이 아직 어린데 방치해놓고 말이죠. 그래도 이해를 했어요. 하고 싶은 일이 뜻대로 안되니까 힘들어하는구나 싶어서. 그런데 그 여자가 어떤 작자랑 바람을 피운 겁니다. 아주 교묘하게 지능적으로."

"……."

"아이들을 재워놓고 낮에 모텔에 가거나 이웃 여자에게 아이들을 맡겨놓고 시장에 갔다가 찬거리를 사들고는 남자의 승용차를 타고 변두리 지역 모텔에 가서 그 짓을 하고는 돌아오곤 했죠. 그러니 누가 알았겠습니까. 못 보던 옷이 자꾸 늘어가는 거예요. 값비싼 가죽가방도 사들이고 가죽구두도 사들이는데 제 수입은 빤했거든요. 그런 비싼 물건을 사기에는 형편이 안 좋았지요. 어느 날 퇴근하다가 그 여자가 낯선 남자의 승용차에서 내리는 걸 목격했어요. 남자가 운전석 차창을 내리고 그 여자에게 손을 흔드는데 선글라스를 껴서 자세히는 못 봤지만 그 여자가 담벼락에 기대어 휴대폰 기록을 지우는 걸 목격했죠. 그 자리에 얼어붙어서 발이 떨어지질 않아 한동안 서 있었지요. 여자에게 그 남자가 누구냐고 물었더니 말을 못 해요. 아이들을 봐서라도 돌아오라고, 눈감아준다고 했더니 길길이 날뛰며 생사람 잡는다고 해서 행여나 한가닥 희망을 걸었는데 더 배짱으로 나가는 거예요."

"그래서 미행을 했군요."

"참을 수가 없었어요. 차라리 용서해달라고 빌었으면 묻어두려고 했는데 끝까지 잡아떼는 바람에 이성을 잃었지요."

"……."

"결국 전 살인자가 되었고, 아이들을 못 본 지 오래되어 가물가물합니다. 딱 한 번인가 여자에게서 편지가 왔어요. 이혼 서류와 함께."

"원인 제공은 여자가 하고 선생님은 더 큰 올가미에 걸리셨네요."

"이미 지나간 일인데 이제 와서 무슨 소용이겠어요."

"……."

"죽지 못해 산 세월이지요. 아이들이 보고 싶어서 울기도 많이 울었죠. 아이들 때문에라도 죽을 수가 없었어요."

"아이들은 다 컸겠군요."

"큰애가 딸인데 대학생이고 둘째가 고등학생, 아들이고요."

"네에……."

"저는 이만 가보겠습니다. 머리가 좀 아프군요."

"곧 시작할 시간인데요."

"다음 시간에 나오겠습니다."

"그렇게 하세요, 오늘 실습은 충분히 하셨어요."

문을 열고 나가는 그의 두 다리가 휘청 흔들린 것 같았다. 복도를 걸어나가는 그의 등이 멀어질 때까지 내다본다. 마른 체형의 그가 모래바람 부는 벌판을 지팡이도 없이 혼자 걸어가는 것처럼 보였다. 탁자에는 그가 두고 간 선인장이 붉은 꽃을 고깔처럼 피워올린 채 남아 있다. 머리가 어질어질하다.

연기는 다 빠졌지만 매캐한 냄새가 나는 실내는 숯불을 피우고 고기를 구워 먹은 것처럼 탁한 공기가 떠돈다. 전두석 씨의 말이 귓전에 남아 자꾸 웅웅거렸다. 그의 말들이 가슴에 들어와 박혀서 서걱거린다. 낙타가 모래벌판을 걸어가듯 그의 행로가 걸어온 길이 보였다. 청춘의 푸른 심장이라 할 삼십 대와 성숙한 인생을 열어갈 사십 대, 그 시기를 갇혀 지낸 남자와 그 시기를 잃어버린 여자, 두 사람 중 누구의 시간이 더 막막했을까.

복도 옆 화원 여자가 걸레를 들고 이파리를 닦아주는 게 멀리서도 보인다. 낮에 텔레비전에서 본 노부부의 대화가 날카로운 못이 되어 가슴을 할퀸다. 부부가 한 생을 살아가려면 얼마나 많은 산을 넘어야 할까. 가파른 산을 함께 넘은 사람들에게만 과거의 시간이 아름다운 법이다. 지나간 추억을 자꾸 되새김질하면서 서로에 대한 고마움으로 남은 시간을 평탄하게 보내는 것이다. 눈앞에 닥친 현실이 힘들다고 팽개친 사람은 아름다운 과거란 없다. 함께 추억할 공통의 자산이 사라져버리므로 그만큼 외롭고 쓸쓸하며 인생이 허망한 것이다.

그와 헤어지고 나서 누군가와 함께했던 이십여 년이 통째로 사라졌다는 사실보다도 내 젊은 시절, 힘과 열정이 들끓던 인생의 정점이 몽땅 사라진 사실이 가슴 아팠다. 추억을 공유한 동반자와의 관계정리는 한 개인의 인생을 반토막내고 이지러지게 한다. 그것은 곧 지나간 과거의 모든 희로애락이 담긴 추억을 잃어버리는 것과 같다. 나에게 추억이 있었던가. 지난 시간을 떠올리면 누군가와 함께한 추억이 고스란히 실종 사건으로 기억에 남아 있었다.

과거의 흔적은 이제 영화의 엔딩 자막이 나오는 배경처럼 검은 화면으로 꽉 차 있을 뿐이다. 화원 여자의 실루엣이 아른거린다. 꽉 막힌 유리문 실내에서 걸레를 들고 식물 주변을 배회하는 화원 여자의 긴 목이 자꾸 거슬려서 나는 그만 고개를 돌린다.

벚꽃 공원

민숙은 휠체어를 접어

차에 싣고 아버지를 부축한다

벚꽃 가로수가 펼쳐져 있는 큰길이

꽃잎이 날린다

꽃잎은 바람에 몰려다니다가 흩어진다

한낮의 봄볕은 연둣빛 잎사귀에 윤기를 더해준다

꽃잎이 다투어가며 피어나는

길을 민숙은 늙은 아버지와 나란히 앉아 달린다

대여섯 살 무렵 아버지는 민숙의 손을 잡고 어디든 데리고 다녔다

오일장이 열리는 날이면 장에 데리고 가서 분홍 구두를 사주었고

예쁜 나비 모양의 머리핀을 사서 꽂아주었다

여덟 살인가 민숙이 아버지를 따라

서울로 갈 때 동네 친구들의 부러워하던 눈빛이 떠오른다

그때 민숙은 선택받았다는 느낌에 우쭐했다

서울 이야기를 듣기 위해

아이들이 민숙이 가방도 들어주고

사탕과 젤리를 갖다 줄 때도

민숙은 서울의 풍경을 과장되게 떠벌렸다

민숙의 과장이 부풀어오를수록

인기는 높아갔지만 어느 순간

민숙은 왕따가 되어버렸다

아무도 놀아주지 않는

자리에 아버지가 들어왔다

벚꽃 공원

아버지는 오빠 부부에 의해 요양원에 모셔졌다. 그 집은 밤나무 숲이 무성한 산자락에 자리 잡고 있다. 검푸른 수목에 둘러싸인 하얀 목조 건물 두 동. 폭풍이 한번 지나가면 금방 무너져버릴 듯 벽의 두께는 얇고 지붕은 가벼워 보였다. 길 끝에 오목하니 들어가 있어서 내비도 헷갈려하는 곳이다. 전화로 설명을 대충 들은 것에 비하면 풍광이 썩 좋은 것은 아니다. 전원 풍경이 펼쳐진다는 원장의 말과 달리 논밭을 경계로 이차선 도로가 있어서 자동차 소음이 심한 데다 차량 통행이 의외로 많았다.

민숙은 조금 실망했다. 아버지가 고향집 정서를 느낄 수 있을지도 모른다고, 그래서 안정감을 갖게 될 수 있을 거라고 예측했던 것에서 빗나가버렸다. 이름이 왜 '해 뜨는 집'인가는 모르겠다. 원장실에서 원두커피를 한 잔 마시는 동안 엘피판에서 〈해 뜨는 집〉이 흘러나왔다. 영화 〈전망 좋은 방〉이 그 순간 떠올랐다. 원장의 집무실 책상 뒤로 엘피판이 벽면에 빼곡하게 차 있다. 오십 대 초반으로 보이는 원장은 후덕한 인상이었다.

"어르신들이 좋아할 만한 입지이지요."

해 뜨는 집이 실내를 휘돌아 휴게실과 노인들의 방에 흩어졌다. 기묘한 분위기에 휩싸였다. 오빠와 올케는 다소 지루한 듯 원장의 설명을 들었다.

"그럼 한 달에 비용이 얼마죠?"

오빠는 지루하다는 듯 원장의 말허리를 자르고는 현실적인 문제로 들어갔다. 원장이 그제서야 낮잠에서 깨어난 나른한 표정을 거두고는 씩 웃어보였다. 처음으로 원장에게서 생기가 느껴지는 순간이었다.

"육십만 원입니다."

"특급실은 뭡니까?"

"그건 팔십만 원인데, 뭐 육십이나 팔십이나 별 차이가 없습니다."

"육십으로 하죠. 언제 모셔오면 됩니까?"

"내일이라도 오신다면 방을 치워놓겠습니다. 마침 방이 하나 비어 있어서 운이 좋군요. 요즘은 워낙 시설이 좋아서, 다들 바쁘기도 하고요. 병든 노인을 집에서 뒤치다꺼리하기가 어디 쉬나요."

민숙은 오빠가 다른 시설을 더 둘러보고 결정하기를 기대했으나 처음 발걸음한 곳에서 쉽게 결정을 해버려 서운했다. 일 년 전 아버지가 쓰러졌을 때 전업주부로 있던 올케는 직장을 얻어 일을 시작했다며 민숙에게 전화를 했다. 그 일이라는 게 김치공장에서 흰 가운을 걸치고 고무장갑을 낀 채 매운 양념을 절인 배추에 버무리는 일이었다. 주부라면 누구나 할 수 있는 일이라지만 더 나이 들면 채용해주지 않는다고, 마트나 백화점에서 물건 파는 아르바이트도 마흔 넘은 여자는 써주지도 않더라며 변명 비슷하게 푸념을 했다. 고혈압에 간경화 말기에서 암으로 전이된 아버지는 몸에서 물기가 서서히 빠져나가는 대신 정신은 말짱했다. 끊임없이 잔소리를 해대는 아버지 옆에 붙어 있을 간병인은 없었다. 간병인이 몇 번 바뀌자 오빠로부터 전화가 왔다.

"퇴근하며 잠깐 들러도 되겠니?"

생전 민숙이 사는 일에는 상관도 안 하던 오빠였다. 민숙은 아버지 때문이라는 걸 직감했다. 친정 형제들이 아버지 병세가 심각해지자 모시는 문제를 놓고 고민하다가 혼자 된 민숙이 집에 의탁하면 좋겠다는 의견이 모아졌고 그 내용이 즉시 여동생 민희를 통해 민숙에게 전해진 게 한 달여 전이다.

오빠는 귤이 든 검은 비닐봉지를 슬그머니 내려놓으며 집 안을 쓱 둘러보더니 혼자 살기에 적적하겠다고 운을 뗐다.

"오빠가 갑자기 무슨 일이야?"

"니가 어떻게 지내는지 궁금하기도 하고 또……."

"본론이 뭔데."

"숨 좀 돌리자. 커피 한잔 주라."

커피포트에 물이 끓는 소리가 침묵 사이에 끼여들었다. 오빠는 흰색 머그잔에 든 커피를 한 모금 마셨다. 목젖 너머로 커피를 삼키는 소리가 유난히 크게 들렸다.

"니한테 짐을 얹어주는 것 같아 미안하다. 아버지는 시설에 모시려고 한다."

"……."

민숙은 아버지 유산을 오빠와 남동생이 다 챙겨놓고 왜 나한테 노인을 떠맡기려고 했느냐며 말하고 싶은 것을 억지로 눌러 참았다. 아버지가 쓰러지고 나서 오빠는 올케와 부랴부랴 시골로 가서 아버지의 땅이며 집을 정리했다고 들었다. 그러나 정작 민숙이 서운한 것은 재산 문제가 아니었다. 남편과 이혼하는 과정에서 친정 형제들은 아무도 민숙 편이 되어주지 않았다. 남편은 민숙이 이혼을 요구할 때는 어림없는 소리 말라고 윽박지르더니 막상 여자가 생기자 노골적으로 그녀와의 관계를 드러내었다. 숨겨놓은 여자를 몰래 만난다거나 하는 것도 일종의 부인에 대한 예의일지도 모른다고 민숙은 생각했다. 아마 알았어도 민숙은 모른 척했을 것이다. 남편은 당당하게 그가 만나는 여자와 전화를 하거나 문자를 주고받으며 민숙의 원죄를 단죄하려는 듯했다. 남편이 재산을 빼돌린 것에 대해서도, 남편이 열여덟 해라는 긴 세월 동안 시부모 뒤치다꺼리에 병간호에 장례까지 치른 조강지처를 외면하고 다른 여자에게로 돌아설 때 아무도 남편 앞에 나서서 부당함을 따지거나 멱살을 잡거나 흥분한 김에 주먹을 한 방

날린다거나…… 그런 드라마는 일어나지 않았다.

"니가 어떻게 했길래 김 서방이 그랬냐. 남자는 다 여자 하기 나름
인데, 그러다 말겠지."

오빠 입에서 그 말이 떨어지자 올케조차도 수긍한다는 듯 고개를
끄덕이는 것을 보고 민숙은 두 번 다시 친정에 걸음을 안 하리라 다
짐했었다. 더구나 여동생 민희는 남편에게 전화해서 따지기는커녕
줄줄 울며 나에게는 형부가 정신적으로 의지가 되었는데 우리 인연
은 여기까지인가 봐요, 어쩌고 하며 마치 예정된 수순을 밟는 인생들
처럼 다소곳하니 작별을 했다. 민숙은 인생의 시련기를 지나며 형제
자매가 아무런 도움이 되지 못함을 서운해하다가 나중에는 그런 마
음마저도 내려놓았다.

아버지가 두 번인가 쓰러져 병원에 실려 가자 다들 모시기 어려운 핑
계를 대며 민숙이 모시는 게 안성맞춤인 것처럼 의견이 모아졌다. 그 전
화를 받은 저녁, 민숙은 드러누워 사흘을 꼼짝하지 않았다. 우울한 나날
이었다. 병원 심리치료를 받으며, 사는 게 수렁이던 민숙에게 오빠나 동
생들은 관심조차 없다가 단지 혼자라는 이유로 아버지를 떠맡기려고 한
통속이었다. 환멸이라는 뜻을 이해한다면 아마도 그런 경우에 해당되리
라. 민숙은 며칠 동안 아무것도 먹지 못하고 누워 있었다.

민숙이 병원에서 깨어났을 때 동생 민희가 걱정스러운 낯빛으로
병실 침대 옆에 서 있었다. 전화를 통 받지 않아서 찾아왔다가 의식
을 잃고 쓰러진 민숙을 발견한 건 민희였다. 영양실조에다 탈수 증세

가 있다는 의사의 말에 민희는 기가 막혀 아무 말도 못 하고 민숙을 내려다보고 있었다. 요즘 세상에 영양실조라니.

"언니가 그렇게 힘들어하는 줄 몰랐어."

민희가 말끝을 다 맺지 못하고 흐느껴 울었다. 민숙이 멍한 시선을 허공에 둔 채 병실 창 밖을 내다보았다.

"내가 소연 아빠에게 말했어. 언니랑 우리 집에서 같이 살자고 말했어."

"난 자유롭게 살고 싶어."

민숙이 초점 잃은 눈동자를 창밖에 고정시킨 채 감정 없는 목소리로 중얼거렸다.

"언니 이러다가 또 쓰러질지도 몰라. 혼자 살다가 무슨 변을 당하려고……."

"언제는 내 걱정 했니? 너는 니 인생 살고 나는 내 인생 살면 되지. 이십 년 가까이 살 붙이고 살아온 남자와도 깨졌는데 어떻게든 못 살겠니."

그러고는 쐐기를 박았다.

"언니 칼칼한 성미는 아무도 못 말려."

민희가 웃었다. 민숙은 민희를 흘낏 돌아보고는 다시 시선을 창밖에 고정시켰다.

민숙은 지난 시간을 회고하며 아버지가 살기에는 그럭저럭 괜찮은 조건 같아 오빠의 결정에 토를 달지 않고 침묵으로 동의한다. 민숙이 마음에 들었던 것은 원장의 다소 엉뚱한 생각과 남다른 각오를 다지는 포부에 막 사회에 발을 들여놓으려는 초년병처럼 지나친 자기 확신과 순수함이 얼핏 드러나 보여서였다. 그는 보호자에게 설명한다기보다 해 뜨는 집 노인들이 어떻게 인생의 마지막을, 그의 표현대로라면 붉은 저녁노을처럼 아름답게 장식하느냐 하는 데 골몰해 있어서 오빠 같은 현실적인 사람 눈에는 허황한 꿈을 꾸는 철딱서니로 보일지도 모른다. 터무니없는 꿈일지라도 가슴에 간직하고 산다는 건 삶에 대한 열정이 충만한 사람들에게나 어울리는 법이다.

아버지에게는 맨 끝방, 논밭과 산자락이 내다보이는 지점에 네댓 평짜리 방이 배정되었다. 벽면에 바짝 붙여진 싱글 침대 뒤로 창문이 달려 있어서 몸을 옆으로 누우면 논밭과 숲의 경계가 보였다. 산자락을 돌아 나가는 자동차들이 삽시간에 어디인가로 사라지는 풍경이 게임 화면처럼 나타난다.

"가봐, 바쁠 텐데."

아버지의 시선이 사라지는 자동차 꽁무니에 머물고, 민숙의 시선은 논밭과 도로와 산자락의 경계쯤에 머물고 있다. 적요로운 시간 속으로 바람 소리가 지나간다. 민숙은 아버지에게 할 말이 많은 것 같은데 막상 늙어가는 아버지의 주름살과 피하출혈로 검붉게 착색된 피부와 왜소해진 몸집을 보자 입이 떨어지지 않는다.

결혼 후 민숙은 시어머니를 모시고 알뜰히 살림을 하면서 살았다. 젊어서 혼자 된 시어머니는 온갖 궂은일을 하며 남매를 건사하느라 자신의 몸이 반란을 일으키는 것을 모르다가 쓰러져서 긴 시간 병상에 누워 지냈다. 살아서 움직인 시간보다 병석에 누워 아무것도 할 수 없는 시간이 인생의 나머지를 지배한다는 건 얼마나 비참한가. 민숙은 시어머니를 뒤치다꺼리하며 몸과 마음이 지쳐갔다. 투병 환자나 간병하는 가족이나 지겹고 지랄 같은 나날이었다. 민숙은 아버지에게 돈을 빌려 쓸 때마다 변명을 갖다 붙였다. 이자를 제대로 챙겨 드리지 못하고 꼬박꼬박 원금만 갚으며 살다가 어느 날 민숙은 남편으로부터 불만 가득한 소리를 들었다. 당신 아버지는 말이야. 민숙은 뜨악하게 남편을 쳐다본다. 장인도 아니고 아버님도 아니고 당신 아버지라니, 남편과는 아무 상관 없는 호칭을 부르는 그가 낯설어서 쳐다보고 있는데 오빠와 남동생을 거론한다.

"당신 아버지, 너무한 거 아냐? 아들은 자식이고 딸은 남인가?"

"이이가 미쳤나. 안 하던 짓을 하고 그래."

민숙은 어렴풋이 짐작이 갔다. 아버지는 오빠와 남동생에게는 조건 없이 돈을 내어준다는 것을. 물론 되돌려받지 않는다는 것을 알고 있었다. 이 인간이 아버지에게 기대를 했나. 민숙은 아버지의 도움을 전혀 바라지도 않았고 기대도 없었고 오히려 남자 형제들에게 잘해주는 아버지의 처사를 당연하게 받아들였다. 오빠나 남동생은 아버지에게는 뿌리였고, 자신의 뿌리를 확인하며 잘되기를 바라는 아버지의 간절한 염원은 민숙에게도 낯설지 않았다. 오히려 워낙 뿌리를 강조하는 아버지로 인해 남자 형제는 집안을 이어갈 강력한 가문의 수호자 같은 존재라고 세뇌되었던 듯하다.

민숙은 잠이 든 아버지를 바라다본다. 아버지, 그때 그 일은 잘한 걸까요? 민숙이와 아버지만이 아는 사실을 목 안으로 꿀꺽 삼키고 살아온 지도 십여 년이다.

"남편은 제게 복수한 거예요. 아니, 아버지에게 복수한 것인지도 몰라요."

민숙은 나지막하게 중얼거린다. 시어머니 병수발에 지친 민숙은 어느 하루 죽을 쑤어 시어머니 방에 들이밀고는 무작정 버스를 타고 남쪽으로 떠났다. 버스에서 내려 찾아간 바닷가 해안은 갯벌이 펼쳐져 있고 물 빠진 갯벌에 하루 종일 앉아 있었다. 썰물이 지나간 해안은 황량함이 감돌았다. 민숙의 가슴속으로 막막한 바다가 들어와 출렁거렸다. 가슴속에 쌓인 지나간 삶의 격랑들이 한꺼번에 몰려와 파도처럼 소리치며 요동치는 것 같았다. 서해 바다의 낙조는 붉게 타올랐고, 붉은해 그림자가 수평선 너머로 사라질 때까지 민숙은 막막함에 사로잡혀 꼼짝할 수 없었다. 바다가 캄캄해질 때까지 민숙은 넋을 놓고 앉아 있었다.

바닷가 모텔에서 하룻밤을 자고 다음 날 새벽 첫차로 돌아온 민숙은 썰렁한 집안 분위기에 정신이 번쩍 났다. 민숙을 기다렸던 듯 남편은 붉게 충혈된 눈알을 굴리며 미쳐서 날뛰었다. 시어머니가 덮었던 이불은 오물이 뒤섞여 냄새가 지독했다. 남편의 손찌검이 올라왔고 민숙은 당신 어머니인데 왜 나한테 책임을 지우느냐고 소리 질렀다. 그 말에 남편은 두 번째 올라가던 손을 슬그머니 내리고 밖으로 나가버렸다.

그날 이후 시어머니가 죽은 게 민숙이 책임이라도 되는 듯 남편은 괴이한 동물 쳐다보듯 민숙을 쳐다보았다. 시어머니가 누워 지낸 오 년 동안 결혼한 시누이는 어쩌다 비쭉 얼굴을 내밀었고 남편은 회사 일이 바쁘다는 핑계로 늦게 들어왔고 돈이 없어 간병인은 엄두도 못 내는 그 자리에 민숙이 시모의 손발이 되어 기계처럼 살았다.

민숙이 남편에게 이혼해달라고 소리치며 울부짖을 때 남편이 민숙을 밀쳤고 민숙의 몸이 쿵 소리를 내며 벽에가 부딪쳤고 그때 민숙을 찾아온 아버지가 그 장면을 보고 온몸을 부들부들 떠는 것을 넘어진 민숙이 보았고 아버지가 남편의 멱살을 잡았고 남편이 아버지를 노려보며 세게 뿌리치고 나간 후 정적이 감돌았다.

"못난 녀석."

아버지는 민숙의 손을 잡아끌고 친정으로 갔다. 민숙이 아버지에게 하지 못했고 할 수 없는 말들을 가슴에 품고 지내다가 다시 남편에게 돌아간 후 둘 사이는 더욱 냉랭해졌다. 남편과는 이불을 따로 쓰면서 둘은 철저하게 서로를 고립시켰다. 단 한 번의 일탈은 민숙의 인생을 평생 철조망으로 가로막았고 남편과의 관계는 남보다 못한 사이가 되어 서로를 무관심으로 고문했다.

"아버지, 다 제 잘못이에요."

민숙이 작은 소리로 중얼거렸다. 아버지가 덮은 이불깃이 미세하게 흔들렸다. 어디서 색소폰 소리가 울려왔다. 엄마야 누나야 강변 살자. 뜰에는 반짝이는 금모랫빛 뒷문 밖에는 갈잎의 노래…… 민숙이 아는 노래를 색소폰으로 들으니 기분이 묘하다. 열어놓은 문 밖을 내다보는데 원장이 들여다보다가 민숙과 눈이 마주치자 한마디 한다.

"어르신, 따님이 찾아와서 좋지요. 그나저나 저 연주곡을 들으니 기분이 이상해지고 가슴이 막 뛰네. 우리 요양원에 재주 뛰어난 분들 많아요. 취미로 색소폰을 배웠다는데 들을 만하지요? 방송국 국장으로 정년퇴임하고 연금으로 생활하는 분이죠."

원장이 자기 말만 하고는 다른 방으로 가버리자 다시 색소폰 음악이 들려온다. 민숙은 가만히 귀 기울여 듣는다. 아버지의 고른 숨소리가 들리고 이불깃이 솟아올랐다가 가라앉았다를 반복하며 미세하게 움직인다.

"엄마는 아버지 밑에서 숨도 제대로 못 쉬고 살아왔어요. 그런데 며느리한테는 꼼짝 못 하는 아버지를 보니 엄마 생각이 많이 났어요. 그래도 아버지가 고마워요. 촌에서 농사지어 딸내미 대학 공부시킨다는 게 얼마나 힘든 일인지 알아요. 여고 입학 때 아버지가 사준 만년필, 지금은 고장 나서 못 쓰지만 저에게는 가장 소중한 유산이에요. 아버지, 빨리 회복하고 일어나셔야 고향집도 가고, 외국 여행도 가고, 아버지가 좋아하는 송어회도 먹을 수 있잖아요. 오월이면 밭두렁에 풀이 무성해질 거구요, 그러면 아버지가 키우던 소가 그 풀을 뜯어 먹으며 포만감에 젖으면 아버지가 행복해한다는 거 다 알아요.

아버지, 형편 어려울 때마다 돈 빌려주신 것 고마워요. 그런데 그 몹쓸 인간이 고마운 줄 모르고 인색하다고 비난할 때는 잠시 아버지를 원망하기도 했어요. 하지만 지금은 아버지가 고마워요. 내 아버지라는 게 자랑스러워요……."

민숙은 잠든 아버지의 곁에서 혼잣소리로 중얼거린다. 아버지가 민숙의 넋두리를 알아듣기라도 한 것인가. 눈을 감은 아버지 눈자위가 젖어 있다. 아버지를 일으켜 세워서 휠체어에 태워 밖으로 나오니 색소폰 노인이 있다. 보면대에 악보를 올려놓고 색소폰을 부는 사람은 첫날 원장 주변을 서성이며 민숙을 요모조모 뜯어보던 노인이다. 원장실에서 〈해 뜨는 집〉을 들을 동안 색소폰 노인은 가만히 귀 기울여 음악을 듣는 듯했다.

"오늘은 색소폰 어르신이 한턱 쏘겠답니다. 어르신들 점심 메뉴는 짜장면이에요."

원장이 뮤지컬 배우처럼 높은 톤으로 말을 하는데 아무도 반응이 없다. 무표정한 노인들은 슬픔도 기쁨도 먼 과거에 지나가버린 듯 초탈한 모습이다. 원장의 모노드라마에 초대된 객석의 관객들은 박수를 치지도 환호성을 지르지도 않는다. 그리고 보면 이 집은 원장의 독무대처럼 느껴진다. 방으로 들어가는 입구에는 나무판자를 깐 마루가 있고 마루에는 둥근 탁자를 중심으로 빨간 파라솔이 군데군데 놓여 있어서 멀리서 보면 야외 카페 같다. 선홍색 밝은 파라솔 아래에서 민숙은 원장이 타주는 허브차를 마신다.

"허브 농장을 하는 분이 어르신들을 위해 가끔 햇차를 보냅니다. 정말 고마운 분이죠. 지난번에는 허브 모종을 텃밭에 심으라고 보내 줬어요. 바람이 불 때마다 허브향이 퍼지는데 노인들에게 좋다나요. 앞으로 요 앞 텃밭에는 야생화를 심을까 해요. 주방 할머니가 작년에 배추와 무를 심어 김장을 했는데 올봄에는 파가 쑥쑥 올라와서 꽃을 피우더라고요. 파꽃, 알아요? 태어나서 파꽃을 처음 봤어요. 유화 그림 속에 집어넣으면 딱 좋을 그런 꽃이었어요. 자연은 가만히 있어도 저절로 생명을 연출하는가 봐요."

원장은 말이 많은 사람이다. 조금 피곤하다. 그러고 보니 지난번 원장이 시간 되면 도와달라고 전화를 했을 때도 노인들을 싣고 가는 봉고차 안에서 원장 혼자 떠든 것 같다. 한 시간 거리에 있는 왕릉을 보러 가는데 원장은 자원봉사자들을 모두 부르고 민숙을 불러 노인들을 싣고는 왕릉으로 소풍을 갔다. 원장의 마음 씀씀이가 예뻐서 도와주러 나오긴 했는데 하루 종일 귀가 멍멍했다. 집으로 돌아갈 무렵에는 짜증이 났다.

상담심리를 전공한 친구에게 그 얘기를 했더니 원장의 수다가 노인들에게 치료 효과가 있다고 말해줘서 쓴웃음을 지었다. 민숙은 노인들의 가라앉은 기운과, 무표정과, 무덤덤하고 어두운 분위기를 떠올렸다.

"집에 보내다오. 집에 가고 싶구나."

색소폰 연주가 끝나자 산자락 뒤로 사라지는 자동차들을 무연히 바라보던 아버지 입에서 혼잣소리로 중얼거리는 소리가 들렸다. 민숙은 아버지의 휠체어로 다가간다.

"아버지, 집에는 아무도 없어요."

"집에 가고 싶구나."

"오빠랑 얘기해볼게요."

"개밥도 줘야 하고 소도 들여 매야 하는데 말이다."

"아버지, 개는 오빠가 이웃집 아저씨한테 줘버렸고 소는 작년에 팔아버렸잖아요. 아버지, 생각 안 나요? 오빠가 자동차 사고 일으켜서 아버지가 소 판 돈 보태서 오백만 원 보내준 거요."

"그래, 그랬지."

"아버지 치매인가? 자꾸 깜박깜박하시네."

"애야, 집은 별일 없겠지?"

"아무 일 없을 테니 염려 마세요."

"그래, 그래야지."

아버지가 밭자락 너머 승용차들이 내달리는 길을 망연히 바라본다. 민숙은 색소폰 노인에게로 시선을 돌린다. 색소폰 연주를 끝낸 노인이 푸른색 천을 꺼내 악기를 닦고 있다. 악기는 황금색으로 칠한 듯 노란 광택이 난다. 악기 닦는 시간이 연주한 시간보다 더 길다. 은색 승용차 한 대가 마당에 서더니 안에서 하얗게 머리가 센 할머니와 자식으로 보이는 젊은 사람 셋이 내린다.

"오셨어요? 다른 데 둘러보아도 우리 집이 제일 나을 겁니다. 방은 준비해놨어요."

원장이 반가운 얼굴로 그들을 안내한다. 원장의 말투로 보아 구면인 듯하다. 하얀 머리 할머니가 색소폰과 아버지와 민숙을 유심히 살피며 원장을 따라간다. 하얀 머리 할머니가 투덜거린다.

"야야, 여기 며칠만 있으면 집으루 가는 거이 맞디? 그렇디? 내가 산부인과 개업해서 죽어라 하고 일만 해서 느이들 육남매 키웠어. 이북에서 내려와 의지할 데라고는 돈밖에 없었디. 뒤따라오던 영감과는 영영 이별이 될 줄 내가 알았간? 난 손주들 재롱 보며 살 줄 알았는디 니가 나를 여기로 데려올 줄 몰랐어야. 야야, 나 아직도 일할 수 있어야. 평생 갓난아이 이 손으루 받고 여자들 구멍만 들여다보며 자식새끼들 키웠어야. 근데 여기는 재활 치료 할 수 있는 데간?"

"어머니, 조용히 하세요. 창피하게."

아들로 보이는 중년 남자가 흰머리 할머니 팔을 잡고 부축한다. 악기 케이스에 색소폰을 집어넣고 가죽 케이스 문을 닫은 노인이 그들 모자의 뒷모습을 물끄러미 바라본다.

"난 늙어서 저 할머니처럼은 안 살겠다고 다짐했어요. 내가 치매 걸린 아버지를 모시면서 다짐한 일이에요. 아내는 아버지 옷을 벗기고 목욕을 시키면서도 군소리 한 번 안 했는데 아버지보다 아내가 먼저 저세상으로 갔어요. 눈앞이 캄캄했어요. 평생 아내한테 사랑한다는 말 한마디 안 했다는 생각이 나를 미치게 하는 거예요. 왜 자식들에게 짐을 남겨줍니까. 나요. 국장으로 퇴직해서 연금도 받아요. 매달 통장으로 삼백만 원이 따박따박 들어와요. 자식들에게 아쉬운 소리 안 하고 신세 안 지고 먹고 싶은 것 사 먹으면서 살다가 가면 되는 거지요."

색소폰 노인의 말에 아버지가 고개를 끄덕이며 희미하게 웃는다. 분위기가 이상하게 돌아가고 있다. 민숙은 화제를 돌려 음악에 대해 물어본다.

"연주 잘 들었어요."

"아, 지난번에 왔던 따님이신가."

"네."

"그나저나 짜장면이 올 때가 됐는데. 아, 저기 오네."

오토바이 두 대가 오더니 두 명의 청년이 철가방 네 개를 내린다. 식탁에는 일찌감치 젓가락과 물수건과 물컵이 놓여 있고 주방 아주머니 세 사람이 자장면 그릇을 옮긴다. 랩 포장을 벗겨내는데 두 겹 세 겹 포장을 해서 벗겨내기가 쉽지 않다. 노인들은 모두 턱받이를 하고 앉아 서툴게 젓가락을 놀린다. 주방 아주머니 세 명이 젓가락질이 서툰 노인을 도와준다.

점심을 먹고 얼마 후 봉고차와 검은 승용차가 도착하자 원장이 휘파람을 불며 직원들과 함께 노인들을 봉고에 태운다. 민숙과 눈이 마주친 원장이 한쪽 눈을 찡긋해 보이며 콧노래를 부른다. 노인들이 이상한 게 아니라 원장을 주인공으로 하는 연극 무대 세트장 같다는 생각을 지울 수가 없다. 간호사 복장을 한 여자가 하얀 가방을 들고 봉고차에 함께 오른다.

민숙은 휠체어를 접어 차에 싣고 아버지를 부축한다. 벚꽃 가로수가 펼쳐져 있는 큰길에 꽃잎이 날린다. 꽃잎은 바람에 몰려다니다가 흩어진다. 한낮의 봄볕은 연둣빛 잎사귀에 윤기를 더해준다. 꽃잎이 다투어가며 피어나는 길을 민숙은 늙은 아버지와 나란히 앉아 달린다. 대여섯 살 무렵 아버지는 민숙의 손을 잡고 어디든 데리고 다녔다. 오일장이 열리는 날이면 장에 데리고 가서 분홍 구두를 사주었고 예쁜 나비 모양의 머리핀을 사서 꽂아주었다. 여덟 살인가 민숙이 아버지를 따라 서울로 갈 때 동네 친구들의 부러워하던 눈빛이 떠오른다. 그때 민숙은 선택받았다는 느낌에 우쭐했다. 서울 이야기를 듣기 위해 아이들이 민숙이 가방도 들어주고 사탕과 젤리를 갖다 줄 때도 민숙은 서울의 풍경을 과장되게 떠벌렸다. 민숙의 과장이 부풀어오를수록 인기는 높아갔지만 어느 순간 민숙은 왕따가 되어버렸다. 아무도 놀아주지 않는 자리에 아버지가 들어왔다.

"넌 다른 아이들과 달라. 그러니 슬퍼하지 마라."

"응."

"이다음에 훌륭한 사람이 될 거지?"

"응."

민숙은 훌륭한 사람이라는 게 무슨 뜻인지도 모르면서 언제나 아버지의 물음에 대답을 했다.

"아버지, 이다음에 세계 여행 시켜드릴게요."

"허허, 오냐."

아버지는 웃으셨다. 민숙은 세계 여행은커녕 국내 여행 한 번 시켜

드리지 못한, 아버지와의 시간을 뒤돌아본다. 벚꽃 공원에는 미리 원장의 연락을 받은 자원봉사자들이 나와 봉고에서 내리는 노인들을 부축하고 있다. 젊은 자원봉사자가 흰머리 할머니의 손을 잡아주자 할머니가 세게 뿌리치며 혼자 할 수 있다고 늙은이 취급하지 말라고 째려본다. 젊은 자원봉사자가

"할머니이, 아직 청춘이시네."

라고 눙치고는 다른 노인에게로 가버린다. 아버지는 혀를 끌끌 차며 그 할망구 성깔 한번 고약하구먼, 하고 씨익 웃는다. 흰머리 할머니는 병색이 완연한, 검불처럼 날아갈 것 같은 노인들이 마음에 안 드는지 연신 늙은 노인들만 있다고 툴툴댄다. 그러면서도 아들에게서 전화가 안 왔느냐고 원장에게 묻고 또 묻다가 연락이 없었노라는 대답을 듣고는 시무룩해진다.

공원은 온통 벚꽃 천지다. 하늘을 가득 덮은 벚꽃의 잔해가 나뭇잎에도 바위에도 호수에도 떨어져 이승에서의 무게를 마지막으로 가볍게 내려놓는다. 색소폰 연주 노인이 악기를 꺼낸다.

아름다운 꿈 깨어나서 하늘의 별빛을 바라보라. 한갓 헛되이 해는 지나 이맘에 남모를 허공 있네…… 지나가던 사람들이 그 자리에 서서 노인의 연주를 듣는다. 흰머리 할머니의 두 눈에 눈물이 흘러내린다. 할머니의 눈은 멀리 벚나무 가지를 지나 논밭을 지나 허공을 향하고 있다. 분분히 날리는 벚꽃의 소멸 속으로 파고드는 색소폰 연주 소리는 흐느끼듯 가슴속에 꼭꼭 숨겨둔 노인들의 연약한 틈새를 파고든다.

민숙은 아버지를 요양원에 모시고 난 얼마 후 연극 티켓 두 장을 샀다. 그날 민숙은 원장에게 미리 양해를 구했고 특별 외출 허락을 받았다. 아버지에게 특별한 하루를 선물하고 싶은 민숙의 속내는 이상한 가닥으로 꼬이기 시작했다. 외출복으로 갈아입고 요양원을 나서던 때만 해도 분위기는 좋았다. 안에만 갇혀 있다 밖으로 나온 아버지의 표정에 들뜬 기색이 역력해서 민숙은 오랜만에 뭔가를 한다는 기쁨에 택시를 잡으면서도 아버지의 컨디션 따위는 염두에 두지 않았다. 택시를 타고 가까운 전철역으로 향하는데 아버지 얼굴이 이상하게 변해가며 다리를 꼬기 시작했다.

"야야, 큰일났다."

"왜요 아버지, 무슨 일……?"

민숙은 미처 말을 끝맺기도 전에 심한 구린내에 코를 감싸쥔다. 택시 기사가 급브레이크를 밟으며 갓길에 차를 세우고는 심한 욕설을 퍼부어댔다.

"이 노인네가 망령이 들었나? 남의 영업 방해를 해도 유분수지, 내 차에다 똥을 싸? 하 참, 기가 막혀서. 이봐, 어떻게 할 건데?"

급기야 택시 기사가 두 눈을 부릅뜨고 민숙을 노려본다. 민숙은 그저 미안하다고, 잘못했다고, 세차비를 드리겠다고, 손이 발이 되도록 빌었다. 민숙은 오빠에게 전화를 걸어 도움을 요청했다. 오빠는 쓸데 없는 일 벌여 바쁜 사람 오라가라 한다고 화부터 냈다. 한 시간여가 지나자 오빠가 달려왔다. 택시 기사는 차를 팽개치고 담배를 피워 물

며 연신 씨발, 좆같이를 내뱉으며 가뜩이나 주눅이 든 아버지를 노려
본다.

가까운 곳에 주유소가 보였다. 민숙이 아버지를 부축해서 주유소
화장실에 모시고는 바지를 벗겨내고 대걸레를 빠는 수돗물을 틀어놓
고 똥 묻은 바지를 헹군다. 아랫도리를 드러낸 아버지의 뼈만 남은 종
아리가 더욱 마네킹처럼 가늘고 길다. 민숙이 아버지를 돌아서게 한
다음 호스를 수도꼭지에 끼워 물을 틀어 엉덩이에 뿌린다. 차가운 고
무호스의 물줄기가 빈약한 아버지의 엉덩이에 화살처럼 쏘아대자 아
버지는 오들오들 떨면서도 말 한마디 없다. 민숙은 카디건을 벗어 아
버지 허리에 둘러주고는 아버지 바지를 한 번 더 헹군다. 밖을 내다보
니 오빠가 택시기사와 몇 마디 주고받더니 지갑에서 수표 몇 장을 꺼
내주는 게 보인다. 오빠의 표정은 굳어 있다. 그 와중에도 아버지는 오
빠를 보자 반가운지 왜 왔어, 한마디 하고는 오빠의 승용차 뒷좌석에
올라탄다. 오빠가 양복 저고리를 벗어 아버지 어깨에 걸쳐준다.

요양원으로 돌아오는 길에 세 사람은 말이 없다. 아버지는 자는지
눈만 감았는지 미동도 없다. 친구 어머니가 그 연극을 보고 감격해서
울었다는 한마디에 무슨 내용이냐고 물었더니 은퇴한 노인들의 인생
과 사랑 이야기라고 하기에 민숙은 아버지에게 보여주고 싶었다. 어
린 날 코흘리개 민숙의 손을 잡고 오일장이며 서울이며 문중 제사에
데리고 다녔던 아버지에게 세계 여행은 못 시켜드리더라도 연극 한
편을 보여드리고 싶은 민숙의 꿈은 반나절도 못 돼 꿈으로만 끝났다.

아버지에게도 은퇴 이후의 삶에 대한 꿈이 있었을까. 칠순을 넘기면서부터 간경화와 고혈압에 시달렸던 아버지는 간에 좋다는 민간약재를 장복하면서 오히려 간에 무리를 주었고 암 선고를 받았을 때도 생에 대한 미련을 버리지 못해 자식 공부 시키느라 팔았던 땅을 다시 사들이겠다고 돈을 모으고 있었다.

"아버지 그깟 땅, 아버지 돌아가시면 오빠나 남동생이 그냥 둘 것 같아요? 다 팔아치울 텐데 뭐하러 힘들게 사세요? 사는 동안 맛있는 것 사 먹고 편안히 계세요."

"다음 세대에서 팔아먹든 말든 나는 모르겠고 내 대에는 팔아치운 땅을 다시 사야 조상님 면전에 뵐 낯이 있지."

"죽으면 소용없는데 아버지는 왜 땅에 집착하는지 모르겠어, 정말."

"내가 죽은 뒤에도 남는 건 땅밖에 없다. 느들이 아무리 돈을 벌어봐야 종잇조각에 불과하지."

아버지는 땅에 대한 집착과 믿음이 깊었다. 땅은 아버지의 조상이고, 신이며 후손이었다. 민숙은 아름다운 꿈, 노래를 들으며 지그시 눈을 감고 있는 아버지의 휠체어를 밀면서 색소폰 연주자에게 다가간다.

"아름다운 노래예요."

"들을 만했나요."

"훌륭해요."

색소폰 연주자가 악기를 다시 헝겊으로 정성스럽게 문지르며 손질을 한다.

"애첩 몸 다루듯 살살 다뤄야 하는 까다로운 악기지요."

"매번 닦는 것도 일이겠어요."

"하하, 젊은 애인 매끄러운 살결을 쓰다듬는다고 생각하면 이 일도 즐거워요."

색소폰 연주자의 낯뜨거운 농담도 거북하지 않은 것은 살아 있음이라는 생의 선물을 받은 것 같아서였다. 공원 잔디밭에는 차츰 소진되어가는 생명체가 마지막 생명의 열정을 피우려는 듯 곳곳에 하얀 꽃잎 물결로 흔들린다. 젊은 남녀들이 사진을 찍거나 포옹을 하거나 잔디밭을 구르며 오후의 한때를 보내고 있다.

"어르신들, 이 시간에 가장 생각나는 사람, 가장 고마운 사람이 누구예요?"

원장이 한 바퀴 휘둘러본다. 아무도 대답하는 이가 없다. 색소폰 연주자가 악기 케이스를 옆으로 눕혀놓고 일어난다. 원장이 색소폰 연주자 가까이 다가온다.

"날씨 한번 죽여주죠?"

"그러게. 이런 환장할 날씨에는 잔소리하는 마누라 몰래 숨겨둔 애인 데리고 나와 연애 기분을 느껴보는 게 최곤데 이젠 기력이 딸려서 힘들어. 저 젊은 사람들 좀 봐. 사랑도 한때여. 늙기 전에 사랑도 하고 연애도 하고, 후회하지 않는 인생을 살아야지."

색소폰 노인이 눈을 게슴츠레 뜨고는 산책 나온 사람들을 살핀다. 아버지는 말이 없다. 지난번 택시에서의 배설 사건 이후 아버지는 부쩍 말이 없고 갑자기 늙어버렸다.

"애야, 내 몸이 왜 이러냐."

민숙은 아버지의 말짱한 정신과 비례하여 망가지는 몸이 슬프다 못해 가슴이 아프다. 아버지의 명료한 정신은 마당에 서 있다가도 바짓가랑이 사이로 줄줄 새는 똥구멍을 조일 힘의 느슨함에 스스로 못 견뎌한다. 아버지는 의식과는 다르게 자꾸 망가져가는 당신의 몸을 슬프게 바라본다. 젊어서 순전히 농사를 지어 오남매를 교육시키느라 학비를 감당했던 건강한 몸이었다. 그 몸이 이제 말을 듣지 않는다. 아버지는 오래전에 먼저 떠난 아내를 잊은 걸까. 한 번도 어머니에 대해 입밖에 담는 것을 보지 못했다. 민숙은 아버지 바지를 벗겨내고 엉덩이를 호스로 씻어낼 때 어머니를 떠올렸다. 늙어 볼품없는 몸일지라도 서로 어루만져가며 생의 저무는 들판을 나란히 바라보아야 할 관계가 삐끗 어긋날 때 남은 사람의 인생도 온전할 수 없다. 아버지의 기울어진 삶을 바라보는 민숙으로서는 자신의 미래를 보는 것 같아 견딜 수 없다.

하얗게 잔디밭을 덮어버린 벚꽃의 잔해가 가벼워진 아버지 발에 밟혀 짓이겨진다. 우수수 흩날리던 꽃비는 한때 건강한 몸을 자랑했던 노인들의 가벼워진 영혼처럼 사방에 흩어진다. 아버지는 휠체어를 세우게 하고 지는 저녁 해를 바라다본다. 고요히 응시하는 그 눈길에 깊고 그윽한 회한이 담긴다.

"살아 있음이…… 고마운 날이구나. 벚꽃이…… 황홀해…… 황홀하고 고맙구나……. 내 생에 마지막 벚꽃을 보게 될 줄 누가 알았겠어."

아버지가 나지막하게 중얼거린다.

"얘야, 나를 집에 데려다다오. 개밥도 줘야 하고 소먹이도 줘야 하는데."

"아버지, 소는 팔아버렸다고 했잖아요."

"언제까지 여기에 있어야 해? 집에 가고 싶구나."

"아직은 추워요. 그 골짜기 꽃샘바람이 얼마나 심한데요. 사월에도 눈이 내리는 곳이잖아요. 뉴스 보셨죠? 폭설이 내렸다고, 아버지 따뜻해지면 오빠랑 의논해서 꼭 집으로 모셔갈게요."

공원에서 돌아온 저녁 내내 아버지는 민숙을 졸라댔다. 피곤한 하루였다. 민숙이 집에 돌아와 발을 뻗고 막 쉬려는 참에 원장으로부터 연락이 왔다. 아버지가 이상하다고, 가까운 병원에 모셨다고, 간식으로 딸기를 드셨고, 밝은 모습으로 간호사와 식당 아주머니와 원장에게 감사하다고 인사를 하고는, 갑자기 숨소리가 고르지 않아 급히 병원 중환자실로 모셨다는 원장의 말에 민숙은 아득해지는 느낌이었다. 집에 가야 되는데, 집에 가야 되는데……. 아버지의 메마른 음성이 환청처럼 민숙을 따라온다.

민숙이 병원에 도착한 시간은 자정 무렵이다. 오빠에게 연락하니 지방에 출장 중이라고, 다음 날 첫 비행기로 올라오겠다는 말을 들으며 민숙은 가만히 누워 있는 아버지를 들여다본다. 가늘고 작은 숨소리가 들리는 듯하다. 민숙은 가만히 의자를 끌어당겨 아버지 옆에 앉아 손을 잡는다. 마르고 까칠한 손이다. 미지근한 손의 온기가 민숙의 실핏줄을 따라 가슴으로 전해진다.

"아버지, 고향 가고 싶으셨댔죠. 조금만 힘을 내세요. 꽃샘추위가 물러가면 아버지 모시고 고향집에 갈게요."

아버지는 미동도 안 하고 누워 있다. 차갑지도 뜨겁지도 않은 손의 온기는 어쩌면 민숙의 몸에서 전해진 온기일지도 모른다는 느낌이 들어 민숙은 가만히 아버지 가슴에 귀를 대본다. 꿈을 꾸고 계신 거야. 민숙은 혼잣소리로 중얼거려본다. 인생이 꿈이 아닐까. 낮에 본 벚꽃의 환영이 스쳐지나간다. 벚꽃이…… 황홀해…….

"아버지."

민숙은 낮에 본 벚꽃 환영이 그림자처럼 따라붙으며 눈앞을 어지럽히자 목이 멘다.

"이렇게 누워만 계시면 어떡해요. 아직 여행도 한번 못 보내드렸는데, 고향집에도 가야 하는데…… 이렇게 누워만 계시면 어떡해요. 아버지……."

민숙은 분분히 날리는 벚꽃 환영을 보며 꾹꾹 눌러 참았던 울음이 차오른다.

일상의 미로 속에서도 반짝이는 빛

1. 현대인과 소외

근대소설의 발생과 형성을 다룬『소설의 발생』에서 이안 와트는 근대소설의 특징을 '개인의 발견'과 '사생활'에서 구하고 있는데, 바로이 '개인'과 '사생활'이 근대문학의 '일상성'의 관계를 파악하는 데 매우 중요한 열쇠의 구실을 한다고 역설하고 있다. 근대소설의 일상성은 구체적인 경험과 인식 주체로서의 '개인'의 발견, 그리고 그러한경험과 인식 주체로서의 '개인'이 활동하고 있는 동시대적 시공간으로서의 '당대적 삶'에 대한 묘사와 접촉을 통해 형성된 것이라고 말할수 있다. 일상생활 안에서 이루어지는 모든 활동과 일들이 일상 안에 존재하는 주체를 소외시키지 않고, 일상과 비일상이 단절되지 않으며, '비일상'에 의해 '일상'이 파괴되거나 변형될 염려가 없는 자족적인 일상, 이것이 근대 이전의 인간이 향유하던 일상의 모습이라면, 근대로 넘어오면서 인간은 철저히 파편화되고 왜곡된 일상에 내버려진 채, 일상으로부터 '소외'를 경험하며, '일상'과 '비일상'의 철저한 단절과 유리를 경험하는 '특수한 개인'으로 존재하게 되었다.

『달의 호수』에 실린 작품들의 인물들의 대부분은 동시대적 시공간과 거리를 가진, 현실 사회에서 한 발 물러선 인물들이다. 「달의 호수」의 화자는 차츰 간경화로 발전하는 건강의 문제로 퇴직하고 요양겸 시골에 거처를 옮긴 인물이고, 「존재의 그늘」 「붉은 벽돌집」의 인물들 역시 고향을 찾아 귀농한 인물들이다. 「영원의 도시」의 인물은 한국의 거대한 경쟁 사회에서 견뎌낼 자신이 없어 멀리 스페인 톨레도에서 한국인을 상대로 하는 관광 가이드로 어영부영 살아가는 인물이다. 「햇빛, 쏟아지다」 「커피 한잔할래요?」 인물들 역시 어떤 이유에서든 사회로부터 소외된 인물이다.

이들은 모두 일상과 비일상이 단절되지 않은 자연과 일체된 전원적인 삶을 꿈꾸지만 어떤 이유에서건 소외되어 있다. 이 소외는 후기 산업사회가 가지는 전형적인 특징의 하나로 다양한 가치관의 혼란과 그에 따른 윤리적 문제를 도출하고 있다. 우리의 전통 윤리와 서구의 시민 윤리 사이의 갈등도 존재하지만, 세대 간, 성별 간, 그리고 사회계층 간의 가치 갈등 및 그와 관련되는 윤리적 혼란도 혼재해 있다. 특히 이 작품집에는 남녀 간의 소통의 부재로 아내의 가출, 아내와의 이혼, 남편의 가출 등 산업사회 속에서 파편화된 가정의 전형을 보여주는 작품들이 많다. 작품들에서 반복되는 묘사 중에는 노부부의 해로하는 장면을 부러워하는 모습이 자주 등장한다.

> 부부가 한 생을 같이한다는 건 끈질긴 인내의 소산이며 불완전한 것들과의 싸움이며 동시에 그것들과의 수용이며 지루한 나날들을 견디는 일이었다. 한 번쯤은 눈감아줄 줄 알았고 또 그래야 한다고 믿었다. (「달의 호수」, 13쪽)

> 늘 다정한 노부부의 일상을 보며 부러움인지 안타까움인지 아니면 가정을 건사하지 못한 죄책감인지 모를 감정이 복잡하게 깔려 있었다. (「달의 호수」, 16쪽)

이 작품들의 인물들은 대부분 부부 가운데 한 사람에 의해서 배반을 당하고 결혼 생활의 파탄으로 회한의 삶을 사는 인물들이다. 그들은 하나같이 전원 생활을 꿈꾸고 자연과 일체화된 삶을 꿈꾸지만, 과거의 기억 속에서 머무르는 인물들이다. 그것은 지금 현재의 삶에 대한 돌파구를 찾을 수가 없기 때문이다. 그들은 과거의 아름다운 기억 속에서 빛나는 순간들을 만난다.

2. 산업사회의 파편화된 삶

전원적 자연의 넉넉한 품과 계절을 통하여 가르치는 인내와 기다림을 통하여 얻는 결실에서 배우는 근대 이전의 전원적 인간관과는 달리 시멘트 칸으로 막혀 있는 삭막한 아파트 생활, 이웃과의 단절, 직장에서 주는 스트레스로 인한 불안감 등으로 인해 현대적 인간은 미래적 전망과 신뢰가 부족한 파편화된 인간들이다. 그들은 현대사회가 만들어낸 불구아들이다. 그들은 인내와 기다림, 화해와 용서를 모르는 인간들이다. 그것은 사회에서 오는 스트레스로 인한 불안감으로 자신에 대한 신뢰를 잃어버렸기 때문이다.

> 그는 불안정한 직장 생활에 그녀는 불확실한 미래에 막연한 불안감을 갖고 있던 터였고 조상이 남긴 농가가 있다고 그가 말하자 그녀가 호기심을 보였고 그가 강이 있고 산이 있고 넓은 하늘이 있다고 말하자 그녀가 웃었고 감나무와 대숲이 있다고 그가 다시 말하자 그녀의 마음이 살짝 움직였다. 오래 묵혀둔 시골집은 나무 기둥과 서까래가 쓸 만했고 조금만 고치면 될 것 같았다.
> (「존재의 그늘」, 42~43쪽)

「존재의 그늘」의 그와 그녀는 삼 년 전 각자 도보 여행을 하던 중에 불어난 계곡물을 만나 서로 도와주다 투합, 그의 고향집에서 같이 동거하기로 한 사이다. 위의 인용문에서처럼 그들에게는 불안정한 직장과 불확실한 미래로 인해 새로운 돌파구가 필요했다. 그러나 산업사회의 여파는 시골에도 그대로 이어지고 그의 피로감과 불안감은 사라지지 않는다. '그' 속의 불안은 자신과 그녀를 소외시키고 일에 대한 집착으로 나타난다. 시골에 와서도 '그녀'는 안중에 없고 정원의 나뭇가지 치는 일과 조상들의 유물을 정리하는 데만 열중한다.

> 산 너머에서 바위를 깨뜨리는 소리가 들려왔다. 그 소리는 며칠 전 걸을 때도 들려왔고 집 밖을 한 발자국만 나와도 들려왔다. 저수지를 만드는 중이라고 그가 말했고 시골이 생각보다 소란스럽다고 그녀가 말했다. 언제 공사가 끝나느냐고 그녀가 물었고 언제 끝날지 모르겠다고, 아주 오래전 할머니에 할머니 그 윗대 조 할머니가 살던 시절에도 공사가 진행 중이었다고 그가 대답했다. 산모퉁이 하나를 돌아서는데 개 짖는 소리가 들려왔다. 개 짖는 소리는 한두 마리가 아닌 수십, 수백 마리 개가 떼로 짖어대는 소리였다. 산이 울리고 땅이 울렸다. 개들이 모여 산다고 그가 말해준 기억이 났다. 주인이 있는지 즈들끼리 모여 사는지 모르겠다고 그가 말했고 두려움이 가득한 눈동자를 불안하게 굴리며 그녀가 보이지 않는 산모퉁이 저쪽의 개들이 사는 마을을 주시했다. (「존재의 그늘」, 45~46쪽)

산업사회의 여파는 시골이라고 피해 갈 수 없고, 시골의 전원적인 낭만을 꿈꾸며 귀향한 '그녀'의 꿈은 '그'의 불안으로 인해 또 다른 소외에 부딪친다.

이 작품집 『달의 호수』에 나오는 인물들을 보면, 「달의 호수」의 아내는 한때 남편의 외도를 용서하지 못하고 남편을 배반하고 가출하고, 「붉은 벽돌집」의 집을 짓는 건설업자들은 집을 완공하기도 전에 돈을 미리 받아 도망치고, 「햇빛, 쏟아지다」의 아버지와 아들 두 부자는 아내와 소통하며 사는 삶의 지혜를 모르며, 「영원의 도시」의 인물 역시 현대의 경쟁 사회에서의 부적응으로 한국 사회를 떠나 삶의 열정을 잃어버린 소외의 삶을 산다. 「커피, 한잔할래요?」 초점인물 역시 아내가 바람 피우는 것에 화가 나 살인을 저지르고 이십 년간을 복역한 인물이다. 「벚꽃 공원」의 남편은 이십 년 이상 혼자 시어머니 봉양을 하다 딱 하루 일탈했다는 이유로 아내와 이혼한다.

도시의 파편화된 인간상 중에도 가장 파렴치한 인물은 남에게 사기를 치고 피해를 주는 인물이다. 「붉은 벽돌집」에서 공사를 맡은 박 사장이라는 인물은 만삭의 임신부를 가장한 아내를 데리고 다니며 상대방의 연민의 정을 이용하여 공사를 따내고, 호형호제하며 친한 척하다가 공사도 마무리하지 않고 돈을 모두 챙기고, 그것도 공사 비용 외의 큰돈까지 빌려 도망친 파렴치범이다. 그로 인해 남편까지 행방불명이다. 노점상을 하며 죽어라고 평생 모은 돈으로 전원적 낭만의 꿈을 실현하기 위해 시작한 '붉은 벽돌집'의 꿈은 농약을 제때 주지 않은 잎처럼 시커멓게 타들어간다.

이런 현상은 산업사회 구조로 인해 인간관계까지도, 가치관도 변화를 일으켜 경쟁 사회에서 오는 소외로 인해 인간의 사고하는 능력을 잃어버린 채 이기적이고 파편화된 인물로 변화되었기 때문이다.

이는 「달의 호수」에서 노부부의 인내의 삶과 극적으로 대조된다. 그 노인은 소 팔아 읍내 술집에 갖다 바친 적도 있고, 가을에 추수한 돈을 몽땅 젊은 여자 치마폭에 안긴 적도 있지만, 군에 간 외아들이 사고로 죽은 후 할멈 옆에서 그림자처럼 살고 있다는 푸념은 부부가 평생 함께 동행하는 삶을 새롭게 의미화한다. 이것은 자연의 순환 논리와도 상통한다.

> 현란한 색채를 드러내야 하는 자연은 쉼 없는 생장과 종족 번식을 통해 억압의 계절을 보내야 할 수밖에 없었고 스스로의 폭력과 억압을 벗어나 쉴 수 있을 때, 자연의 맨 얼굴, 화장하지 않은 얼굴이 이월이었다. (「달의 호수」, 18쪽)

위의 인용문처럼 자연의 순환 논리처럼 현란한 색의 젊은 시절을 지나 아들과 딸을 낳고 고통과 번뇌를 통하여 힘든 세월을 겪어내어야만 바로 편안한 자신의 얼굴을 드러낼 수 있는 것이다.

3. 죽음이라는 가상적 체험을 통한 삶의 꿈

> "인생이 길다지만 짧아. 아침에 떴다가 넘어가는 저 해와 같아. 순간이야." (「달의 호수」, 16쪽)

인용문에서 보여주는 것처럼 간경화라는 병을 통한 죽음에 대한 가상적 체험은 삶에 대한 관조적 태도를 가지게 한다. 그럴 때 비로소 자신으로부터 사라진 자신을 되돌릴 수 있는 것이다.

「달의 호수」에서 아내의 가출로 인해 소외된 주인공은 간경화 때문에 시골 마을로 온 이후 자연과의 소통 속에서 심리적 안정을 얻는다. 소외 속에서 중국에 근무할 때의 강력한 체험 속 호수 마을에서의 아름다운 추억을 떠올린다. 죽음과 삶과 사랑을 오직 거대한 자연의 순환 논리에 맡긴 채 담담히 살아가는 호수 마을 사람들의 자연과의 일체된 삶을 새롭게 의미화한다. 그것은 죽음이라는 가상적 체험을 거쳤기 때문에 가능하다. 가상적 죽음일지라도 죽음은 인간에게 폭력을 행사한다. 이 폭력은 신경을 건드리는 감각적 폭력으로 우리에게 삶의 절망의 순간을 경험하게 한다. 바로 이 폭력이 그동안 시시하게 생각했던 일상을 새롭게 의미화한다. 죽음의 가상적 체험을 통한 폭력적 경험은 삶을 생기 있게 하고, 감각을 열어놓고 있는 그대로 일상을 받아들인다. 호수 마을에 대한 추억도, 강아지의 따뜻한 품이 새삼스럽게 감각적으로 다가오는 것도 바로 그런 가상적 죽음을 체험했기 때문에 가능하다. 즉 강아지의 따뜻한 품에서 느끼는 강렬한 전율을 통해서 새로운 삶의 열정을 느낀다. 전율하는 감각을 통해 자신을 비로소 있는 그대로의 자신을 찾을 수 있었던 것이다.

「존재의 그늘」에서 시골 생활에서의 낭만적 꿈이 산업사회에서 오는 불안감과 피로감으로 소외된 '그'로부터가 아니고 자연과 치매 걸린 노파와의 소통을 통해 회복된다는 것은 산업사회가 보여주는 아이러니이다. 딸기 농사로 부농이 된 한쪽 마을에서는 일본에 수출만 한다는 딸기를 마을 사람들에게는 팔지 않고, 공사 현장으로 시끄러운 윗마을은 불안감만을 주고 오직 '그녀'와의 소통을 원하는 치매 노인에서 위안을 얻는다.

> 그녀는 바닥에 조금 남은 커피 알갱이를 비닐봉투에 담고 병 속을 휴지로 닦아낸 후 국자로 매실액을 퍼담아 병에 가득 채웠다.
> "할머니, 이것 가져가세요."
> "무거워. 이것 갖고 나 따라와, 무 줄게."
> "무요?"
> "왜, 무가 싫어?"
> "아, 아니에요. 주세요."
> 노파가 지팡이를 짚고 천천히 다리를 끌며 앞장서고 그녀도 노파의 걸음에 맞춰 천천히 따라간다. 동네 사람 몇이 두 사람을 힐끗 보고는 종종걸음으로 사라지는 것을 빼고는 마을은 조용했다. (「존재의 그늘」, 54쪽)

위의 인용문에서 보여주는 것처럼 치매 노인은 전근대의 가부장적 가족의 의식으로 그녀를 딸처럼 대한다. '그녀'를 일찍 죽은 딸로 착각하기도 하고, 이웃집 딸로 착각하기도 한다. 치매로 과거의 기억 속에서만 살아가기 때문에 동네에서의 소외도 소외로 체득하지 못하는 인물이다. 오직 자연과의 합일 속에서 인간과의 소통, 만물과의 소통 속에서 살아가는 인물이다.

「매화꽃 난분분하니」를 좀 더 세밀히 보면, 이런 소외가 어떻게 극복되는지 확인할 수 있다.

> "허망한 세월이지."
> 한참 지난 뒤 그녀가 입을 열었다.
> "인정받으려고 죽어라 노력했는데, 겨우 인정을 받고 나자 한 생이 다 가버렸어."
> "시댁에서 반대한 결혼을 했다고 들었어요. "
> "그랬지. 영감과 사랑의 도피 행각을 했지. 낯설고 물선 땅, 생전 처음 맞닥뜨린 지중해에서……."
> 그녀는 갑자기 말문을 닫았다. 감정의 격랑이 이는 듯했다. 아직도 감정의 흔들림을 절제하지 못하는 것일까. (「매화꽃 난분분하니」, 91쪽)

위의 인용문에서 보여주는 것처럼 삶의 허망함을 느끼는 것은 가상된 죽음을 통해서 자신의 삶을 추체험했을 때 가능한 것이다. 사랑의 도피 행각을 위해 지중해까지 도망간 박난실 여사는 그만큼 자신의 감각에 충실한 인물이다. 그러나 같이 도피 행각을 벌인 남편이 재벌 2세라는 것 때문에, 자신의 아들이 대를 이어야 하는 책임 때문에 고국으로 돌아와 죽어라고 노력해서 시부모에게 인정받고 나니까 세월이 다 가버렸다며 자신이 빛나던 시절로 돌아가기 위해 다시 지중해 섬으로 돌아간다는, 철저히 자기 자신의 감각을 통해 자신의 직관적 삶에 충실하려는 인물이다.

이 작품은 액자 구조로 두 개의 에피소드로 이야기가 이루어져 있다. 하나의 에피소드는 박난실이라는 남편의 고모의 삶을 통하여, 또 하나는 박난실 여사의 한국 방문을 계기로 집안의 비밀을 알게 되면서 잠재적 작가가 또 작품 속의 작품을 구상하는 구조로 되어 있다. 액자 속의 이야기는 박난실 여사의 한국 방문으로 촉발된 집안의 비밀, 허균과 동시대를 살았던 권기서가 청상과부 며느리였던 별당 아씨를 자살로 가장해 머슴인 돌쇠로 하여금 보쌈하게 하는 이야기이다. 그 집안이 바로 작중화자의 시댁 조상이라는 사실을 듣게 된다.

이 이야기는 『토지』의 별당 아씨와 구천이의 이야기와 구조가 비슷하다. 이 작품에서는 젊고 눈부시게 아름다운 며느리를 청상과부로 혼자 늙히는 게 안타까워 시아버지의 지략으로 자살을 가장하며 머슴에게 보쌈을 시킨다. 시아버지 권기서로서는 허균 등 진보 지식인들과 어울림으로 체포되기 직전, 멸문지화를 당하기 전 어쩔 수 없이 선택한 결단이었던 것이다. 그러나 『토지』에서는 집안의 하인이었던 구천이 사실은 윤씨 부인의 소생이었고 그가 별당 며느리와 정분이 나자 함께 도망치게 한 것이다. 이 작품의 박난실 여사 이야기나 『토지』의 별당 아씨의 이야기는 여성의 성적 욕망이 무시되던 시대에 여성의 성적 욕망을 인정하고 있다. 성적 욕망을 인정했기 때문에 새로운 삶이 열릴 수 있었던 것이다.

「달의 호수」에서 간경화에 걸림으로써 죽음을 가상적으로 체험하는 것이나 「존재의 그늘」에서 치매 노인의 삶에 대한 욕망을 놓아버림으로써 자연의 한 부분이 된 것이나, 「매화꽃 난분분하니」에서 별당 아씨의 가상적 죽음, 즉 자살을 통한 것이나, 박난실 여사의 죽음을 불사하고 시부모의 인정을 받으려는 욕구를 통한 것은 자신을 내려놓기의 다름 아니다. 이런 외적 변화의 충격에 맞선 가상적 죽음을 체험하는 동안 그동안의 자신을 둘러싸고 있던 모든 가면적 테두리는 허물어진다. 이런 자신의 가면적 테두리가 허물어진 후 삶과의 거리를 가지는 시간 이후의 삶은 자기 자신의 힘에 의해 전개되는 삶이다.

> " …(중략)… 시부모 병간호가 끝나자 나는 한국에 있고 싶지 않았어. 바다 건너 멀리 있는 이웃들이 떠오르더군. 그래서 다시 그들 곁으로 돌아갔어. 그 후 세월이 흐른 뒤 영감이 찾아왔지, 아들에게 후계자 교육을 시키고 자신은 내 곁에 남아 있고 싶다고."
> "그래서 받아주셨군요."
> "아니, 거절했네."
> "네……."
> "그랬더니 그 영감 이웃에 집을 얻어 사는 거야. 그렇게 이웃에서 마주 보며 십 년 세월을 보냈어." (「매화꽃 난분분하니」, 92쪽)

위의 인용문에서 보는 것처럼 시부모를 봉양하는 동안 자신의 젊음이 다 갔다는 허망함은 그 이후의 모든 시간을 자신에게만 집중시키는 순수한 직관의 세계로 바뀐다. 그럴 때 그 이후의 삶은 새로운

빛 속에서 찬란하게 빛난다. 자신에게 돌아온다는 것은 또 다른 자신을 내려놓음이고 그것은 인간은 사물의 참된 본성에 도달할 수 있는 시간이며, 자연과 그리고 자신과 합일할 수 있는 시간이다.

4. 일상의 미로 속에서도 반짝이는 빛

이 작품집의 이야기는 대부분 돌파구 없는 일상의 미로 속에 갇혀 있다. 「달의 호수」에서는 모든 것을 내려놓고 간경화로 요양차 시골로 거처를 옮겼지만 죽음의 그림자는 가까이 있다. 「존재의 그늘」의 두 남녀는 의기투합, 남자의 고향집에 내려왔지만, 직장 생활에서 가져온 불안감을 시골에서도 떨쳐내지 못한다. 남자는 시골에서의 일상을 즐기지 못하고, 여자를 소외시킨 채 조상의 유물 정리에만 몰두한다. 「붉은 벽돌집」에서는 도시의 산업사회의 폐해가 고스란히 농촌 사회까지 이어져 그동안의 도시 생활을 정리하고 귀향한 부부의 삶을 피폐화시킨다. 「꿈꾸는 인생」은 한때 자신의 스승이었던 교수의 상처로 사제지간이었던 두 사람이 부부가 되면서 일어날 수 있는 에피소드를 다룬 소설이다. 전 부인이 고인이었음에도 아이들 엄마, 조강지처라는 굳건한 자리를 지키며 현재 함께 살고 있는 자신보다 더 튼튼한 줄로 연결되어 있는 현실에 쓸쓸함과 소외감을 느낀다. 「햇빛, 쏟아지다」의 아버지는 아내가 가출한 뒤 혼자 기른 아들이 결혼하여 새로운 며느리를 맞으면서, 젊은 여자의 감성으로 빛나는 집

안 풍경에 잃어버렸던 행복감을 찾으나, 아들과 며느리의 이혼에 과거 아내의 가출을 떠올리며 쓸쓸해한다. 「영원의 도시」는 아내의 가출과 한국에서의 경쟁을 이겨낼 자신이 없어, 스페인의 톨레도에서 한국인 관광객을 안내하며 어영부영 먹고살아가는 인물의 이야기이다. 가이드에 대한 취향도 없고, 미래를 꿈꾸지도 않으면서 가이드로서의 역할을 해나가는 인물을 통해서 돌파구 없는 현실을 보여준다.

이런 돌파구 없는 일상의 반복은 산업사회의 무한 경쟁에서 오는 스트레스와 개인주의, 가부장 의식에서 오는 여성 폄하, 그로 인한 자기 신뢰를 잃어버린 결과이다. 그들은 개인주의에서 오는 남편과 아내마저 신뢰를 주지 못하고, 서로가 서로를 외면, 소외를 낳는다. 아무도 신뢰할 수 없는 사회에서 현실은 암흑과 같은 세계이다. 그들을 구출하는 것은 오직 일상에서 부딪치는 감각에 의한 것이다.

> 미숙은 구부러진 시골길과 그 길을 따라 마을의 집들이 모여 있는 풍경에 마음이 차분해진다. 길들여지지 않은 자연은 생명의 활기가 흘러넘친다. 보라색이나 흰색의 이름 모를 꽃들, 들판 한가운데 서 있는 커다란 활엽수 잎사귀의 흔들림, 야생초들, 모든 게 느리게 움직이고 있다. 커다란 새가 날개를 펴고 맞은편 언덕으로 사라진다. 미숙은 잔잔한 평화를 느낀다. 삶에 대해 너그러워질 것 같다. (「꿈꾸는 인생」, 128쪽)

위의 인용문에서 보는 것처럼, 스승과 결혼은 했지만, 고인이 되었음에도 남편과 전처 자식의 가슴속에 살아 그 가정을 지배하고 있는 전처의 존재감으로 인한 소외감을 자연과 부딪치는 일상적 감각에 의해서 위로받고 넉넉한 마음이 된다. 이런 장면은 이 작품집에 실린 어느 작품에서나 발견할 수 있다.

> 남자는 요리가 취미였다. 물론 혼자가 되어 아들을 거둬 먹여야 하는 처지 때문에 음식 만들기에 신경을 쓰긴 했다. 음식을 만들어 학교에서 돌아온 아들이 밥상보를 들추고 먹는 장면을 상상하는 것만으로도 남자는 삶에 생기가 돌았다. 그것은 삶의 의미이자 결핍된 인생을 살아가는 자신 같은 사람에게 아주 귀중한 체험이었다. (「햇빛, 쏟아지다」, 151쪽)

자신이 만든 요리를 아들이 먹는 것만으로도 삶에 생기가 도는 순간적인 도취가 삶에 윤기를 주고 행복감을 준다. 순간적인 행복이 영원하면 그것은 유토피아 세계이다. 인간의 삶은 현실의 부조리 속에서 견뎌내어야만 하는 것이다. 그러나 살아가기 위해서는 자신 속에 살아가야 할 힘이 필요하다. 그러기에 감성으로 부딪치는 한순간의 행복은 우리에게 더없이 중요하다. 공지영의 에세이집 『아주 가벼운 깃털 하나』에서 "아주 사소한 것들이 우리를 살게 만든다"라고 한 것처럼 조그마한 일상적인 부딪침 속에서 우리가 살아 있음을 느끼면 그것으로 행복하다. 그러한 행복감은 자신의 사랑으로 이어지고 타인에 대한 사랑으로 연결된다. 그러할 때 좀 더 푸근한 삶을 꿈꿀 수 있다. 삶의 부조리는 우리를 불안, 슬픔이라는 정서 속에 가두어 우리를 우리의 힘으로부터 분리하는데 이런 자연과의 합일을 통한 행복은 자신이 살아 있음과 함께 삶의 새로운 의욕을 증대시키는 것이다. 작품집 『달의 호수』의 미덕은 여기에 있다.

이 덕 화(평택대학교 교수)

달의 호수